明日的我將迎風前行

乾路加

如果那天不曾存在過，不知道世界會如何改變？
我的世界會如何改變？

1

今天依舊是一成不變。

原本坐在床上的川嶋有人，就這麼躺了下來。天花板上的白色壁紙感覺有些發皺。有人拿在右手上的智慧手機，持續播放著遊戲的ＢＧＭ。遊戲的應用程式還一直開著。那是一款必須設法從坐落在白雪紛飛之中的無人小屋逃脫的遊戲，遊戲畫面重現了與世隔絕、雪夜般的靜謐世界。

因此，搭配的音樂也顯得莊嚴。

音樂隨它播放著也無所謂，反正三分鐘後手機就會自動鎖住螢幕。螢幕鎖住後，音樂也會隨之消失。

有人今天還是沒能夠成功逃出小屋。從夏天下載這款遊戲到現在，有人一直被困在石造小屋裡無法脫逃。設定在小屋各處的各種關卡大多已經破解，三個結局當中也已經看到了兩個結局。然而，就是怎麼也進展不到真結局。

其實只要從遊戲的啟動畫面連結到攻略留言板稍微瀏覽一下，馬上就會知道謎底。

不過，有人不想那麼做。對於挑戰逃脫遊戲，有人很有自信。所以，借助他人之力會讓他覺得等於是當下宣布認輸。而且，這款遊戲在解謎的公平性方面深獲好評。既然很公平，相信只要動腦袋就猜得出答案來。

堅持了半天的結果，只換來無謂的時光堆疊。昨天也好，昨天以前的日子也好，有人一直卡在同一個地方動彈不得。包括今天也一樣。

明天也會一樣嗎？

有人閉上了眼睛。

想必也會一樣吧！不會有改變的。什麼也不會改變的感覺，就跟時間靜止不動沒什麼兩樣。意思就是，根本沒有明天。

既然沒有明天，何不乾脆也不要有昨天呢？

『有人！』

樓下傳來母親呼喚有人的聲音。那口吻聽起來像帶著怒氣，也像感到難以置信，更像覺得丟臉極了。

『雅彥叔叔也都難得來了，快下來吧！』

現在正好是過年。有人想像著樓下客廳的熱鬧氣氛——我們家是老家，聚集過來的親戚自然不在少數。親戚久久聚在一起時，話題不外乎是彼此的家人近況。尤其是幸子伯母最愛這類的話題了。

——你們家的哥哥和人是念筑駒吧？他跟我們家的加奈一樣，今年要考大學，對吧？好厲害喔～和人打算考哪裡？應該是醫學院吧？他會繼承家業吧？

——加奈，妳要考御茶之水女子大學，對吧？要認真讀書喔！

——有人呢？他現在幾年級了？他是念筑駒的……抱歉，我記錯了。我記得有人是念某間私立中學喔？他是直升那裡的高中部嗎？

光是想像，有人就覺得髮根快一根一根豎起，恨不得挖個洞讓自己鑽進去，所以想都別想要他到客廳露臉。有人的父親總會替幸子伯母說話，說幸子伯母是因為擔心才會說那些話，但那些話背後藏著什麼樣的真心話，有人心裡清楚得很。

幸好我們家的孩子沒有拒絕上學。幸好我們家的孩子沒有變成家裡蹲。幸好我們家的孩子沒有變成像他那樣。

幸子伯母應該也早就知道有人因為出席天數不足而沒能夠直升高中部，卻還刻意說那些話。

有人翻過身換成趴睡的姿勢，讓左手垂落到地板上。緊緊拉上的窗簾另一端，感覺比平常來得更加明亮。有人心裡明白在客人離開的傍晚之前，至少要露個臉比較好，但就是提不起勁來。有人就這麼讓垂下的左手食指，毫無意義地在木頭地板上滑動著。

可是，雅彥叔叔今年有回來啊……有人想起他在意的叔叔。

如果是雅彥叔叔，會讓有人覺得有那麼點想見他一面。有人還在學齡前的那時候，雅彥叔叔經常會陪他玩。叔叔和有人的父親年紀相差將近十歲，在叔叔以住院醫生的身分前往位在福井的大學附設醫院服務之前，都是和有人一家人一起圍著餐桌吃飯。不過，這也是理所當然的事情，畢竟這裡是叔叔的老家。

對有人來說，與其說是叔叔，雅彥叔叔的存在更像哥哥。有人甚至覺得比起大他兩歲的和人，雅彥叔叔與他更加親近，也更加值得依靠。有人與和人的距離太近，總會讓有人的自卑感發作。就拿報考這件事來說好了。有人沒有考上和人順利考上的私立中學。他自認和哥哥一樣用功讀了書，因此受到的打擊也相對來得大。打從有人考完國中後，父母親的期望明顯轉移到和人的身上。

就這點來說，雅彥叔叔的態度就不同了。叔叔絕不會拿兄弟做比較，也不會說誰優不優秀。一直以來，叔叔給的紅包也都是一樣的金額。

更重要的是，叔叔是有人的崇拜對象。

然而，諷刺的是，那天的到來也可說是起因於對於叔叔的崇拜。

有人抱起頭。所有聲音變得朦朧，就像搭飛機時，時而會覺得耳朵怪怪的一樣。

飛機。那時候叔叔實在太帥了，帥得讓有人忍不住起了念頭也想變成叔叔那樣。

＊

——目前機艙內有一名乘客突然發病，如果有哪位乘客是醫生或護理師，煩請知會鄰近的空服員。

機艙內的氣氛瞬間陷入緊繃，掀起一陣騷動。人們互相交換試探的眼神。叔叔站起身子，一掃人們彼此試探的氣氛。「我是醫生。」叔叔朝向從通道走過的空服員說道，那沉著平穩的聲音就像平常在打招呼一樣。當時才八歲的有人放鬆安全帶，目送叔叔的白色毛衣背影在空服員的引導下遠去。

那次叔叔帶著和人和有人，展開三人的寒假旅行。當時還在大學附設醫院服務的叔叔，代替身為開業醫生而無法陪伴孩子放長假的有人父母親，硬是排了休假帶著兩兄弟去到北海道的二世古町（註1）滑雪。三人是在從新千歲機場飛回羽田機場的回程時，遇到緊急呼叫醫生的事態。

一名年輕空服員來到兩兄弟的座位旁致歉，告知叔叔在飛機降落之前都無法回到座位上。

——對不起喔，你們如果有什麼事，就按這個按鈕叫我喔！你們的叔叔非～常厲害。

因為他很厲害，才會請他幫忙救人。等一下飛機就會開始下降，想上廁所的人要趁現在趕快去喔！等飛機降落之後，要乖乖坐在位置上等喔！

飛機一降落羽田機場，並接上空橋後，急救人員立刻鑽進機艙內搬運突然發病的乘客。在那之後，其他乘客也都下了飛機。方才那位空服員來到兩兄弟的面前，並且在叔叔坐的座位坐了下來。空服員拿了果汁來，要兩兄弟繼續在座位上待一會兒。

——請問我叔叔現在在哪裡？

和人越過有人的頭頂詢問空服員。

——他說要交代一些事情，所以跟著一起去救護車那裡。

——突然發病的那位乘客後來怎麼樣了？

——不用擔心。他被送走的時候，意識還很清楚。真是多虧有你們的叔叔在！

空服員的臉上浮現安心的神情，眼眶也有些溼潤。

不久後，叔叔出現了，他帶著一如往常的笑臉催促有人兩人下飛機。空服員提議要幫忙提行李，但叔叔表示沒必要，委婉拒絕了。

——如果能夠多少幫上一點忙，我也很開心。

註1：二世古町位在日本北海道，是以滑雪場相關觀光業為主的城鎮。

有人等人準備走出機艙時，不僅空服員，兩名身穿機師制服的男子也出來目送，並且深深低頭致意。機師打著領帶、左胸口別著胸章、袖口上有好幾道金色條紋，那帥氣的模樣簡直就像電視裡會出現的男演員。

不過，在有人的眼裡，一身不起眼的白色毛衣搭配牛仔褲裝扮的叔叔，遠遠帥氣上好幾倍。

我想變成像叔叔一樣！我想變成這麼地帥氣！

這一天，有人心裡綻放出嚮往的小小花朵。

有人告訴父母親叔叔的帥氣表現。出乎預料地，有人的父母親，尤其是父親的臉上並沒有喜悅之情。父親逮住準備搭夜間巴士回去的叔叔，苦口婆心地勸告。

——你是以乘客的身分搭飛機耶！根本不用擔心違反應召義務（註2）而被追究。這次純粹是恰巧遇到輕症病患，才有那麼好運。在連個像樣的儀器都沒有的環境底下，萬一錯了一步，就會變成一場夢魘。

叔叔以平穩的語調反駁。

——如果沒有加以活用，就算擁有知識和技能，也跟沒有一樣。下次我還是會主動表明身分。這跟醫師該保有什麼樣的心態無關，重點是有沒有忠於自己的生存之道。

＊

堅持這般生存之道的叔叔——

『有人，你在裡面吧？』

——隔著房門這麼開口。

『我想跟你聊一下。』

有人就像被獵人盯上的小動物一樣僵住全身，屏息不讓人察覺動靜。

『我能夠體會你的心情，很痛苦吧！』

受人憐憫讓有人感到難堪，只能一直保持沉默。

『可以回答我一個問題嗎？』叔叔再次搭腔道，那口吻跟以前沒什麼兩樣。『你想怎麼做？』

有人加重抱住頭的力道。

『繼續當家裡蹲是你想做的事嗎？』

註２：應召義務是日本的醫師法所規定之義務，指擁有醫師職務者當被要求進行診療行為時，除非有正當的理由，否則不得拒絕。

叔叔不是在責怪，純粹是在發問。

『有人，你要不要試著想像一下未來的自己？』

有人感覺到頸部後方彷彿有什麼東西爬過，跟著頸部以上的部位毛細孔全開。有人一直瞪著木頭地板看，忽然間，地板上的木紋閃過一張翻著白眼的少女面孔。

『有件事我一定要跟你說一下。』

叔叔的聲音像坐著溜滑梯似地滑落下來。原本從上方傳來的聲音，下降到差不多與有人的頭部同高的位置。有人知道叔叔在房門的另一端坐了下來。

『我要搭七點的飛機回去，我會在這裡等你等到最後一刻。』

——要不要試著想像一下未來的自己？

叔叔為什麼要這麼問？萬一到了三十歲、四十歲還繼續當家裡蹲就太難看了，快點改過自新吧！叔叔是這樣的意思嗎？叔叔是不是認為我到了四十歲還會在家裡蹲？

有人難過地把臉埋進枕頭裡。我能有什麼辦法？昨天和今天都不會改變。明天肯定也不會改變。既然這樣，未來還有什麼好想像的？

未來根本不存在。

早在那天就消失了。

＊

今天會不會太熱了？不知道誰這麼嘀咕一句。

「你在那邊喊熱，也不會變得比較涼快啊！」

「就真的很熱，喊一下熱又不會怎樣！」喊熱的傢伙拉鬆制服的領帶，拿起筆記本對著冒出汗珠的臉部和頸部搧風。「都九月底了，還這麼熱。」

「有一部分應該是因為剛吃完便當，才會覺得熱。」有人若無其事地插嘴說道。「用餐後即使靜靜待著不動，代謝量也會大幅增加。養分被分解後，會化為體熱被消耗掉。因為這樣，身體才會發熱或流汗。據說這現象叫作攝食產熱效應。」

「……不愧是川嶋，果然是家裡開醫院的小孩。」

「你未來的夢想是當醫生，對吧？」

與有人升上同一所私立中學的同學當中，有個人四處宣傳有人在小學畢業紀念冊上的留言，這件事因此成了眾所皆知的事實。其實有人也沒有特別隱瞞這個事實，他老家的醫院也確實頗有知名度。只不過，被人直接點出「醫生」這個字眼，有人頓時為自己愛分享知識的表現感到難為情。「……但應該會是我哥繼承家業就是了。」

「欸！要不要去體育館？今天是開放給我們二年級使用的日子。」

隨著女同學的聲音傳來，有人自然而然地轉頭看向聲音傳來的方向。聲音的主人是一群女同學當中最為亮眼，也是在團體裡擁有最高地位的上原。白色上衣映入眼簾。有人難以控制不讓目光集中在白色上衣底下隱隱透出的曲線上。

「要不要去練排球的托球？」

「好主意！」

「道下同學，妳要不要一起去？」

被稱呼道下的少女臉上，瞬間閃過遲疑的神情。不過，她立刻展露開心的笑容，門牙上的不顯眼矯正器隨之泛光。

「我也想去。」

「那就走吧！不然午休時間快結束了！」

「啊！等一下！補充一下能量！」圍在上原四周的其中一人拿出小東西分發給大家。

「我爸帶回來的伴手禮。聽說是比利時的巧克力。」

加上道下共八名女同學走出了教室。女同學們一離開，教室裡的空氣頓時變得乏味。

對於我剛才的表現，那幾個女同學當中，不知道有誰會有什麼想法？如果是覺得我很博學多聞或覺得很帥，那當然令人開心，但不可否認地，女同學們也有可能覺得我太愛出鋒頭而嗤之以鼻。思考到這裡，有人冒出一身冷汗心想：「如果是後者，真希望可以刪除剛才的那一分鐘。」不過，女生還真是擁有不可思議的力量，一種會讓男生想要逞強的力量。

「我們要不要也去體育館？要不要打籃球？」

最先喊熱的傢伙提議道。

「好啊，來玩三打三。」

想要追著女生們的腳步而去的男生們紛紛表示贊成。

「道下也被約去了呢！」

「你對道下有意思啊？」

「你管太多了吧！我只是覺得她能夠慢慢融入大家很好而已。」

「上原主動約道下，真的是天使來的。」

「道下她有帶著女生愛用的小包包去喔！」

「你去這樣跟她說啊！」

有人想起她——道下麗奈剛才的表情變化。從遲疑的表情化為開心的笑臉。那想必是道下的真實情感表露。道下是放完暑假後轉學來的新面孔。有人就讀的私立中學原本就設有接納轉學生的制度，但從有人入學以來，道下是第一個實際轉學進來的學生。

道下不僅是轉學生，還是個從紐約回來的僑生。

雖然道下在日語溝通上沒有問題，但班上同學都是表現出和她保持距離以觀察狀況的態度。當時班上散發出「在辨別出無預警現身的異類是什麼樣的個體之前，難以決定應對態度」的氛圍。道下每天都是一個人去教室、一個人去上廁所、一個人吃便當、一個人放學回家。

總是孤孤單單的道下終於獲得邀約。她的情緒想必先是驚訝，接著化為滿心歡喜。儘管被大家觀察，道下依舊表現出堅毅的態度，沒有刻意討好大家，但她內心肯定很想早點跟某個同學拉近距離。畢竟在學校生活中，如果能夠歸屬於某個團體，就會產生安心感。

有人等人抵達了體育館。八個女同學在距離入口較遠的舞臺那側，圍成一圈互傳著排球。上原失誤把排球拍到其他方向，道下追上去靈巧地把球拍了回來。所有女生當中，道下最靈活地動來動去，熱得都流汗了。

三打三時，本地規則是當成員超過七人以上的話，只要某一方投籃得分，得分者就必須下場，換多出來的成員上場。有人最初排在多出來的成員當中，順序是第二個上場。有人在旁等待著上場的機會到來，但眼睛不是望著眼前的三打三場面，而是望著女同學打排球。道下依舊積極地拍著球，但看起來呼吸似乎有些急促。

第二個人投籃得分，輪到有人上場。有人不太擅長打籃球，他試圖擋球，但球從他的手的上方飛過，傳到對手的隊友手中，對手順利投籃得分。我一定要搶到下一顆球，然後投籃得分！就在有人這麼心想的時候——

「道下同學？」上原的聲音傳來。「妳怎麼了？沒事吧？」
有人移動視線一看，發現原本打著排球的女同學們聚成一團。
「女生她們怎麼了？」
手拿籃球的傢伙停下動作，對著等待上場的人問道。
「我也不太清楚狀況耶。」回答的傢伙瞇起雙眼凝視女同學們繼續說：「道下剛才突然下場到旁邊坐著休息。然後不知道怎樣，就突然倒下來。」
「會不會是暈倒了？」
「貧血嗎？」
女同學們聚在一起形成一座堡壘，遮住了道下的身影。
上原從散發慌張氣氛的堡壘一角，轉頭看向有人這方。
有人甚至覺得自己和上原的視線交會。或許所有男生都和有人有著一樣的感受。不過，沒有一個男生採取行動。有人也一樣。即使擁有讓男生想要逞強的不可思議力量，也敵不過漸漸擴散全場的不尋常氛圍。
「天啊！」
一名女同學往後退了一步。
「欸！」上原大聲喊道。「你們！」

上原沒有接著喊出求救的話語。隨著慘叫聲，女同學們圍成的堡壘開始崩裂。裂縫間，出現道下無力攤在地上的手。

男生們沒有採取行動。應該說想動也動不了。大家全怔住了。

——如果有哪位乘客是醫生或護理師，煩請……

這時，有人的眼底浮現過去在他心中，深深烙下嚮往印記的叔叔背影。

忽然間，有人朝向女同學們的方向跑了出去。帥氣的叔叔。救了急症病患的叔叔。如果能夠像叔叔一樣——有人抱著一顆嚮往之心，同時心想：「總之要先想辦法幫忙！既然沒有人採取行動，就必須有個人率先行動！」有人每蹬踏地板一步，這般想法便越發強烈。有人之所以會採取行動，並不是因為女生擁有不可思議的力量。他才不在乎什麼逞不逞強。

發現有人跑過來後，女同學們推開堡壘讓出路來。

仰臥在體育館地板上的道下身影，映入有人的眼簾。看了一眼後，有人發現事態的嚴重程度，臉上頓時失去血色。道下的臉、脖子、手臂、雙腳，所有暴露在外的肌膚都發紅，也可看到有出疹的現象。道下每呼吸一次，就會聽見喉嚨深處傳來咻咻叫的聲音。

「……我去叫老師。」

某個女同學這麼說時，道下動了動手，嘴巴也一張一合地動著。道下的手移向舞臺的方向。那動作似乎像在尋找著什麼，於是有人看了看舞臺附近的狀況，但只看見方才有個男同學當成說笑話題的小包包被隨意丟著。
道下嚴重到呼吸困難的程度，一副吸不到氣的模樣。
如果是叔叔碰到這種狀況，他會怎麼做？
有人奔向道下身邊，抬高道下的下巴，讓她張開嘴巴後，捏住鼻子。接下來——
我必須和道下嘴對嘴吹氣，進行人工呼吸才行——自從對機艙內的叔叔抱有嚮往之心後，有人便自學起急救知識。
可是，進行到捏住鼻子的步驟後，有人不禁停下了動作。有人知道這是緊急狀況，但想到必須在所有人注視之下與道下嘴對嘴，還是忍不住猶豫起來。除此之外，道下是否有過接吻經驗，也讓有人感到在意。萬一沒有，有人豈不是成了道下的初吻對象。對有人來說，也會是初吻。
道下忽然別過臉去。
一轉眼，嘔吐物已經灑在有人的手上。女生們發出一陣慘叫，有人也猛地縮回手。一股惡臭撲鼻而來。道下在體育館的地板上豎起指甲，一邊吐出如奶昔般的胃部內容物，一邊發出怪異的咳嗽聲。
有可能是被嘔吐物卡住喉嚨，也可能是嚴重到停止呼吸，道下已經失去意識。她翻著白眼，臉上滿是黏答答的嘔吐物。

如果是嘔吐物卡在嘴裡，就要把嘔吐物挖個乾淨，然後真的要趕快嘴對嘴吹氣才行。

有人這麼告訴自己，但眼前的光景和異臭讓他感到噁心反胃。

下一秒鐘，有人忍不住也跟著一起嘔吐。儘管感受到周遭變得更加喧鬧，有人也已經無心理會。他只知道自己不舒服到了極點。有人不想待在這裡，恨不得可以獨自瞬間移動到氣味清爽的乾淨空間。

對了，剛才聽到像風切聲一樣咻咻叫的聲音究竟是怎麼一回事？在反胃感斷斷續續湧上的短暫空檔裡，有人或許勉強還思考過一次這個問題。

「讓開！」

有人被粗魯地推開，手掌不偏不移地栽進自己的嘔吐物之中。有人一看，發現是被班導師推開，緊接著看見白袍衣角掀起。保健老師也來了。

「是道下同學，那有可能是過敏性休克。」中年女保健老師滔滔不絕地說道。「她應該有隨身攜帶腎上腺素筆（註3）才對。」

導師眼尖地立刻發現道下的小包包，並衝上前去。導師毫不猶豫地拉開拉鍊，從小包包裡取出器具。

那器具的造型看起來很像加大號的膠水。細長型的筒狀塑膠容器貼著白色標籤，一頭有著黃色蓋子。怎麼會要用膠水？有人內心就快茫然升起這般疑問時，保健老師大喊一句：

「就是那個沒錯！」導師把容器遞給了保健老師。

「可以打嗎？」

「要打。不打不行。請打電話叫救護車。」

導師當場拿出手機，保健老師把道下的裙子捲高到就快露出內褲的位置。有人看見道下的大腿上留有尿失禁的痕跡。

黃色蓋子不是那種轉開來的設計，保健老師只靠著大拇指，便輕鬆推開蓋子。裝在裡頭的瓶子露了出來。裡頭的瓶子外觀更是像極了膠水。用來塗抹膠水的前端部位呈現橘色，尾部帶有藍色的蓋子。有別於外部容器，裡頭的瓶子瓶身貼著黃色標籤。

保健老師打開了藍色蓋子。有人一邊心想：「蓋子被打開了耶。」一邊抱著事不關己的心態望著眼前。這時，套著白袍的手臂往下揮動。橘色的前端部位被用力按壓在道下暴露在外的白皙大腿外側。

輕輕的一聲喀嚓聲傳來。

就這麼按壓住幾秒鐘後，保健老師挪開那瓶像膠水的東西，跟著用右手搓揉被按壓過的大腿部位。

註3：即腎上腺素自動注射器，用於緊急處理過敏性休克反應。

雖然保健老師握在手中，但看得出來橘色的前端部位變長了。

不知不覺中，其他幾名教職員也聚集了過來。

「其他學生都離開體育館，回自己的教室去。」

只有有人被導師要求留在現場。

「川嶋，到底是怎麼回事？你好好說明一下道下變成這樣之前是什麼狀況？」

有人有種莫名奇妙被大聲怒罵的感覺。他保持無力癱坐在地上的姿勢，嚥下口中的唾液。胃液的強烈酸味刺激著喉嚨的黏膜。

「我是想……想、想做急救……想做人工呼吸。」

「道下沒有說嗎？她沒有說要拿腎上腺素筆嗎？」

有人這才明白方才道下動了動手，還一張一合地動著嘴巴，原來就是要拿腎上腺素筆的意思。

「道下有做了一些動作……但我完全不知道是要拿腎上腺素筆。而且，她連發出聲音都有困難……」

有人看見道下在保健老師的白袍另一端，縮了一下身子。救護車的警笛聲漸漸逼近。

在其他老師的催促下，有人站了起來。警笛聲逼近到附近後，安靜了下來。想必是事前已被告知，兩名事務員拿著處理汙穢物的清掃用具，戴著拋棄式手套和口罩、身穿塑膠材質的圍裙出現。事務員像是要掩飾被嘔吐物弄髒的地方似的，鋪上滿滿的紙巾。一陣氯臭味傳來。

有人照著指示，當場脫去弄髒的衣服。他接過替換的備用制服穿上，但尺寸太大了。有人脫下的制服被放進塑膠袋裡歸還回來。在那之後，有人在一走出體育館就會看見的洗手台，被要求洗手洗了好長一段時間，差點沒有洗破皮。

洗手途中，道下躺在擔架上，從有人身後被送走了。保健老師也跟在一旁。道下的面孔隨著擔架發出的噪音一忽兒便已遠去。看不出是生是死的道下殘影，深深烙印在有人的腦海裡。

午休過後正在上第五節課時，有人單手拎著裝了制服的塑膠袋回到教室。有人從後門悄悄地走進教室，卻還是逃不過全班同學，甚至講臺上的數學老師，也停下寫黑板的動作回頭看的命運。數學老師的√符號只畫到一半，手上的白色粉筆便應聲折斷。

有人完全不記得數學課上了哪些內容。

第五節課一結束，擺明是說給有人聽的譏笑話語在空中交錯。

「你們有沒有覺得很臭?也太臭了吧！」

「不是啊，也太遜了吧！」

「他跑過去是要幹嘛啊？」

「想救人啊！但沒那本領就是了。」

「他還跟著一起抓兔子耶！想搞笑也不是這樣。」

「他未來的夢想不是當醫生嗎？」

「是啊，人家是醫生喔！」

雖然也有同學出聲制止，但一下子就被越發熱烈的譏笑聲掩蓋過去。

「我以前就一直在想，立志當醫生會不會太誇張了？」

「立志當醫生卻那副德性，根本當不了嘛！」

有人僵著身子坐在自己的座位上，承受著恥笑聲的洗禮。

女同學們的交談也都是繞在午休事件的話題上。

「道下同學不知道會不會有事？」

「她那是怎樣啊？」

「想到就覺得噁心。我今天晚上肯定會睡不著。」

對於突然倒地的道下，女同學們在言談之間流露出的厭惡感勝於關心。上原的發言更是直接：

「而且，連川嶋也跟著吐了。真是噁心到極點。」

提議說要玩三打三的同學來到有人的座位旁邊，踹了一下椅腳說：

「肛門科醫生的兒子乖乖看歐吉桑的肛門就好了啊！」

有人難以承受地拿著書包和塑膠袋，從座位上站起來。

「你想跑去哪啊！」

除了教室，哪裡都好。有人逃離教室，一心只想去到一個沒有人知道他的失態的地方。

喊著「遜斃了！」的聲音化為無數尖刺，朝向在走廊上奔跑的有人背部射來。

有人在ＪＲ中央線的車廂內，一直低著頭看向下方。不僅穿著肩寬過寬、袖子過長、褲管拖地的制服，還捧著大大的塑膠袋，有人不禁覺得所有陌生乘客都在看他。

在阿佐之谷站下車後，有人顧不及弄髒褲管步行了十分鐘左右。有人的脖子四周被汗水沾溼，但那不是單純因為太熱而流的汗水。有人快步走過父親擔任院長的醫院前方，抵達位在醫院隔壁的自家住宅後，拿出鑰匙打開玄關門。趁著沒有人在家，有人把弄髒的制服全部塞進洗衣機，隨便操作了洗衣機。雖然從不曾操作過洗衣機，但有人絲毫不以為意。他一心只想盡快消除痕跡。

有人喝了冰箱裡的汽水。明明把便當都吐了出來，肚子裡應該空空的，有人卻只想喝東西而已。

客廳的時鐘就快指向下午三點半。

有人準備回自己的房間時，母親出現了。有人的母親和父親一樣都是肛門科的醫生，並以女醫師的身分在醫院裡上班，但並非全職。「你翹課了啊？」母親單刀直入地問道。

「……嗯。」

「身體不舒服嗎？不是啊，你跟人家借了制服啊？」

有人沒有回答。「洗衣機怎麼會有聲音？」母親察覺到洗衣機的聲音，往洗衣間走去。

有人趁機衝上樓回到自己的房間，脫去備用的制服。樓下傳來母親詢問為什麼要洗制服的聲音，但有人沒有回答。在那之後，母親隔著房門不知道呼喊、詢問了有人多少遍。你還不舒服嗎？要不要吃飯？我有煮稀飯喔！你要洗澡嗎？今天發生什麼事了？——自始至終，有人一直保持沉默。他不想告訴任何人發生了什麼事，祈禱著那時在場的所有人全都消失。

道下不知道怎樣了？有人想起了道下躺在擔架上被送走時的面孔。想像最糟的狀況後，有人不禁全身顫抖。因為他知道自己肯定會受到責難。

過了晚上七點鐘後，有人固守城池的原因輕而易舉地被揭穿了。學校打了電話到家裡來。從無故早退到午休事件的整個來龍去脈，校方全告訴了有人的父母親。

雖說是整個來龍去脈，但對於保健老師等人還沒到場的那段時間裡的種種，都是從當時在體育館的學生口中聽來的內容。從班上同學在第五節課結束後表現出來的態度，有人能夠輕易揣測大家會如何描述他的舉動。

在父親嚴厲的一聲斥喝下，有人不得不放棄固守行動，隨著父親下樓。走到客廳後，有人看見母親和哥哥也都一臉嚴肅的表情。

「有人，我們家從你祖父那一代開始，就一直經營醫院。爸爸和媽媽也都是醫生。」父親先這麼叮囑事實。「不過，你只是一個外行的普通國中生，不應該簡單看待醫療行為。你太自以為是了！」

自以為是。這四個字深深刺入有人的頭頂，一路貫穿到內心深處。

「爸爸會出面好好跟那女同學的父母親溝通。」

「聽說救回了一命。」母親夾雜著嘆息聲說道。「不過，有可能會留下輕微的後遺症。雖然時間不長，但有一小段時間大腦呈現缺氧狀態。」

「為了以防萬一，我已經聯絡過律師。這方面你不需要過度擔心。只是……」

父親暫時停頓下來，在胸前交叉起雙手閉上眼睛。緩緩搖了搖頭後，父親一改眼神瞪著有人看。父親的強烈目光朝向有人射來，兩顆眼球彷彿隨時有可能從眼窩裡飛出來。

「你應該只要打電話叫救護車就好。那才是正確的判斷。醫生是不允許失誤的職業，但你今天出了錯。」

有人不自覺地發出了哽咽聲。「你可以回房間去了。」父親放過了有人。感覺上，父親的態度與其說是出自體貼，更像是覺得無藥可救而決定放棄。

有人回到自己的房間放聲哭泣。

到了隔天早上，有人面臨了最大難關——到學校上課。如果要有人選擇爬上聖母峰的山頂或到學校上課，有人肯定會選擇前者。即便如此，有人還是穿上洗好的制服，勉強拖著宛如綁上重石的腳步去到了學校。

有人一走進教室，彷彿繁多顏料胡亂交雜的喧鬧氣氛瞬間安靜下來。一陣永恆般的寧靜過後，教室裡又開始慢慢喧鬧起來。不過，陷入沉默前的缺乏統一性的多樣色彩，在看見有人的身影後，全化為同一色彩。那是一種瞧不起有人、嘲笑有人、皺眉冷漠看待有人的色彩，一種讓人化為被霸凌者的色彩。

有人的智慧手機收到了簡訊。『你還真有臉來學校』。

去了廁所回來後，有人發現書桌上被人塗鴉。『誤診王』、『無醫生潛力』。

女同學的低聲絮語撼動著有人的耳膜。「川嶋同學說以後想當醫生，也太可怕了吧？」

有人無法忍受到放學時間。他趁著午餐時的混亂場面，還是翹課了。

在那之後，有人沒有再去學校上課。正確來說，是做不到。每次有人試圖穿上制服，心臟就會像發狂的馬兒一樣猛烈跳動，汗如雨下，緊接著開始發寒，最後嘔吐。父母親開了鎮靜劑給有人吃，但還是無效。有人也去看過父母親透過人脈找到的精神內科，結果什麼也沒改變。

有人幾乎整天都在自己的房間裡生活。等到父母親和哥哥出門去醫院和學校後，有人才會爬出被窩，在空無一人的餐廳吃冷掉的早餐。午餐他會隨便找像是杯麵之類的東西來吃。到了晚上，有人會等到家人都安靜入睡後，才去吃一樣是冷掉的晚餐，然後沖澡。有人會盡其所能地憋著不上廁所，真的憋不住時就使用靠近自己房間的二樓廁所。雖然很少那麼做，但有人時而會在半夜兩點鐘過後，去到家裡附近的便利商店購買零食、果汁、漫畫雜誌，或當下所需的東西。買東西時，有人是用存下來的壓歲錢付錢。

和人偶爾會隔著房門跟有人說話。

『道下同學好像出院了喔。』

『今天爸爸和律師去跟道下同學一家人溝通。對方好像沒有責怪你。』

『我聽說她正在做復健，似乎有輕微的言語障礙。』

『不過，她下星期就會去學校上課。』

和人會告訴有人關於道下的近況，但有人猜不出和人的用意何在。和人傳達的資訊像是試圖讓有人安心，但相反地，也像在譴責有人足不出戶。

『聽說道下同學本人說她不應該隨便吃別人給的東西，所以責任在於自己。』

有人腦袋放空聽著哥哥自顧自地說話，聽著聽著，自然而然地掌握到道下的狀況。

道下從幼年時期就對小麥或花生等多種食物過敏。

為了預防嚴重過敏症狀發作，道下隨身攜帶過敏性休克的輔助治療劑——腎上腺素筆。

去體育館時，同學分給道下的巧克力當中，含有構成過敏原的堅果泥。

當時道下確認過包裝，但看不懂包裝上的文字。

雖然察覺到有堅果的味道，但道下心想「只是少量，應該不會有事」，所以還是吃下巧克力。

『因為這樣，她才會說是自己不對。』

道下有言語障礙的後遺症，不知道她是如何傳達這些話語？有人一點也不想去想像這件事。雖然道下承認責任在於自己，但不可能不怨恨有人沒有採取適當的行動。畢竟這件事留下了後遺症，就跟奪走了道下的未來沒什麼差別。

有人從未回應過和人的話語。漸漸地，和人也不再那麼主動向有人搭腔了。有人和父母親之間，也只有最低限度的互動。遇到逼不得已的時候，有人會利用在ＬＩＮＥ設定的家人群組。

時光一點一滴流過，四季輪迴後，新的年度到來。有人理應升上國中三年級，但打從那天開始，一切都沒有改變，有人依舊幾乎一整天都在房間裡度過。每一天，有人都是利用電腦看影片、玩手機遊戲來消磨時間。他任憑頭髮留長，等超出忍耐極限時，就拿文具用品類的剪刀自己剪頭髮。

繡球花盛開的季節到來，好一段時間沒有來搭腔的和人搭腔說：

『欸，遊戲好玩嗎？』

有人兄弟之間幾乎沒什麼溝通，和人卻徹底識破有人的行動。

『你如果看到不錯的黃色影片，再ＬＩＮＥ給我啊！我喜歡偏娃娃臉的可愛長相、胸部大的女生。』

有人不禁心想原來兄弟對女生的喜好也會十分相似。和人的語調極其自然，既沒有像是在應付難搞傢伙的感覺，也聽不出瞧不起弟弟在家裡蹲的意味。

因為實在太過自然，有人也隨之卸下警戒心聽著和人接續說出的話語，以至於不小心被話語一箭射中內心。

『那天，你只是想救那女生而已嗎？還是，你其實是懷著不軌之心？你當時實際是想怎樣？』

那天。改變了一切的那天。

「……我……」有人擠出沙啞的聲音說道。「我只是……」

有人說到一半停了下來。抗拒感卡在有人的喉嚨，讓他說不出話來。

和人等著有人接下來的話語等了好一會兒，但最後靜靜地離開了。

「……我只是……」

我只是想變成像叔叔那樣而已。

*

那天，有人十四歲。在那之後直到今天，也就是有人迎接十六歲的元旦，有人一直活在封閉的世界裡。

『有人，我差不多該走了。』

有人感覺到叔叔在房門的另一端站起身子。此時天色早已轉暗，房間裡一片昏暗。有人按了一下智慧手機的歸位鍵。液晶螢幕發出刺眼的光芒，彷彿在說：「別看我！」有人皺起眉頭確認時間後，發現叔叔在冰冷的走廊上堅持了將近兩小時。

『我是想跟你說關於高中的事。』

有人不想聽到「高中」這個字眼。要不是那天，有人現在理應是高中一年級生。自從國中那時不再去學校後，有人便一直獨自留在原地，哪兒也去不成。有人感覺到一天比一天更加動彈不得，而「高中」兩字讓這般感覺變得明確。

『有一所高中我覺得挺適合你去報考看看。』

事到如今還要考高中？就算考上了，想也知道有人在同屆學生之中會有多麼突兀。想忘也忘不了的譏笑聲，在有人的腦中交錯。

『我工作的小島上，有一所根本不會介意你在意的事情，還會很樂意接受你的高中。』

有人的身體不自覺地使力，床鋪隨之嘎吱作響。有人記得叔叔是在北海道的離島工作。那座島的名字是……忘了。

『你有在聽我說話，對吧？』想必是聽到了嘎吱聲響，叔叔的聲音變得開朗一些。

『我在想那所高中應該很適合現在的你。那裡有宿舍提供給從遠地去就讀的學生住宿，要是不想住宿舍，也可以跟我一起住。』

現在的我——有人轉頭看向被房門遮住而看不見的叔叔。現在的我除了連高中生都當不成，只是個家裡蹲之外，還能有什麼？

『你有沒有聽過好心撒馬利亞人的比喻？』

有人不曾聽過什麼好心撒馬利亞人，繼續堅持著沉默的態度。『沒事，你沒聽過也無所謂。』叔叔也不在意地說道，並且繼續說：

『我覺得你那天的舉動並沒有錯。』

有人咬住臉頰內側的肉。有人之前便從哥哥口中聽過叔叔像這樣袒護過他，但這時才第一次親耳聽到叔叔的袒護話語。叔叔在七年前去到小島的診所服務後，不論是掃墓或過年，都沒有回來過。

『所以，我希望你不要就這樣終其一生。我希望你能夠試著思考一下未來。』

叔叔又提起「未來」這個字眼。有人聽了後，還是不禁悲從中來。叔叔根本不懂。一次的跌倒也可能改變一切。而且，有人跌倒後，還遇上陡峻的坡道。有人根本無計可施，只能一路滾下坡，如今在地獄深淵把身體縮成一團。

四周一片漆黑，有人根本看不見眼前有什麼。他只知道一切糟透了。

『可以的話，我想要看著你說話。』

叔叔的聲音拉遠了一些。有人知道叔叔轉了身。意思就是，叔叔已經準備要離開。

『我希望你可以考慮一下報考高中的事。』

有人暗自說：「不管做什麼都沒用的。」

『我回去後再打電話給你。到時候要接電話喔！』

放輕的腳步聲逐漸遠去。

在那之後，有人等了五分鐘。他心想差不多等夠久了，於是爬出被窩，抓住門把準備開門。其實大約在三十分鐘前，有人早有尿意，但因為叔叔守在門口，所以去不成廁所。

悄悄打開房門後，有人嚇得跳了一下，差點就快尿了出來。

「嗨！被我嚇一跳啊？」

叔叔沒有走，還在燈光明亮的走廊上。

「我想說如果不這麼做，你肯定不會出來。」叔叔給人的印象跟在機艙內站起身子的那一天幾乎沒有改變，看起來比實際年齡更顯年輕的臉上，浮現成功騙了有人的得意笑容。

「我訂了最後一班飛機。」

「為什麼？」

「我剛剛不是說過想要看到你嗎？」看來叔叔識破了一切。「可以看到你真開心。對了，你不趕快去廁所ＯＫ嗎？」

不ＯＫ。有人急忙衝向二樓的廁所。叔叔也跟了過來，而且竟然站在廁所門口不動。

「叔叔，你擋到我了。」

「我剛剛說的，真的希望你可以考慮一下。」

「你是說考高中的事？」

「嗯。」壞心眼的叔叔在這時收起笑容，露出誠摯的表情。「我工作的小島上會有那樣的高中，相信也是一種冥冥之中的安排。那所高中合適到讓我忍不住這麼想。」

有人扭動著雙腳，但叔叔只是直直注視著他。

「到時如果真的覺得不適合，再退學也不會怎樣。問題是你願不願意試一試？」

廁所的門就近在眼前，但被叔叔以肉身擋住，開不了門。膀胱持續發出緊急訊號。有人萬萬沒料到叔叔會使出如此陰險的攻擊。不過，叔叔投來的目光中，帶著真心真意為有人著想的色彩。

「有人，你就試一試看看……」

「好、好啦！」有人以機關槍般的說話速度答道。「既然叔叔要我那麼做，那就做吧！」

「我不是在要求。這不是命令喔！」

「嗯……嗯。」可以的話，有人比較想命令叔叔讓開來。「如、如果只是去考試，可以啦……」

叔叔的表情頓時變得明亮。「真的嗎？」

「真、真的。但我完全沒有讀書就是了。」事態已經來到刻不容緩的地步。「抱歉，借過。」

有人伸直手臂準備推開叔叔的那一刻，叔叔迅速挪開身子。真是千鈞一髮。有人在廁所裡鬆口氣這麼心想時，傳來叔叔的開朗聲音：

『那我就去安排了喔！謝謝你願意試一試。你盡情解放吧！』

其實我不是那麼願意的……有人還來不及更正叔叔的說法，叔叔這回是真的離開了。

上完廁所後，有人回到房間。順著事態演變，現在有人不得不報考高中，混亂的思緒加上內心的動搖使得他心悸不已。事到如今怎麼可能回到正常軌道？還是要賴跟叔叔說不要報考好了。雖然有人的腦海裡也閃過這樣的念頭，但家裡蹲期間培養出來的灰心意念，漸漸撫平混亂的思緒以及內心的動搖。又不是百分百一定考得上。反而應該說，考不上的機率比較高。再說，萬一考上了，只要現狀還是怎麼也改變不了的走投無路狀態，管它是待在這裡或待在叔叔那裡，也都一樣。

叔叔既然主動提出邀約，一定會為有人安排一個房間。哪怕房間外面的環境改變，只要不踏出房門就不成問題。現今這時代，便利商店隨處可見。就跟一路來一樣，必要時再利用深夜時間去便利商店就好。

有人在床上躺了下來。

＊

事情進行得相當順利。有人覺得自己宛如被放在輸送帶上大量生產的餅乾。目前有人所處的狀態就是，擅自被人揉成麵團後，經過烤箱烘烤，再點綴上巧克力，現在已裝箱完成等著出貨到叔叔工作的小島。

當然了，過程中有人不可能一概不參與。接受入學考試前，包含家長在內，叔叔推薦的那所高中的校長、管區教育委員會的職員與有人進行過面試。對方來到有人的家中，拿出介紹小島和高中的手冊，針對地區和學校做了說明。有人微微低著頭沒有看手冊一眼，只有在對方發問時才出聲回答。

半夜出門不算在內的話，考試當天可說是有人睽違已久的外出。那一天，厚厚一層烏雲像是要壓垮大氣似地覆蓋住整片天空，讓人就快喘不過氣來。有人的母親開車載他去到被指定為考場的公共設施。面試時見過面的教育委員會職員，以及這回換成是副校長兩人出現在考場上。只為了有人一個學生，兩人特地來到東京，在一間小房間裡完成監考後，收走了題目卷和答案卷。對國中二年級上到一半就停止學習的有人來說，時間充裕到讓人頭痛。

有人在心中反覆告訴自己：「反正我又不想去，考不上也無所謂。」

然而，有人收到的卻是一張合格通知單。

那什麼學校啊，考成那樣居然還考得上？有人反而害怕了起來，心想會不會是一所龍蛇雜處的學校。這樣還不如參加函授課程比較好。

有人沒能夠直升高中部時，父母親曾經提議他就讀採用函授制度的高中。那時如果乖乖聽從父母親的提議，就不必報考什麼北海道離島的高中了。話說回來，就算成了函授制度高中的學生，有人八成也是過著和現在沒太大差別的日子。

如果是那天之前的那個想要變成像叔叔那樣的有人，就會為了考上醫學院而認真讀書。

＊

三月最後一個星期天的早上，有人離家的日子到來。為了接有人，叔叔特地在前一天就先回來。

「哥哥、嫂嫂、和人，你們就放心把有人交給我吧！」

有人搭上計程車準備離去時，別說是父母親，就連和人也出來送他。和人考上了父母親的母校的醫學院。有人從長長的瀏海縫隙間看向自己的哥哥，哥哥咧嘴一笑，還豎起大拇指。

有人把背包放上膝蓋，身體靠著椅背心想：「還真是個樂觀的哥哥。」和人一臉深信弟弟總算擺脫不具生產性的家裡蹲生活，朝向明亮未來踏出一步的表情。

哪裡明亮了？今天還是個下雨天。下雨就算了，至少來個傾盆大雨，感覺還會爽快一些。這種綿綿落下的細雨，與其說是想讓人被淋溼，反而更像是想讓人心情變差。

從羽田機場飛往新千歲機場後，搭上快速電車來到了札幌。北海道畢竟比較冷，有人急忙穿上原本捲成一團帶著走動的羽絨外套，再圍上黑色圍巾。

從灰色天空落下的不是雨滴，而是顯得沉重的鵝毛大雪。

「這裡有時候五月也會下雪。」

叔叔說道，有人一時還以為自己聽錯了。

在與札幌車站相通的巴士總站，搭上了長程巴士。花了約莫三小時的時間後，巴士總算抵達名為「後茂內」的城鎮的渡船航站。有人和叔叔搭了早上第一班飛機出發，在這個時間點卻已經過了下午一點鐘。小規模的渡船航站出乎預料地新，地板也十分乾淨。不知道為什麼，剪票口旁邊立著一塊大型看板，畫出深受喜愛的美少女圖案。不知何時雪已經停了下來，取而代之地，大地被覆蓋上一層不起眼的薄雲。海上吹來冷颼颼的強風，浪花聲不間斷地傳入耳中。

再不久就要出航了。

「還是吃一下暈船藥比較好。」

叔叔從航站的餐廳買來飯糰，讓有人先吃一顆飯糰，再吞下膠囊狀的藥丸。

「吃了藥應該會想睡，你上船就睡吧！我們要搭一個半小時的船。」

走上渡船時，有人摸了甲板的扶手。扶手被海風吹得黏答答。有人看見有男女共用的廁所，於是打開廁所門，一看發現是老舊的蹲式馬桶，便堅決地告訴自己除非事態緊急，否則就忍著不要上廁所。渡船共有三層船艙，叔叔挑了中間層。中間層的船艙鋪著地毯，必須脫掉鞋子才能上去，有人看見已經有好幾名乘客大剌剌地躺在地毯上睡覺。

「這不是川嶋醫生嗎？」女子的沙啞聲音從角落傳了過來。「真的，看到你回來實在是太好了！」

幾乎當場所有人都立刻上前圍住叔叔。有人掌握不到狀況而感到困惑，頓時低下頭來。

「你周末去哪兒了？」

「都沒看到你，心裡好不踏實啊！」

「他就是你說的那孩子啊？」

「你可以把頭朝向船頭比較不會暈。」叔叔低聲對著有人這麼說一句後，便走遠了。

喧鬧聲跟在叔叔的後頭遠去。

有人把以防萬一的塑膠袋放在身邊後，拿背包當枕頭閉上了眼睛。渡船的引擎聲和海浪拍打船身的聲音很吵，但想必是叔叔給的暈船藥發揮了作用，有人在暈船之前先睡著了。

「快到了喔！」

叔叔搖醒有人說道。有人看不清楚叔叔的臉。光線實在太刺眼了。

「快準備下船。」

有人一挺起上半身，瞬間感到一陣暈眩。他把塑膠袋塞進羽絨外套的口袋裡，背起拿來當枕頭的背包。

「白眶海鴿耶！」

叔叔把臉貼近窗戶，自言自語道。有人也跟著看向窗外。

不知不覺中，天氣已經放晴。一道道海浪反射著陽光，使得海面看起來就像無數發光碎片聚集在一起。近似黑色的鳥飛過海面，長了蹼的鳥腳呈現鮮豔的紅色。有人發現不只一隻而已。他忍著刺眼的光芒，瞇起眼睛仔細一看後，發現從近處到遠處，隨處可看見鳥兒的身影在海面上穿梭。

「那隻是丹氏鸕鶿。不知道有沒有角嘴海雀？」叔叔搭著有人的肩膀，把有人拉近自己。「手冊上面不是也有介紹嗎？你將展開新生活的小島……叫什麼？」

有人哪敢說自己連封面都不曾翻開過，只能讓視線在空中遊走時，某人伸出了援手。

「叫海鳥樂園，對吧？醫生。」一名少女突然從叔叔身後現身。「你就是醫生的姪子有人，對不對？」

少女穿上的深藍色粗呢大衣把身體裹得緊緊的，胸前的牛角鈕扣感覺就快爆開來。一雙渾圓眼睛會讓人聯想到可愛松鼠的少女，露出天真的笑容輕輕揮揮手說：「多多指教喔！你的頭髮好長喔！」少女搖晃著掛在手肘上的羅森便利商店的大大塑膠袋，率先走出了船艙。

有人已經許久不曾被年紀相仿的異性搭話。那也就算了，少女方才還突然移動到有人和叔叔的中間，害得有人的心臟猛跳。等到察覺時，他的雙手已被莫名的汗水浸透。

小島的輪廓越來越清晰，而且比有人想像中的更小。有人從渡船側面的圓形窗戶往外一看，發現小島的左手邊地勢較高，高度隨著往右手邊移動，漸漸趨緩。整體看上去，像極了一邊被壓扁的車輪餅浮在水面上。地勢較高的那一端還有積雪，看上去白白的。渡船朝向地勢較低的方向駛去。看似民宅的建築物集中在被壓扁的那一端，以港口附近的地勢最低。

反過來說，小島地勢較高的那一端什麼也沒有。啥都沒有！

船艙門每打開一次，刺骨的寒風和海鷗爭鳴的叫聲就會隨之湧入。有人從船身側邊的圓形窗戶，移動到正面的窗戶邊。像在挖苦人似的，來到這裡後，天空變得一片晴朗，毫不留情地讓有人看清自己的目的地。防波堤、老舊燈塔。短短的狹窄港口附近，只見稀少的人影在走動。看似候船處的建築物，明顯有著走過歲月的斑駁痕跡。如破舊小屋般的名產店。眼前的一切都顯得黯淡無光。即便是如此蕭條的光景，那依舊是小島的大門，屬於較為發展的區域。

一條車道狹窄的馬路，從港口沿著小島的周圍延伸。馬路一穿過港口邊，立刻遇上陡峻的坡路。坡路側面經過補強的水泥牆上，寫著獻給到港渡船的文字。經過風雪吹打的油漆字已經褪了色，傳達著冷清的訊息。

『歡迎來到夢想浮島　照羽尻』

有人感覺到全身的力量從膝蓋慢慢散去。

在地獄深淵時一片漆黑，什麼也看不見，也不知道四周的景色長什麼樣。但現在，光芒照射下，照亮了一切。

天寒地凍。

我竟然來到了這樣的地方。

來到了地獄深淵。

要不是因為那天，根本不必來到這裡。

2

『有人，吃飯了！』叔叔敲著門邀約有人吃飯。『今天是吃野呂太太分享的鱈魚火鍋喔！』

叔叔敲門越敲越大聲。簡直就像演奏家針對樂譜標上漸強術語的部分，激昂地敲打著定音鼓。房門只有薄薄一層，如果置之不理，肯定會敲壞鉸鏈，不然就是把門敲出一個洞。有人打開了房門。

『一起吃吧！火鍋就是要大家一起圍著吃才好吃。』

只要使出定音鼓的攻擊招數，有人就會自動走出房間。畢竟萬一房門被敲壞了，有人想關在房間裡就會成問題。叔叔似乎就是知道這點，才會出招。

從阻礙上廁所的那一招開始，一切都被叔叔掌控在手上。有人一邊這麼心想，一邊撩起瀏海，走下極陡的階梯。

鱈魚火鍋的香味刺激著有人的鼻尖。餐桌上放著簡易型瓦斯爐，砂鍋裡滾得沸騰。從鍋底往上冒出來的小氣泡，使得湯汁裡的豆腐、水菜、長蔥和菇類以輕快的節奏感翻滾著。

「野呂太太連鍋子都一起送過來呢！」

真的有病患會帶著裝了料理的砂鍋到診所嗎？有人不禁感到訝異，但立刻改變了想法。就是真的有，眼前才會出現滾得沸騰的火鍋。

「從前面那條馬路往港口的方向走，不是會看見一家野呂旅館嗎？那裡有一家旅館的。就是那家旅館的太太送來的。」叔叔說明起野呂家的狀況。「在來小島的渡船上，你遇到過野呂太太的女兒。還記得嗎？」

有人想起身穿粗呢大衣的少女。叔叔在有人的對面坐了下來，有人移動視線看向叔叔的身後。牆壁上貼著月曆。從那天到今天，正好過了一個星期。

「那女生今年會升上照羽尻高中的二年級。你去上學後，就會再遇到她。」

「是喔。」有人這麼低喃一句後，把煮熟的每一樣食材都舀進湯匙造型的小碗裡。

自從來到照羽尻島的叔叔家同居後，有人不曾再一個人吃飯過。叔叔診所的上午看診時間從早上八點半到十一點半，下午從一點到四點半，所以早餐和晚餐都會受到叔叔的定音鼓攻擊而被迫一起吃飯。至於午餐，因為叔叔會趁著診所的休息時間回來家裡，所以目前也是和叔叔一起簡單吃些東西。到照羽尻島診所服務的醫師被安排了獨棟住宅，而且就在診所的隔壁，上下班根本花不到三十秒的時間。診所星期六、日休診，但叔叔會在跟平日一樣的時間起床，然後在書房閱讀文獻、查資料，或用電腦不知道打什麼文件，很少會出門。有人詢問過原因，叔叔說他有一支診所專用的手機，哪怕是在半夜或假日，他都希望只要手機一響，就能隨時動作。

有人沉默不語地吃著入口即化的鱈魚肉時，叔叔開口說：

「有人，你可以不用鎖門的。」

有人停下筷子。叔叔吃了蒟蒻絲，再咬一口長蔥後，直接拿和小碗成套的湯匙舀了一大口白飯送進嘴裡。

「野呂太太說因為門被鎖上了，她才會把火鍋送到診所去。」

「可是……」

「不會有事的。這小島上，沒有人會鎖住家裡的門的。」

叔叔笑著說如果是野呂太太，她應該會自己打開玄關門出聲喊人，若是沒有人回應，就會把鍋子放在從玄關要爬上來的地板上，就只會這樣而已。

聽說第一個抱怨門被鎖住的，是島上一個名叫田宮的宅配業者。為什麼會說是「聽說」呢？那是因為有人沒有直接被對方抱怨。因為有人一直關在房間裡，所以島民們說的話都是透過叔叔而得知。

總而言之，田宮似乎說了這樣的話。

——我說川嶋醫生啊，你為什麼要把玄關門鎖起來？這樣我要怎麼把亞馬遜寄來的包裹放進去？

如果是大規模的宅配業者，不會提供送到離島內的宅配服務。透過一天沒有多少航班的渡船被送到島上的包裹，都是由轉送業者的田宮承接，再配送到各家各戶去。

一般在宅配包裹時，送貨員都會先按門鈴，然後請收件人在送貨單上蓋章，才能取件。沒人在家時，就會重新安排時間送貨。不過，在照羽尻島，沒人在家時的處理方式跟一般不同。

就算沒人在家，田宮也會打開玄關門，把包裹放進屋子裡。在島上，這是理所當然的行為。因為沒有人會鎖門，這樣的處理方式才得以成立。說到這裡的玄關，設有屋簷的空間是採用像溫室一樣用玻璃圍起來的設計。叔叔告訴有人這樣的設計被稱為玄關玻璃罩，目的是為了遮擋寒風冰雪。不限於照羽尻島，據說在北海道，玄關玻璃罩的設計並不算稀奇。有人當然也被叮嚀不要鎖上玄關玻璃罩的門鎖。

有人深深感受到這裡和東京相差甚多。

「剛開始我也是很驚訝，但現在會覺得這代表著島民彼此之間有多麼互相信任。」叔叔把白飯吃個精光後，喝起呈現半透明色澤的火鍋湯。「所謂入境隨俗。不用上鎖也能放心，這樣不是很和平嗎？」

除非真的有急事，否則即使已經先吃飽飯，叔叔也不會離席。有時叔叔會向有人搭腔說話，有時只是很自然地坐在餐桌前。今天的叔叔屬於後者。叔叔時而面帶微笑悠哉地望著有人用筷子小口小口地把食物送進嘴裡，時而弓起背部再伸直背部，或是自言自語說著「明天的氣溫不知道會是幾度？」之類的話語。

在那之後，叔叔忽然扭轉上半身，看向背後的月曆。

「開學典禮的日子就快到了。」

月曆上可看見照羽尻島的風景照，三天後的日期格子裡被叔叔寫上『有人　照羽尻高中開學典禮』。

「……我不要去。」

「好吧。」叔叔沒有說出責備的話語。「如果你真的那麼想，就請假吧！」

「……對不起。」

有人從餐桌上站起身子。

來到照羽尻島後的一個星期，有人都在做什麼？他收拾了老家寄來的衣服以及極其簡便的日常用品，也玩了智慧手機裡的逃脫遊戲。玩是玩了，但依舊沒有靈感想出逃脫線索，就是想要安裝其他遊戲，叔叔家裡也沒有Wi-Fi分享器，所以有人必然只能放棄必須一直保持連線的遊戲，很快地也就沒事可做。有人心想至少可以看個漫畫雜誌，於是拜託叔叔到便利商店幫他買，沒料到叔叔回答島上沒有便利商店，有人當場連話都說不出來。

「這裡是有兩家店。漫畫……以前應該也有賣過吧。你想看什麼漫畫？」

「還是不用了。」有人好不容易才擠出這句話，撤回自己的要求。

在這裡，早報也不會一早就送來，要等到將近中午才會送達。

明明已經進入四月，小島卻比東京的冬天還要冷。越過日本海的強烈海風猛吹不停，時而還會飄起雪花。除了睡覺時間之外，房間裡的煤油暖氣機總是一直開著。如果是在東京，現在已經是賞櫻花的季節，而在小島上，時間像是慢了兩個月。

小島上各處設有擴音器，經常播放在東京絕對難以想像的內容。好比說，「今天是回收可燃垃圾的日子」之類的。

等叔叔去診所上班，剩下自己一人後，有人就會悄悄走出房間，查看屋內的狀況。那舉動就像受到保護的野貓會趁著沒有人的時候，確認周遭的狀況一樣。叔叔的住處是一棟三角屋頂、兩層樓高的老舊房子，一樓有餐廳和浴室等用水空間，還有一間和室房間，二樓有兩間房間，一間是叔叔的寢室，另一間是安排給有人的六張榻榻米大的房間。和室房間被叔叔當成書房使用，房間裡有醫療相關的專業書籍，還有插著網路線的桌上型電腦。每間房間都有暖爐，但相對地沒有空調。至於用來供應熱水的瓦斯熱水器，有人不知道該怎麼操作。

廁所乍看下像是沖水式設計，但事實上似乎是囤積在汙水槽裡。

餐廳的矮桌上放著有人為了報考而接受面試時收到的兩本手冊，分別介紹著照羽尻島和高中。那時有人連看也沒看一眼，如今只能嚥下「事到如今也為時已晚」的苦澀滋味翻開手冊來看。看了後，有人大致得知關於小島的知識。

照羽尻島是一座坐落在日本海上的離島，距離北海道西北方的後茂內港約三十公里遠。照羽尻島的外圍約十二公里長，人口約有三百二十人。島上的主要產業為水產業。島上只有一所中小學校，共用同一棟校舍。至於高中，當然也只有一所。

連結照羽尻島和北海道本島之間的交通手段只有渡船。在唯一交通手段的渡船上，有人透過船窗看見照羽尻島時的印象是「像一邊被壓扁的車輪餅」，但從整體俯瞰圖看來，卻長得像鈍化的矛頭。靠近北海道本島端的矛頭根部設有港口，也有沿著海岸繞一圈的馬路。包括診所在內，島民的生活範圍集中在靠近北海道本島端的馬路周邊地區，但到了半路似乎會進入沒有民宅的區域，往矛頭前端的方向標示著「冬季禁止車輛通行」。意思就是，靠近前端的一半區域，以及靠近北海道本島的相反方向，也就是靠近歐亞大陸端的那一帶區域並非人們居住的地區，而是鳥類的棲息地。反而應該說，鳥類才是這座島的主角，人們只是借住在島上的一小部分地區。

根據手冊的內容，包含叔叔說過的「白眶海鴿」、「丹氏鸕鶿」、「角嘴海雀」在內，島上共有八種海鳥繁殖。

照羽尻島是瀕臨絕種的崖海鴉會在日本繁殖的唯一島嶼。

在五月底到七月上旬的繁殖期，可觀賞到角嘴海雀的歸巢畫面。

照羽尻島是白眶海鴿在日本國內最大的繁殖地。

對鳥類不感興趣的有人來說，眼前看到的只是一大串完全無法觸動人心的文字。

高中的手冊比介紹照羽尻島的手冊更加單薄，但放了大量的照片，整本都是彩色頁面。不過，因為使用了很多照片，真實的一面也相對地被詳細呈現出來。

翻開封面後的左右兩頁是校舍的照片，那是一棟木造矮房。矮房有著藍色的鋼板屋頂。相信每個第一眼看到矮房的人，腦中都會浮現「老舊」兩字。從介紹校園的頁面上，有人也看出體育館地板的翹曲。

在課程內容上，安排著所有年級一起學習、取名為「照羽尻學」的本島鄉土學習課，以及利用實際在本島捕獲的海產進行加工，再製成產品的水產實習課。這些課程算是有別於一般高中的特色，但有人就是不覺得有什麼吸引力。

最後一頁是所有學生的留言，還附上了大頭照。

一年級有兩個學生。

三年級也是兩個學生。

總共四個學生而已。

二年級沒有半個學生，如今新學年到來，三年級的兩個學生早已畢業。也就是說，這個學年沒有三年級的學生。一年級的兩個學生會升上二年級，一年級……不知道會有幾個學生？

不可能就今年的入學學生突然暴增。有人相信就算把他加進去，也只會有一位數的學生人數。

如果有個學生特地從東京來到這個地獄深淵，而且比一般學生晚一年入學，想必會被以好奇的目光看待。萬一好奇的目光發現了過去，有人就又要等著被譏笑。

還是行不通的。要我去上學根本是強人所難！有人的這般意念越來越堅決。

＊

開學典禮當天，有人言出必行地沒有離開家裡。叔叔在八點鐘前去診所上班後，有人翻開還放在餐廳的照羽尻高中手冊。他翻開手冊背面，看著最後一頁。

已經從學校畢業的兩個三年級生都是男生。其中一人留著短髮，表露出充滿男子氣概的凜然五官。另一人的頭髮偏長，看似個性溫和。兩人畢業後的去向不明。

至於一年級生，則是一男一女的組合。男生的臉型細長，戴著黑框眼鏡。男生的長相看起來顯得神經質，卻留著上方頭髮偏長的小平頭髮型，讓人感到有些意外。

最後是有人想看一眼的唯一女學生——野呂涼。圓圓的臉蛋輪廓，加上圓滾滾的雙眼。小巧的鼻子和嘴巴，使得一雙大眼睛更顯突出。在男同學一個個都露出正經八百的表情拍照之中，只有她展露自然的笑臉。她曬得一身古銅色的美麗膚色，比身旁的黑框眼鏡哥更加黝黑，不難看出是個健全開朗的女生。

叔叔說過她是旅館老闆的女兒。也就是說，她應該是在這座離島出生長大的當地人。

有人知道自己深感訝異是因為有著嚴重的偏見，但真的沒想到冷清的小島上竟然有這麼可愛的女生。在渡船上遇到她時，不想跟別人視線交會的情緒搶先一步湧上有人的心頭，所以有人沒有露骨地打量她的長相。

有人甩了甩頭。就為了她去上學也太蠢了。這女生看起來個性開朗，想必會主動搭話。搞不好她會詢問有人在東京的種種。有人打死也不願意詳細說明過去的事。

有人深深嘆了一口氣。來這裡之前，有人早就想過如果繼續當家裡蹲，不論是在東京的自己房間，還是在叔叔家都一樣。既然都一樣，早知道當初就應該抵死不從。這裡沒有便利商店，早上也不會有人送報，也沒有Wi-Fi，簡直就是流放地。

有人回到自己房間，把暖氣機的設定溫度降低到二十度後，鑽進被窩裡。睡午覺已經成了有人的日常作息之一。

『不在家嗎？』半夢半醒之間，有人的耳朵捕捉到曾聽過的聲音。『川嶋有人同學，你在家嗎？你在家嗎～？』

『小涼，妳這樣行不通吧。』少年出聲制止。『我聽我老爸說過，醫生的姪子他……』

『小誠，我當然也知道狀況，但你不會想見到他嗎？』

『我超想見到他～他跟我同年級耶！』

這時，又多了一個人的聲音。『今天就先不要吵他了吧。』那聲音雖然偏高，但語調十分沉穩。『他沒有來學校，肯定有他的理由。我們又不知道是什麼理由。萬一是因為身體不舒服才缺席，吵醒他就太不好意思了。』

『對喔，說的也是。』

『小涼，只要是陽學長說的話，妳就會聽。』

『因為陽學長說的話最可靠啊！』

幾個人的聲音逐漸拉遠。

被窩裡的有人已經完全清醒過來。他把臉湊近窗戶，一副想要追著逐漸拉遠的聲音而去的模樣。有人打開雙層窗戶的內窗，用手擦去外側玻璃窗上的部分露珠後，把一隻眼睛貼上去。有人看見四道身影朝向馬路的方向走去。四人分了開來，其中一人朝向理應還是禁止車輛通行的海鳥棲息地方向走去，其餘三人朝向港口的方向走去。

走在三人正中間的那個人穿著深藍色的粗呢大衣。

那個人是野呂涼。她應該已經升上二年級。

跟她在一起的那些人會是照羽尻高中的學生們嗎？

在叔叔展開定音鼓攻擊之前，有人先下樓走到餐廳。有人心想一直杵在原地看叔叔準備晚餐也說不過去，於是主動幫忙端菜。

「有人，你真是幫了大忙。冰箱裡有岸太太送的醃鯡魚，可不可以幫我拿出來？」

叔叔說他正在煎的花魚，也是人家送的。每天回家時，叔叔幾乎沒有一天是雙手空空的。

有人盛了白飯，再排上加了豆腐和海帶芽的味噌湯，最後把盛了叔叔煎好的花魚配上白蘿蔔泥的盤子端上桌。

「謝啦！」

叔叔有禮貌地道謝道，有人不禁感到難為情，也覺得自己很沒出息。這樣簡直就像幼稚園的小朋友在幫忙。

「……叔叔，你知不知道高中有幾個新生？」

「三個。」叔叔還親切地提供了有人沒有詢問的資訊：「齊藤誠是在照羽尻島出生長大的孩子。他哥哥三月的時候已經畢業，現在剛好換他入學。東村桃花是從札幌來的孩子，聽說住進了學生宿舍。她是個相當漂亮的苗條美女喔！最後一個是你。」

剛才確實有個被稱呼「小誠」的少年。「所以，全校總共五個學生？」

「就某角度來說，這樣算是很奢侈。」叔叔靈巧地取下花魚的骨頭。「畢竟這時代，老師能夠顧及到每個學生會是一個賣點。如果是在照羽尻高中，就可以幾乎是一對一上課。畢竟那裡的老師人數比學生還多。話雖如此，但也不能懷疑那些老師的資質，那樣就太失禮了。我認識每一位老師，他們都充滿熱誠，也總會替學生著想。」

難道會當著其他兩個學生的面，明白指出不會寫的功課或不懂的問題，讓其他學生在一旁看著老師怎麼給予細心指導嗎？那不就等於是在公開行刑？有人光是想像那畫面，就忍不住打起寒顫。

「今天四個學生好像有繞過來這裡喔？」

「你怎麼知道？」

「因為他們也到診所露過臉。」叔叔把醬油淋上花魚。「他們都覺得很遺憾，說很想跟你見面。」

有人沉默不語。

「你還是不去嗎？」

有人保持沉默地拿起筷子夾了一塊花魚。

「還是不想去啊。那明天開始，你可不可以到診所來幫忙？」

有人筷子上的花魚滑落，掉到地板上。

「要是有養貓，不知道會不會被吃掉喔？」叔叔用著像在念經似的平淡語調，繼續說：「這裡的診所其實挺忙的。當然了，我只會請你幫忙做不會觸犯法律的事情。就針對午休時間和看診結束後，我想想啊，各三十分鐘就好。你要是願意幫忙打掃候診室和收拾書本雜誌，我會輕鬆很多。」

叔叔補上一句：「其他時間你可以繼續過原本的生活。」看來叔叔沒有要讓步的意思。最後，叔叔甚至拋了一個媚眼說：「你也看一下我穿白袍的英姿嘛～」

「……好啦。」

有人拗不過叔叔說道。

有人沒有去高中上課，但取而代之地，他會配合上午和下午的看診時間結束，每天去照羽尻島診所兩趟。

說是打掃，但其實只是做一些很簡單的工作。每天診所開門前，在診所上班的桐生護理師就會做好完整的打掃工作。桐生護理師是一位六十五歲左右的女性。「你是醫生的姪子，對吧？我一直很希望有機會見到你，真是太開心了。」一看到有人上午十一點半出現在診所，桐生護理師立刻笑著搭話道，還拍了拍有人的肩膀。

候診室還有兩名病患，兩人都是年邁的女性。其中一人的手上拿著藥袋。

「你就是有人？」

「你進了照羽尻高中，對吧？」

有人無法理解素昧平生的人怎麼會知道他就讀高中的事，往前伸一下脖子致意後，立刻別開視線。

*

診所內部的格局極其簡單。推開面向馬路的毛玻璃拉門，踏進診所後，可看見比一般獨棟住宅寬敞些許的玄關，大家會在這裡換上室內拖。直直前進後，會來到大約十二張榻榻米大的候診室。背對著門口往屋內看時，候診室的右手邊可看見X光室和廁所的房門，左手邊可看見診療室和醫務室的房門。診療室和醫務室的房門敞開著，從最裡面的窗戶可看見叔叔和有人的住處。細長狹窄的事務室設置在玄關旁，並利用受理櫃檯隔開候診室。診所只有一層樓。

留在候診室的兩人當中的其中一人，在受理櫃檯繳了費用。有人本以為另一人是在排隊等待，但兩人用著完全不像病人的開朗態度向叔叔致意後，便離開了。病患都離開後，一名年約四十上下、看似醫療事務員的男子，從櫃檯另一端朝向有人展露笑容。

「我是森內，多多指教啊！」

有人毫不客氣地觀察起空無一人的候診室。牆上的公告欄貼著好幾張看似利用電腦打出來的文書，寫著關於血壓管理、飲食生活或預防文明病等指導如何做好健康管理的內容。候診室裡沒有可以用來打發時間的電視，但有著引人注目、枝葉茁壯的垂榕和招財樹盆栽。

總歸一句，診所的規模之小，根本無法與有人父親經營的醫院相比。感覺上，診所是為了構成「島上有診所」的既有事實而存在。萬一出現必須分秒必爭搶救性命的病患，不知道會怎麼應付？這裡是離島，連一輛救護車也沒有。

有人的腦海裡閃過道下暈倒的畫面。

「有人，你來了啊！」叔叔走出診療室說道。「你可不可以先把那些隨處放的雜誌歸位到書架上？」

「這樣我的負擔就小多了！。」

雖然桐生這麼說，但其實雜誌並沒有擺得亂七八糟。有人慢吞吞地拿起離他最近的女性週刊。

桐生十分健談。有人一句話也沒說，附和聲也是有一搭沒一搭的，但桐生似乎不以為意。因此，有人收拾著丟在候診室長椅上的雜誌和前一天的報紙之間，也大致記住了桐生的來歷。

桐生是照羽尻島的當地人，未婚。念高中時她住在後茂內的鎮上，後來就讀護理專校，考到了護理師的證照。桐生以前一直在旭川市內的綜合醫院服務。到了六十歲退休後，打算悠哉度過餘生而回到島上來。

「可是啊，北海道政府派來的護理師請產假，一直沒有人來接任，所以我才會來這裡上班。」

即便是離島的診所，光靠醫師一個人還是會忙不過來。桐生不帶挖苦意味的笑著表示自己就這樣在一月時突然被召喚來上班。

「這把年紀還被人需要，是一件值得開心的事。」

身穿淡藍色護士服、外面套上深藍色針織外套的桐生體型微胖，也非常多話，動作卻是相當敏捷。

有人收拾好雜誌後，叔叔說一句「你去把觀葉植物的葉子擦一擦」，硬是找了無關緊要的工作塞給有人。因為未滿約定好的三十分鐘，有人只好乖乖擦起葉子。桐生和森內暫時回到島上的自家住處去了。

「……萬一這裡有人心肌梗塞、蜘蛛膜下腔出血或是主動脈剝離，要怎麼應付？」

叔叔一副彷彿在說「問的好」的模樣點了點頭。「打119求救。雖然不會有救護車趕來，但會有急救直升機飛過來。只要搭直升機，就可以直接送到旭川醫藥大學去。比起因為找不到醫院收容，搭著救護車在札幌市內像人球一樣被踢來踢去，從島上就醫的速度反而更快。」

叔叔強調著搭直升機就醫的效率，但聽在有人的耳裡，有種最大功勞被急救直升機搶走的感覺。有人改變話題說：

「……剛剛那些手上拿著藥的歐巴桑……」

「因為島上沒有藥劑師，所以開了處方箋後我會自己調劑，也會做過說明再拿給病患。」

「我不是這個意思。」有人一片一片地擦拭垂榕的葉子說道。「她們知道我是誰，也知道我就讀高中的事。」

「島上的所有人都知道你是誰啊。」

「咦……真的啊？」

我一直關在房間什麼也沒做，他們也會知道？有人感到內心動搖時，叔叔臉上忽然一改正經的表情說：

「這裡是個小小的離島。因為大家都認識彼此，所以大部分的事情都會傳開來。像是某某人感冒了、某某人在哪家店買了什麼東西、什麼樣的客人投宿在哪家旅館……這類事情一下子就會傳開來。這裡也只有一所高中。今年有三個新生，其中兩人會從外地來就讀。大家當然會好奇不知道會是什麼樣的孩子來就讀。何況你還是我的姪子。」

「是叔叔跟大家說我的姪子有人會來這裡的嗎？」

「當初要報考的時候，我是跟校長商量過。不過，有個從東京來的學生跟我同姓，那個學生不但沒有住學生宿舍，還住在我家。這狀況下，不用說大家也會察覺到我們是親戚吧。」

叔叔還說決定不住學生宿舍後，就沒有隱瞞新生當中的一人是他姪子的事實。

「反正一定會被發現，不如一開始就說出事實還比較乾脆，不是嗎？總之呢，這個小島就像一個大家族。大家對彼此的狀況熟悉到讓人覺得誇張。你最好不要把這裡當成東京一樣來看待。」

叔叔這麼給了有人忠告。

「意思就是，世上也有像小島這樣的地方。別擔心，住久了就會習慣的。」

有人頓時覺得現在住的那間房間的牆壁一點也不可靠。即便有人關起房門，抱著膝蓋把自己縮成一團，島上的居民還是看得到、掌握得到他的模樣。比起在社群網站爆發性擴散開來的資訊，這座島上的大小事會以更快的速度傳進所有島民的耳中。

隔天，有人再次深刻體認到島上的資訊傳達力有多麼強大。

有人在中午時刻到診所時，發現候診室裡還有十多名島民。除了昨天見到面的兩名女性之外，還有一群和兩人屬於同世代的人。

難道今天有這麼多人不舒服嗎？有人還在猜測時，便看見一群人精力充沛地紛紛上前搭腔。

「你就是有人啊？你好，總算見到你了！」

「我們真的受到川嶋醫生很多的照顧！」

「真的很感謝醫生好幾年來一直幫我們看病。以前那幾位醫生都一下子就離職了。」

「醫生還那麼年輕，但真的很了不起。他在北海道本島那邊還有徒弟呢！就是那個醫學院的學生。」

「你頭髮怎麼了？來我們店裡，我幫你剪一剪。」

「你不去上高中行嗎？你要當醫生的助手啊？」

有人僵著身子時，叔叔來到候診室來幫他解圍。

「各位，現在是午休時間。他等一下也要打掃這裡，大家可以先請回嗎？」

叔叔的一句話效果驚人。

「也是，醫生也要吃午餐。」

「我們再找時間過來。」

所有人都離開了診所，沒有任何人有不開心的情緒。

「有人，工作內容跟昨天一樣。拜託啦！」

「叔叔，剛才那些人……」

有人想也知道那些人不是病患。叔叔打了一個呵欠回答：

「即使沒有什麼不舒服，他們也會來這裡。」

「因為島上的居民都很喜歡川嶋醫生。」桐生護理師插嘴說道。「就是因為身體健朗，才會特地跑來診所找醫生。今天有部分是來找有人。」

事務室傳來了森內的聲音：「對歐巴桑和老人家們來說，這裡是很好的社交場所。要是每天都會出現的人沒有出現，反而會擔心起來。」

「不過，今天特別多人出現。因為島上的人都聽到你會來打掃的消息。還有一些人因為有事，才不得已先回去。他們都說很遺憾，很想見到你一面。」

桐生接二連三地說出幾個先回去的人的名字，但有人根本沒有想要記住的意願。

「不過，他們說會再來的。很開心吧！」

——無處可逃。

有人有了深深的體會。

——在島上不會有獨處的機會。

*

來到了五月。

殘留在陰涼處的積雪幾乎都已融化，通往港口相反方向、無民宅區域的馬路也早已解除冬季禁止車輛通行令。解除當天，有人透過大音量的擴音器聽到通知內容。

有人還是一樣沒有去高中上過課，持續過著只是去診所做一些算是收拾工作的日子。

真的有必要做這些工作嗎？對於這個問題，有人深感疑問。觀葉植物的葉子不可能只過一天就蒙上一層灰，報章雜誌也隨著日子一天一天過去，變得不再散亂。取而代之地，每天總會有島民在診所等待有人的到來。在島上的生活過得如何？跟學校的同學相處得如何？

島民總會不請自來地詢問一些有人聽都不想聽的事情。

說到學校，前幾天照羽尻高中的學生們，也算準診所掛號受理時間正好結束的下午四點半到訪診所。

野呂涼帶頭打開大門進到診所來。

「你是川嶋有人，對吧？我叫野呂涼。你還記得我嗎？我們在渡船上見過面喔！」

涼毫不做作地在臉上堆滿笑容，介紹起跟在後頭走進來的其他學生，有人一不小心就記住了照羽尻高中所有學生的名字。

「嗨！多多指教啊！」一年級的齊藤誠開朗地舉高一隻手打招呼道。誠的上背肌肉結實，那無可挑剔的體格配上一頭短髮，簡直就像個菁英運動選手。誠的筆直眉毛和強而有力的目光，先是讓有人有種似曾相識的感覺，接著便察覺到原來是之前在手冊裡看過誠的哥哥的照片。誠有一雙大手，也不知道為什麼，手上有好幾道小傷口，但他本人似乎毫不在意。

「你好。」二年級的八木陽樹有禮貌地行禮致意後，穿過有人的身邊，走到森內的面前搭腔說：「雖然已經超過一點點時間，但方便通融一下嗎？」陽樹在櫃檯辦理掛號。儘管身穿黑色羽絨外套，還是看得出來陽樹的身材纖瘦，體型和有人有些相似。從正面看過去時，陽樹的容貌就像大頭照範例會有的長相一樣沒什麼特徵，但掛著黑框眼鏡的鼻樑出乎意料地直挺，越靠近他的側臉，越發覺其五官長得端正。

「再來，她是桃花。」在涼的介紹下，一年級的東村桃花也是只輕輕點頭致意，什麼話也沒說。桃花有著一對細長的眼睛，以及一頭短髮。纖細的身軀上，一張讓人聯想到暹羅貓的端正小臉。桃花一身風衣打扮的站姿，展現出恐怕連模特兒看了，也會光著腳丫拔腿就逃的姣好外型。如果穿上有跟的鞋子就和誠差不多高的桃花，保持沉默地俯視著有人，有人感到一股壓迫感而忍不住低頭看向地面。

「我們聽到小陽說要來診所，所以都跟來了。對了！小陽和桃花都是從札幌來的。」有人看著自己腳上的室內拖的腳尖部位，心想：「小陽應該是陽樹的暱稱吧。」有人輕輕點頭回應了涼學姊——其實有人本來應該是跟她同一屆的——

「我們經常在討論不知道你在做什麼？」

想到自己不在場時成為別人的話題，有人腦中只會出現負面的想像，不禁把頭垂得更低。這時，陽學長似乎已經辦妥事情，他拿著裝了藥物的白色塑膠袋回到三人身邊後，四人便離開了診所。

總而言之，有人備受矚目，成為大家的討論話題。明明來到如此偏遠的小島，卻比在東京時感受到更多人們的動靜。有人痛苦得就快無法喘息。

因此，這天結束午休時間的工作後，有人沒有立刻回到房間。來到小島後，有人第一次在大白天裡獨自走在馬路上。他沒有朝向港口的方向，而是朝向形狀如矛頭前端的小島突出那一端、朝向海鳥棲息的方向走去。

只在叔叔住處和診所活動的這當中，季節已在不知不覺中變遷，晴朗天空灑落下來的陽光猛烈，讓有人感到一陣暈眩。原本單邊覆蓋著白雪的馬路車道，如今已完全暴露出柏油路面，馬路邊也長出了綠草。馬路呈現緩緩的上坡路，越是往前進，民宅果真越來越少。左手邊出現大海的景色，朝向更遠處望去，甚至可看見北海道本島的沿岸，以及沿著海岸排列、作為風力發電的巨大白色風車。

右手邊是利用矮樹形成的樹林堤防。那些樹木最高也頂多只有五、六公尺左右。光禿禿的樹枝也已經裹上一層淡淡的黃綠色，享受著陽光的溫柔親吻。有一條被踏平的小徑通往樹林堤防深處，小徑旁的歪斜立牌眼看就快傾倒，上面寫著「小心蝮蛇出沒」。

有人勉強移動著運動不足而變得無力的雙腳。海鷗不停地鳴叫著。因為是上坡路，理所當然會越爬越高，不知不覺中有人已經來到相當高的位置。大海在腳下延伸開來。其實吹來的海風不算強烈，但因為沒有遮蔽物，所以有人的長髮被吹得亂七八糟。

走著走著，有人總算走到看似展望臺的入口處。眼前有一棟木板搭建而成的小小矮房，一旁設有可停放數輛汽車的空間。矮房裡似乎沒有人，停車空間也沒看見任何車子。矮房後方有一座狀似燈塔的白色高塔，有人朝向高塔的方向前進。

一條設有扶手、鋪上水泥的通道，出現在有人的眼前。通道被搭蓋在比地面高一些的位置，多處可看見掉落的鳥糞。有人往通道旁邊一看，發現地面上滿是大約壘球大小的坑洞，著實嚇了一跳。扶手外側可看見好幾塊木製導覽牌，牌子上寫著「崖海鴉」、「角嘴海雀」等海鳥的解說內容。來到這裡開始感覺海風變得強勁。有人走過迂迴曲折的通道，再爬了幾處階梯，最後征服漫長的下坡階梯，終於來到外觀像方形陽臺的展望臺。

有人走到展望臺最前方，抓住扶手。海風吹拂著有人的髮絲。海鳥在空中四處飛翔。展望臺朝向海面突出，相當於矛頭的尖鋒位置。剛才明明一路下坡而來，這裡距離海面卻還有將近一百公尺遠。有人戰戰兢兢地探出身子看向正下方後，看見陣陣海浪撲打在斷崖的岩壁上。深藍色的海面來到接近小島的礁岩附近，即化為深邃的靛藍色，呈現出彷彿墨水暈開來的景象。靛藍色海面的周圍，還可看見跳脫藍色、近似綠色的海面輕輕上下浮動。

有人從通道折返回去，順著繞圓圈的馬路繼續前進。這回馬路是朝向矛頭的歐亞大陸那一端慢慢下坡。走了一會兒後，有人來到名為「海鳥觀察站」的破舊小屋。有人想起以前不知何時聽叔叔說過北海道大學的研究室，每年都會來到這裡進行海鳥的調查。然而，此刻的破舊小屋空無一人。屋內的牆壁上貼著好幾張圖表，寫著照羽尻島的海鳥相關資訊，另外還放了一架朝向窗外的望遠鏡。

有人瞇起眼睛用望遠鏡望了望。比起海鳥，海鳥築巢的斷崖絕壁更加吸引有人的目光。在鏡片的另一端，看見了宛如未經人類開發過的景色。靠近民宅的馬路邊已經慢慢長出綠草，但斷崖固執地就連小小綠草也不肯接受，以粗糙尖銳的岩壁發出犀利目光瞪著四周說：「不准靠近！」唯一能夠靠近它的，就只有海鳥。

誰也碰觸不到斷崖，那感覺宛如打從一開始人類就不存在似的。照羽尻島的斷崖呈現出世上出現人類之前，時光便停止流動的太古景象。時光停止流動的那一天，唯有海鳥還活著。

昨天也一樣。今天也一樣。明天想必也不會改變。

既然時光停止流動，也沒必要思考未來。

有人當場無力地癱坐下來。

海鳥配合著海風和浪花的合聲，也加入合唱的陣容。那高亢清澈的叫聲，彷彿就快劃破天際。有人閉上眼睛，入迷地聽著那未曾聽過的聲音。

「咦？那不是有人嗎？」

有人轉頭一看，眼前出現包含涼學姊在內的照羽尻高中四人組。

「你散步到這麼遠來？我沒看到腳踏車，你來到這兒沒騎車啊？好厲害喔！」

你們一群高中生為什麼會結伴到這裡來？有人很想這麼詢問，但又鼓不起勇氣，最後只能低頭看。陽學長把眼鏡貼在望遠鏡的接目鏡上，根本沒有要理會有人的意思。涼學姊指著陽學長，主動做起說明：「我們今天是跟著小陽來的。天氣這麼好，而且桃花說她還不曾去過展望臺。」

「看不出來你還挺有活動力的嘛！」誠從旁搭腔道。「你也是對海鳥有興趣啊？」

我不是對海鳥有興趣，我只是想逃離人們，結果恰巧逃到這裡來而已。有人當然說不出這種話。然而，涼學姊和誠完全不把決定保持沉默到底的有人當一回事，不停熟絡地向有人搭腔。

「如果你喜歡鳥類，應該和小陽會聊得來吧？」

「你也是想聽聽看崖海鴉的叫聲啊？」

「你知道海鳥怎樣嗎？牠們很多種類都是一夫一妻制，感情很好喔！」

有人只能一直無力垂著頭。

「雖然大家會用鴛鴦來比喻恩愛夫妻，但聽說鴛鴦其實會換對象的。這是小陽告訴我的。小陽，我說的沒錯吧？」

陽學長沒有回答，只顧盯著望遠鏡看。涼學姊也一副不以為意的模樣。然而，儘管知道自己的態度也好不到哪裡去，有人還是不忍心看見涼學姊被人忽視。於是，有人擠出少得可憐的勇氣說：

「……牠們不用去學校上課，肚子餓了的話，也只要隨便抓個魚來吃就好。」有人的聲音高了八度，也不自覺地放大音量。「牠們生活得輕鬆自由。這點讓人很羨慕。」

這時，陽學長突然轉過頭來。

「少瞧不起鳥類！」

即使隔著黑框眼鏡，也清楚看得出來陽學長的眼神在說：「剛剛那些話讓人聽了很不愉快！」有人再怎麼遲鈍，看見那眼神也會覺得心裡不舒坦。高興什麼時候吃東西就吃東西，高興什麼時候睡覺就睡覺，也不會被同學白眼看待。這樣的生活不叫輕鬆，還能叫作什麼？有人不覺得自己的意見有錯。

然而，有人沒有反駁。反駁也是一種人與人之間的溝通行為。對這類行為疏遠已久的有人，選擇沉默地離開海鳥觀察站。

「等一下，有人！」涼學姊追了上來。「問你喔，你知不知道角嘴海雀歸巢？」

有人看出涼學姊的貼心，知道涼學姊不想讓他帶著方才的尷尬氣氛離開，於是稍微抬起頭，隔著長長的瀏海看著涼學姊的可愛面容。比起那個討人厭的眼鏡男，涼學姊選擇了有人，這讓有人感到有些開心。

「……手冊上好像有寫到。」

「那是必看景象！還有觀光客會為了看角嘴海雀歸巢，特地跑來呢！每次到了歸巢時期，我們家旅館也會接到一堆訂房單。有人，你也來看吧！絕對要去看，不然太可惜了！展望臺那個點很適合觀賞喔！我們雖然不會每天去，但偶爾也會去。還是要不要一起去看？」

「角嘴海雀歸巢？喔～至少要去看過一次才不會遺憾。畢竟只有在這座島上，才有機會看到。」

＊

「就是小涼的那個叫陽樹的同學，他去年不知道去看了多少遍。」

桐生和森內也都告訴有人歸巢景象值得一看。

根據叔叔的說法，角嘴海雀的育兒活動最盛期最值得一看，如果五月去看，即便是月底也可能還太早，但相對地，也不會有太多觀光客，所以可以好好地仔細觀察。叔叔最後還不忘補充說明這點好處。

——要不要一起去看？

涼學姊特地提出了邀約。有人把這個事實視為寶物般收藏在內心深處，時而悄悄拿出來仔細擦拭。說來說去，有人還是覺得獨自待在房間裡最能放鬆自己，而涼學姊拉近距離與有人相處的態度也讓他感到有些困惑。即便如此，在這座小島上，也只有涼學姊是有人唯一抱有好感的對象。

如果僅限一次，或許去看一下也無妨。

有人內心開始萌生這般念頭時，叔叔以一句「我是從田宮先生那邊聽來的」為開場白，提供了資訊給有人：

「聽說有些地方比較早，幼鳥已經陸續孵化出來。」

有人早已耳聞田宮除了從事宅配業之外，也會從事副業開車載著觀光客當導遊。

「也就是說，現在已經可以看到角嘴海雀的歸巢景象。如果你要去看，那天的傍晚可以不用來收拾東西。」

在那之後過了幾天，涼學姊和桃花在綿綿細雨之中來到診所。

「照小誠的爸爸所說，明天似乎會是好天氣。所以呢，我打算明天去展望臺，也讓桃花看一看上次說的歸巢景象，你要不要也一起來？一起去看嘛！」

有人實在不覺得淚流不止的天空到了明天會展露笑容，但涼學姊又不停地邀約說：

「去嘛！去嘛！」

僅此一次——有人下定決心地點了點頭，長長的瀏海隨之晃動發出「唰」的一聲。

有人接受邀約後，涼學姊開心得手舞足蹈，看得有人瞪大眼睛說不出話來。涼學姊硬是讓桃花舉高雙手跟她擊掌後，在離開診所前，語調興奮地留下一句：「放學後我再來接你喔！」

如誠的父親所預測，當天一早就是一片萬里無雲的藍空。涼學姊在接近下午四點鐘時出現，從玄關朝向屋內呼喚：「有人，要走了喔！」

有人微微低著頭走出玄關後，發現除了涼學姊和桃花，誠也來了，而且是騎腳踏車來的。

「小陽他先去了海鳥觀察站。等開始歸巢的時候，他應該會來看的。」

「我記得川嶋醫生沒有腳踏車。你坐我後面吧！」

有人不曾有過腳踏車雙載的經驗。「快點坐上來啊！這是電動腳踏車，要載你這個弱不禁風的瘦子根本是小事一樁。」看見有人一副拖拖拉拉的模樣，誠用詞狠毒地催促道。

有人戰戰兢兢地跨上貨架後，誠活力充沛地踩起腳踏車。涼學姊和桃花也跟在後頭。如外表給人的印象，誠對自己的體力似乎相當有自信。雖說是電動腳踏車，但畢竟貨架上的貨物是一個「人」，誠卻節奏輕快地踩著腳踏車在緩緩的上坡路前進。

「天氣好到爆！老爸果然料事如神！」

誠對著天空大喊。看來這個名叫誠的傢伙都已經是個高中生，還是對自己的父親欽佩有加。有人不曾覺得自己的父親很了不起，一次也沒有。

不知道誠的父親從事什麼工作？即便內心浮現這般疑問，有人還是感到畏縮而開不了口。有人決定把責任推給海風和腳踏車。他告訴自己反正就算說出口，也會被迎風前進的風切聲掩蓋過去。

展望臺出現在眼前。

海水的氣味、嫩芽的氣味、土壤的氣味。誠身上的擋風衣氣味。海鷗的叫聲。踩動踏板所發出的鏈條聲響。有人看向太陽的方位。此刻太陽正準備開始從展望臺，直直朝向正前方藏起身影。逐漸落下的太陽，發出夾雜著些許金色的光芒。夜色偷偷開始爬上東邊的天空，東邊的天空被染上比白天更深的藍色色澤。看著那稱不上藍色也稱不上靛藍色、介於黑夜和藍天之間的色澤，有人想起過去和叔叔搭飛機時，從飛機上看到的天空。

那是宇宙帶著淡淡透明感的色澤。

抵達展望臺的停車場時，體力再好的誠也難免變得有些呼吸急促。不過，他固定腳架時的踢腳動作還是相當輕盈。停車場上停著一輛白色廂型車。「應該是我們家旅館的客人。他們有說過要請田宮先生當導遊。」涼學姊探頭看向車窗內說道。

涼學姊說角嘴海雀要等天色再暗一點才會歸巢，於是在那之前大家便在展望臺消磨時間。田宮帶著一對老夫婦已經先到了展望臺，正做著各種解說。

「泥地上面不是有很多坑洞嗎？那些都是角嘴海雀的巢穴。角嘴海雀會在坑洞裡生蛋，讓幼鳥孵化出來。白天親鳥會去到海上，捕捉小魚回來餵食雛鳥。太陽下山後，那些親鳥就會一整群飛回自己的巢穴。而且會叼著滿嘴的小魚。」

「坑洞這麼多，牠們不會忘記自己的巢穴在哪裡嗎？」

老夫人擔心地問道。田宮一副像自己就是親鳥的模樣，抬起胸膛說：「沒問題的。」

海風漸漸變強。有人放任留長的頭髮如同美杜莎的蛇髮般瘋狂飛舞，拍打著他的眼睛和臉頰。逼近水平線的太陽顏色化為夾雜著黃白色的金色，海面隨之披上一條閃耀光帶。夜幕從東邊的天空逐漸逼近。

不知不覺中，陽學長也來到展望臺。陽學長一手緊握扶手，抬頭仰望著天空。

「啊！在那邊！」

涼學姊指出方向說道。第一隻只是一道渺小的黑影。那道黑影穿出群青色的薄暮，朝向這方飛來。等到可以清楚看出那道黑影是一隻海鳥時，也看見其他海鳥在空中飛舞。

轉眼間，角嘴海雀就像從空中蹦出來似地從遙遠那一端出現，朝向這方逐漸靠近。角嘴海雀的飛行速度驚人，快得讓人忍不住懷疑起鳥類是否真的有夜盲症？一路飛到靠近小島的位置後，角嘴海雀為了確認自己的巢穴位置，在空中畫起弧線畫了好一會兒。

有人仰望著昏暗的天空，讓目光追隨角嘴海雀飛來飛去。天空實在過於遼闊，追著追著，有人不禁感到暈眩。

「哇！」

有人第一次聽見桃花的聲音。有人心想桃花的聲音比想像中來得沙啞的同時，察覺到有異狀而提高警備。桃花縮著修長的身軀。與田宮在一起的老夫婦也露出驚訝的表情。

有人很快就知道了原因。原因來自角嘴海雀。角嘴海雀的歸巢方式魯莽到令人難以置信。角嘴海雀不像一般鳥類那樣，會在著陸前一刻拍動翅膀來減速。角嘴海雀的著陸方式簡直就像自願一頭撞上地面。

「角嘴海雀的著陸技巧很差。」

田宮向老夫婦做著說明。

「不會受傷嗎？」

桃花低喃道，誠立刻回答：「聽說其實不太會受傷。」

又有一隻角嘴海雀撞上地面，牠迅速站起身子，自己朝向等著牠歸去的巢穴走去。角嘴海雀們叼著滿嘴的小魚，連嘴尖都塞得滿滿的。這時，海鷗現身來騷擾，試圖掠奪獵物。

「大黑脊鷗還會攻擊巢穴裡的雛鳥哩！」

誠忙著為桃花解說之間，角嘴海雀也一隻接著一隻落下。

簡直就像炸彈！有人這麼心想的那一刻，近處傳來「咚！」的一聲。

「小陽？」

涼學姊揚聲問道。從剛才就一直保持沉默的陽學長，直直倒在地上不動。在僅存微弱殘光、夜幕初垂之中，也看得出陽學長的臉色雪白。陽學長顯得很不舒服的模樣摀住嘴巴。有人在陽學長身上看見了道下的身影。

「這狀況不妙！」田宮衝上前說道。「快開車送他到診所去！不好意思，可以嗎？」

老夫婦接在田宮之後回答：「當然可以。」田宮扛著陽學長，和老夫婦一起離開了展望臺。

「會不會有事啊？」涼學姊一臉擔心的表情問道。「應該是每次的狀況吧？不會死人的啦！」誠回應道。誠的聲音聽起來好遙遠。道下。不知道她現在怎麼樣？那個跟我一起失去健全未來的道下。

要是那天不曾存在過就好了——

有人陷入沉思時，一股衝擊力襲上他的臉頰。有人難堪地一屁股跌坐在地上。他不知道發生什麼事而環視四周後，看見一隻角嘴海雀走路搖搖擺擺地準備離去。

「咦？你怎麼了？」涼學姊蹲下來問道，她的臉就近在眼前。「你該不會是被角嘴海雀撞到了吧？」

「喂！你沒事吧？」誠也揚聲問道。「你知不知道這是哪裡？」

「……知道。」

有人剛剛承受的那一擊雖然很痛，但似乎沒有流血。只不過，有人的臉頰和頭髮都變得黏答答。得知有人意識清楚後，誠無情地大笑出來。

「太誇張、太誇張了啦！竟然會被角嘴海雀撞到？遜斃了！」

——遜斃了！

誠的響亮狂笑聲，吹走了那天刺在有人背上的尖刺。

「你這人也太遲鈍了吧！」誠的強壯手臂拉起有人。「你回去馬上去洗澡啊！太臭了！」

——也太臭了吧！

有人又想起傷人的話語刀刃，但誠的開朗替他拔出刀刃，丟進了大海。「海鳥很臭的。滿身都是油腥味。快跟我來吧！」

誠說的沒錯，有人的臉頰和碰過臉頰的手都發出難以言喻的獨特臭味。

讓有人坐上腳踏車後，誠火力全開地順著剛剛來的路衝刺下坡。因為速度實在太快了，有人緊抓住貨架不敢鬆手。有人回頭一看，看見兩道光芒追在後頭。涼學姊和桃花也跟來了。

診所的燈光亮著。誠表示為了謹慎起見，於是直接把有人帶進診療室。隔壁的醫務室裡，陽學長正躺在床上打著點滴。

叔叔看了一眼，不對，應該說聞了味道後，似乎立刻明白發生了什麼事。接受簡單的診察後，有人取得了「只是撲打傷沒什麼大礙」的認證。

「如果有腫起來，洗澡後就冰敷一下。誠，抱歉，可以幫我點一下鍋爐嗎？有人還不曾在這裡點過瓦斯。」

「咦？真假？收到，謝謝醫生。學長請保重！」

誠一一致意後，拉著有人離開了診所。誠擅自打開叔叔家的玄關門，一副回到自己家的模樣走進屋內，帶著有人來到鍋爐前方。

「……這樣不會太沒禮貌嗎？這裡是別人家耶？」

「不然你要泡冷水澡喔？看仔細啊，鍋爐是這樣點的！」

誠一邊說明步驟，一邊幫忙啟動鍋爐，有人也得以把身體和頭髮洗得乾乾淨淨。洗去海鳥的油脂和臭味、沖熱水讓身體暖和後，身心隨著皆放鬆下來，從傍晚開始看見的景物、聽見的聲音、五感感受到的一切一鼓作氣地湧上來，讓有人頓時感到疲憊不堪。不過，這股疲憊感不會讓人感到厭煩。有人甩甩頭讓留長的瀏海往後一撥，跟著走出浴室。誠已經離開了。

有人回到房間穿上睡衣後，走下樓打算去吹乾頭髮。

「不會吧？」

涼學姊出現在屋內。涼學姊也是理所當然地打開玄關門，進到玄關處的水泥地上。

「我想說不知道你有沒有怎樣，所以跑來看一下。」涼學姊看見有人把一頭溼髮往後梳成油頭的模樣，雙眼發亮地說：「有人，你好帥喔！這樣比瀏海長長的好看幾百倍！很帥耶！超帥的！你去剪頭髮啦！那樣絕對比較好看！我們家旅館旁邊有一家吉田理容院。我會去幫你跟他們說算你便宜一點！」

你好帥喔！很帥耶！有人感覺到臉頰熱得發燙，也知道臉頰發燙的原因不在於撲打傷。可能是做出傷勢沒什麼大礙的判斷，涼學姊把有人誇獎一番後，揮揮手說一聲「拜拜～」後，便離開了。

隔天，有人去剪了頭髮。雖然沒有勇氣剪成像誠那麼短，但至少跟陽學長的小平頭髮型差不多短。新髮型的上方頭髮比側邊的短髮偏長一些。吉田理容院的老闆用整髮劑抓了抓上方頭髮後，笑著說：「帥哥一枚大功告成！」

走出理容院稍微走一小段路後，有人看見一棟兩層樓高的民宿，並且掛著寫上「野呂旅館」的招牌。儘管知道去上學的涼學姊不可能在家，有人還是在民宿前方站了一會兒。民宿有著免剷雪屋頂以及紅磚色的外牆，在島上的建築物當中，算是比較新的房子。民宿門口的旁邊晒著洗乾淨的抹布和毛巾類，並隨著五月的風輕輕搖曳。那儘管只是一般生活會有的光景，卻散發出爽朗清新的感覺。有人忽然想起涼學姊的開朗笑容，臉上不由得浮現微笑。

趁著路過時，有人看了一眼真實世界裡的照羽尻高中。中小學也在附近，但有別於高中，中小學是一棟鋼筋水泥建蓋的兩層樓高建築物。按鈕式號誌燈孤零零地設置在中小學前方的馬路上。小島上沒有十字路口，交通量也少之又少，不禁讓人懷疑即使是孩童們要過馬路時，是否也會利用號誌燈？至於看似毫無意義的車輛專用號誌燈，則是不管誰來看，都是一直亮著綠燈。

路上遇到的所有島民都發現有人剪了頭髮，主動向有人搭腔。

叔叔說過這座小島就像一個大家族。如果真是如此，肯定所有人都知道有人晚了一年的事實。明明知道這樣的事實，大家卻都那麼地和善親切。

晚餐時，叔叔一邊用筷子夾起島民送的章魚生魚片，一邊說：

「如何？差不多快適應這座小島了吧？」

「……嗯。」有人點點頭答道。

「來這裡覺得好嗎？」

叔叔問得再自然不過了。那態度之自然，就跟在餐桌上丟出一句「這章魚真好吃」沒什麼兩樣。有人一口吃下兩塊章魚，芥末的嗆鼻味道直衝而上。

有人回答不出「來這裡覺得好」，但也回答不出「覺得不好」。他忍著受到芥末的刺激而就快湧出的淚水，沉默不語地吃著晚餐。只不過……

——有人，你好帥喔！

有人心中湧現「或許可以去一趟學校看看也無妨」的念頭。

3

照羽尻高中沒有制服。學生人數只有五人，想必穿制服也沒什麼意義。不過，對有人來說，不用穿制服感覺很輕鬆。畢竟有段日子，有人光是換上制服，就會身體不舒服。

話雖如此，第一次要去上課的前一天晚上，有人還是緊張得沒睡好覺，清晨不到五點鐘就爬出了被窩。六月初旬的太陽此時已爬到相當高的位置，熱情地照亮著世界。洗把臉後，有人心想不知道要穿什麼衣服上學而確認起自己的衣物，結果發現根本沒什麼像樣的衣服。有人穿上跟一直關在房間裡那時沒兩樣的連帽衫和牛仔褲，站在洗臉台的鏡子前看著自己。

「不錯啊！」叔叔一臉睡眼惺忪的表情，從背後透過鏡子和有人對上視線。「你現在的髮型也很清爽，保持輕鬆的心態去學校就好了啊！如果真的覺得受不了，提早離開也無所謂。反正家裡也沒有鎖門。」

說著，叔叔在有人旁邊刮起鬍子。

「提早離開也無所謂」這句話出乎預料地深深鑽進有人心中，幫他消除了緊張情緒。回想起來，這裡已是地獄深淵，不可能有更糟的狀況。即便心裡這麼想，有人吃早餐時還是吃不太下東西。

叔叔替有人準備了兩顆飯糰當午餐的便當。有人把便當放進背包裡，背起背包。

有人從叔叔家朝向港口的方向走去。天氣十分晴朗，但迎面而來的風十分強勁，海面上掀起陣陣白浪，所以看不見對岸的北海道本島。途中，有人路過了位在左手邊的照羽尻中小學。想必沒有任何人會注意看的車輛專用號誌燈，果然還是亮著綠燈。至於車輛本身，從有人走出家門到現在，還不曾與任何車輛擦身而過。

大約花了五分鐘，有人抵達了照羽尻高中。高中的建築物位在深處，距離馬路大約有十公尺遠。就跟手冊上看到的一樣，高中的校舍顯得寂寥。校舍前方有一棟乍看像是倉庫的建築物，屋頂上有一根頂部呈現H字形的煙囪。有人探出頭從窗戶看向屋內。屋內看起來似乎是個食品加工設施，排列著陌生機器。每一台機器的體積小巧，十分符合設施的規模。有人猜想應該是上水產實習課時會利用的設施。

有人一邊把手上的汗水擦在牛仔褲的大腿部位上，一邊朝向正門玄關走去後，遇到曾經在面試時見過面的校長。

「早啊，川嶋同學。」

校長的表情和聲音都十分柔和，也沒有表現出盛大歡迎不肯上學的學生總算來上學的誇張態度。

跟有人以前就讀的私立中學比起來，正門玄關的空間只有以前那裡的訪客專用玄關那麼大。換鞋區的左側牆面設有一面木框的鞋櫃，格子是縱向五格、橫向五格。意思是就算把教師和學生的人數加在一起，也只要有二十五格就夠用了。

校長指向鞋櫃的其中一格。那是在二十五格的正中央格子。空空如也的格子上方，貼了一塊名牌寫著「川嶋有人」。

有人換上帶來的室內鞋，把戶外鞋塞進空格子裡。

「早安，有人。」

涼學姊從後方搭腔道。涼學姊穿著長袖的條紋針織棉衣搭配牛仔褲，因為上衣和褲子都頗為貼身，有人的視線不由自主地移向胸部位置，跟著急忙別開視線。

「一年級的教室在這邊喔！」

涼學姊以開朗的聲音說道，對著有人招了招手，那模樣像是準備介紹遊樂園一樣。

「是。」有人輕輕應了一聲，跟著涼學姊走去。適應小島生活了嗎？川嶋醫生有沒有提到過什麼關於徒弟的事情？涼學姊一面投來讓有人難以回答或搞不懂意思的問題，一面帶著有人詳細介紹整體校舍。各學年分別有一間教室，另外還有實驗室、資訊處理室、教職員室、體育館、廁所。這裡沒有圖書館，而是在走廊上排著書架。校舍的規模很小，一下子就繞完了。

「有人，那先這樣囉！」

有人走進一年級生的教室。教室裡有三張書桌勾勒出平緩的弧線，面向講臺排列著。

有人不知道自己的座位在哪裡而杵在原地不動。「你的位置在這裡。」剛到學校的誠指向靠窗的座位。

「我坐正中間。桃花坐靠近走廊的位置。」誠穿著T恤，一副為自己的健碩體格感到自豪的模樣挺起胸膛，對著有人展露平易近人的笑臉。「你有什麼疑問都可以問我。啊！功課除外喔！」

以有人的感受來說，剛進入六月份的照羽尻島還是頗有涼意，但誠已經穿著短袖。誠的上手臂肌肉結實，手指頭上依舊有著明顯的小傷口。有的傷口像是被全新的紙張割傷，有的則像是被縫衣服的針刺傷。

「啊！」

沙啞的聲音從門口附近傳來。桃花現身在教室裡。她身穿白色短衫搭配黑色緊身褲，那明明只是很簡單的裝扮，卻讓人覺得充滿時尚感。桃花輕輕點頭致意後，在自己的座位坐下來。「多多指教。」雖然不太確定，但桃花似乎輕輕這麼說了一句。有人沒有做什麼動作，只開口說一句：「妳好。」

早上的課外時間在八點四十分時展開。副校長現身在講臺上，手上拿著裝成兩層的大紙袋。副校長把大紙袋放在有人的書桌上。

「這些是你的教科書。另外還有課表和開學到現在發給學生的印刷品。」

有人一邊讓視線落在桌面的木紋圖案上，一邊低頭行禮。有人沒料到校方會代為保管這麼大一件包裹。在島上不是都會擅自打開玄關門，放下包裹就離開嗎？為什麼這麼大一件包裹沒有被照樣處理？

如果也被照樣處理了呢？有人試著做了想像。收到包裹時，有人或許會覺得學校在催他上學，也可能反過來覺得學校認為反正這學生不可能來上學而放棄了他。有人肯定會依當下的心情，做出不同的解讀。不論是前者或後者的解讀，都只會讓有人的腳步離學校越來越遠。

「今天第三節和第四節是上照羽尻學和水產實習課，到時候要移動到三年級的教室。」

聽到副校長的話語後，有人確認起貼在黑板旁邊的課表。看來這兩堂課應該是所有年級一起上課。

也就是說，也會遇到涼學姊啊？還有在海鳥觀察站遇到的那個態度很差的陽學長。
想著想著，有人的手心又冒出汗水，趕緊在牛仔褲上擦拭。

有人上了第一節課的數學Ⅰ和第二節課的英語Ⅰ，結果慘不忍睹。畢竟有人在課業上比其他人晚了一年，所以早預料到會面臨這般現實，但每次只要有人一露出似懂非懂的表情，課堂就會停下進度的局面，還是讓他發窘。有人多次想起叔叔的那句話——提早離開也無所謂。然而，時間過著過著，有人也察覺到誠和桃花不太在意老師只指導有人一人。尤其是誠，他更是一副賺到了的模樣頻頻向桃花搭話，拜託桃花教他課業。看來桃花應該是這裡成績最好的學生。
每位老師的指導也都十分細心，有人有疑問時，甚至還願意回溯到中學的學習範圍來指導有人。
「喂！走囉！」第二節課結束後，誠催促著有人。
「等一下上課要用到筆和筆記本，還有這個小本子。」
那是一本把B４大小的紙張對折後，中間用釘書針固定住的小本子，有人在早上拿到的紙袋裡找到了小本子。小本子的封面印有照羽尻島的全景照片，以及大大寫上「照羽尻學」的黑字，一看就知道是老師自己手工製作的本子。

「對了，還有便當。應該說，整個背包都要帶去。」

誠如其發言，背著比有人的背包還要大、看起來很耐用的背包。

「我知道教室在哪裡。」

有人試著暗示「我可以自己一個人去」，但誠毫不介意地回應說：「我也知道。」看來誠自動負起照顧新人的責任，並且確實付諸行動。

有人就這樣被誠帶到本應沒有半個學生的三年級教室。教室裡有五張書桌排成兩排，第一排有三個座位、第二排有兩個座位。

「我們坐第一排。你的座位在我左邊。」

座位的安排和一年級教室一樣。有人坐上自己的座位，看著手工列印製作的教材。

「有人，我問你喔！」誠很自然地直呼了有人的名字。「你沒吃過海膽吧？」

誠的意思是在問從小到大有沒有吃過海膽嗎？如果是的話，有人當然吃過海膽。有人正準備回答時，誠補上一句說：

「我是在問有沒有吃過照羽尻島的海膽？」

「那就沒有。」

「我就知道。那下次我拿去醫生那裡好了。拿我爸當天現抓的海膽。」

透過這段對話，有人終於明白了。原來那個精準猜出隔天的氣候，還讓已經升上高中的兒子大讚不已的父親是個漁夫。

「抓海膽是有期間限定的。往年差不多都是在六月中旬過後才會解禁。而且就算解禁了，只要有一點點起浪，也出不了船。不過，我老爸很厲害。他超會抓海膽的。」

「那是要抓來賣的東西，你拿來給我們不好吧？」

「那當然不可能拿到上等品給你們，但還是很好吃的。其實還是要在剛抓到還帶著海水的鹹味時就馬上吃，才最好吃。」

面對誠如此熱情地推薦照羽尻島的海膽，沒有特別愛吃海膽的有人只能敷衍地點點頭。說到海膽，有人想起中學入學考試結束的那個週末，曾經全家人一起去義大利料理餐廳吃慰勞大餐，那時吃到的海膽奶油義大利麵美味極了。那天很開心，也吃得津津有味，殊不知沒考上第一志願中學的未來在前方等著。

凡事都是如此，總要等到失去後才會有所體會。美好的事物、珍貴的事物大多會消失，那些事物彷彿在強調自我價值而喊著：「趁我們還沒消失之前好好珍惜吧！」

涼學姊和陽學長也來到了教室。涼學姊穿著起毛球的深藍色毛衣，與身穿短袖的誠完全成對比。

上「照羽尻島學」時，除了校長之外，宅配業者的田宮也來了。有人嚇了一跳，但後來想到田宮還有從事為觀光客服務的導遊副業，也就覺得應該沒有人比田宮更加適任了。比起會被調動到島外的老師，田宮對於照羽尻島的了解深入多了。
在使用教材之下，田宮大致說明了小島所捕獲的海產以及這些海產的加工物，還有這幾年來帶來多少營業額與經濟效益。有人聽到打呵欠聲而往旁邊一看，結果看見誠一副百無聊賴的模樣。對一個漁夫的兒子來說，這些內容或許都不是什麼新奇資訊。
有人陷入思考時——
「好了，接下來會一併進行水產實習課。」
校長站到田宮的旁邊拍掌說道。
「我們打算把透過水產實習課所製作的罐頭，拿去參加七月份的北海道高中生物產展。」
照校長所說，似乎有個活動可看到高商、高農等學校的學生所開發、製作的食物加工品齊聚一堂，並且進行銷售。
「如果可以展出有亮點的產品順利掀起話題，照羽尻島和我們高中都可以達到宣傳效果。物產展結束後，業績好的產品還可以在期間限定下，請合作店家幫忙銷售。」
田宮也把雙手交叉在胸前，點頭認同說：「像是材料調度方面，漁會也會提供協助喔！」
「味道要好吃當然就不用說了，但想出點子看要做哪種產品也是關鍵所在。接下來希望你們五個人一起想點子。」

還真是愛做麻煩的事。有人托著腮這麼心想時，誠忽然把書桌一百八十度轉向，形成與二年級生面對面的局面。誠也主動挪動桃花的書桌，桃花道了聲謝後，他笑得合不攏嘴。

「你也快點動作啊！難道你的後腦勺也長了嘴巴不成？」

在誠根本就是為了掩飾臉上的笑意而出聲催促之下，有人也把書桌轉向。涼學姊變成坐在有人的斜前方，並且笑著朝向有人揮揮手。

「不知道要做什麼好喔？」

為了進行討論，涼學姊率先起了頭。接著是誠。

「我哥二年級那時候也去參展過不知道什麼產品。一樣也是上課時製作的產品。」

「前年是拿燻章魚去參展。」田宮插嘴說道。「本來還以為滿有機會的。」

田宮會這麼說，就表示當時的評價不如期待。有人猜測去年應該是因此而沒有參加這類活動。如果有參加，涼學姊應該會提起才對。

「其實應該到島上來，直接吃剛抓到的水產才最好吃。」

誠這麼表達想法後，涼學姊做出符合旅館千金會有的發言：「如果大家吃了加工品之後覺得好吃，不是也會想來我們島上嗎？如果觀光客增加，我們家也會很開心。」

「不知道有多少預算？要製作多少數量？」陽學長輕聲低喃道。校長做出回應：「費用部分當然會由學校來負擔。這雖然是課程的一部分，但並非完全不管盈虧。材料費、加工費等各種費用加起來大約十萬圓。至於數量部分，最少希望有一百個。」

「所以一個差不多要花一千圓來製作啊？」

「小誠，這樣就賺不到利潤了。」

「……利潤會用來做什麼？」

「就是啊，桃花，重點就在這裡。」桃花首次做出發言後，誠立刻討好說道。「桃花剛剛完全點出了重點！」

剛才那笑得合不攏嘴的表現也是，真是個容易被識破內心的人。有人看出誠對桃花有好感，至於桃花怎麼想，就不得而知了。

「利潤應該會回饋給學校吧。先不說這些了，我們要不要先決定材料？」

「既然章魚行不通，那海膽會比較好。選海膽絕對錯不了！」

「小誠，那是你的主觀意見吧？」

整場討論有九成都是在照羽尻島出生長大的涼學姊和誠在發表意見，剩下的一成則是桃花和陽學長負責。有人坐在椅子上心想水產加工根本不符他的興趣，但腦中同時閃過帶有野心的念頭。有人想著如果此時提出可以讓大家為之驚豔的意見，就能夠得到四人，尤其是涼學姊的認同。然而，有人什麼點子也想不出來。最後，除了決定使用海膽之外，沒有其他任何決議。

有人終於知道誠為什麼要他連同便當帶著所有東西行動。原來午休時間，有人他們也會和二年級的兩個學生一起在三年級的教室用餐。

「雖然住校生也可以選擇回宿舍吃午餐，但小陽和桃花也都是帶便當來吃。對了，有人，宿舍離這裡差不多五分鐘的路程，就在我們家旅館旁邊而已。」

涼學姊看似開心地說道。說到她的便當，不愧是家中經營旅館，菜色相當豐盛。便當裡有烤魚、炸物、醬菜、沙拉、水果，應有盡有。不過，涼學姊卻一副沒什麼大不了的模樣說：「我的便當其實算是客人分給我吃的。」

誠的便當是以份量為重，兩只大大的便當盒，分別裝著白飯和配菜。住校生的桃花和陽學長帶了一樣的便當，都是有三種類的三明治。

有人默默地吃起飯糰。

「我哥那年會失敗，有部分是因為我哥。」誠重提水產實習課的話題。「畢竟他是個會拋棄我們島離開的傢伙。」

「你不要這樣批評小至啦！」

「小涼，妳每次都會袒護我哥。」

「不行嗎？我很羨慕你有個帥氣的哥哥呢！」
誠沒有以「學姊」來稱呼涼學姊。他們兩人在小島出生長大，似乎不太在意微小的年齡差距。
「也是，除了我之外，大家都是獨生子或獨生女。啊！」說到一半時，誠忽然拿著筷子指向有人。「你呢？你不會也是獨生子吧？」
四人的目光集中到有人的身上，有人難以保持沉默到底，只好坦承說：
「……我也有一個哥哥。」
「真假？耶！我們是弟弟二人組！你們差幾歲？我哥誇大口說什麼他才不要當漁夫，說他要當糕點師傅，現在在札幌念專校。真不知道他是在哪裡知道有這種職業。」
「糕點師傅有什麼不好？我很喜歡吃馬卡龍呢！」涼學姊可愛地嘟了一下嘴巴後，天真地催促有人說：「有人的哥哥在做什麼？」
涼學姊都開口詢問了，有人只好乖乖回答：「我們差兩歲……他在念醫學院。」
「醫學院？要當醫生嗎？好厲害喔！」
涼學姊發出讚嘆聲後，誠也接著說：「你哥會變成像川嶋醫生那樣喔？太酷了吧！」
有人眼前浮現了叔叔聽到緊急呼叫醫生，而做出回應的身影。他在心中吶喊：「比任何人都真心期望自己變成叔叔那樣的人不是哥哥，是我！」有人使力捏扁包著鋁箔紙的飯糰。

明明想變成像叔叔那樣，有人現在卻來到這種鳥不生蛋的小島上，就讀只有五個學生的高中，接下來還準備製作罐頭。

「雖然我是想當漁夫，但要是我真的聰明到不行，當醫生為我們小島盡心力也是不錯。就像川嶋醫生那樣……」

「在這種環境下，不可能當得了醫生的。」當有人察覺時，已經脫口說出否定的話語。「離島什麼補習班也沒有，學校上的又是水產實習課什麼的。」

「你說啥？沒必要批評成這樣吧？」

誠的口氣也變得激動。有人全身僵硬起來。不過，雖說是不小心脫口而出，但有人認為自己沒有說錯話。有人讓視線落在桌面上，嚥下一口口水。

「你們兩個別這樣！吃飯時間不可以吵架，這樣吃起飯來會變難吃。」涼學姊出聲勸戒兩人後，想必是刻意想要岔開話題而開口說：「對了，說到醫學院，柏木先生今天起會來住宿喔！他應該下午就已經到了。」

有人猜想話題中的人物可能是涼學姊早上說的徒弟，不由得豎起耳朵聆聽。

「去年也來島上的那個人啊？」陽學長也認識柏木先生。「不知道該不該去跟他打聲招呼比較好？」

「這傢伙的叔叔是個超級名醫，所以有個醫學院學生會特地來找他學習。」誠一臉無憂無慮的表情對著桃花做起說明，方才的激動情緒不知已經飄到哪裡去。「柏木先生這次是事隔半年第三次報到。」

「好像去甲子園一樣。（註4）」

桃花語調冷漠地回應道。

在繞著柏木先生的話題之下，涼學姊和誠熱烈訴說著對小島而言，叔叔是一個多麼了不起的醫生，非小島出生的其他人都沒有插嘴地安靜聆聽。方才不由得一股怒氣爬上心頭的有人，一直聽著涼學姊的聲音後，也漸漸恢復冷靜。叔叔確實很酷，從診所的狀況也明顯看得出叔叔受到大家的仰慕。

誠想必也是因為喜歡叔叔，才會隨口說出想要當醫生的話語。

有人偷偷看向誠。不知道是恰巧，抑或是是察覺到目光，誠也看向有人，兩人對上了視線。有人立刻別開視線看向旁邊。方才就快起爭執的尷尬情緒搶先一步有了反應。第一天上學就做出失態的表現，但事到如今煩惱也沒用，有人放棄掙扎地把思考目標轉移到桃花和

註4：甲子園是日本舉辦全國高中棒球錦標賽的場地，一年兩次。日本全國的高中棒球隊必須先在各縣市的地方大賽贏得冠軍，才能夠取得前往甲子園參賽資格。因競爭激烈，日本媒體常以「XX高中這次是事隔X年第X次參賽」的說法來介紹參賽球隊。

陽學長。

桃花和陽學長同樣也是保持沉默地當著聽眾，不知道他們兩人是在什麼樣的機緣下來到小島？兩人都是來自札幌。雖然比不上東京，但札幌市也是一座大都市。那裡應該也有很多高中可以選擇，為何兩人偏偏要來到這座離島？

算了，反正那是別人家的事。只不過，兩人肯定遇到過什麼大事情。畢竟我自己就是一個例子——有人思考著這些事情之間，午休時間結束了。

準備走回一年級教室時，誠迅速來到有人身旁。

「剛剛對不起喔！」有人不由得看向誠，誠露出尷尬的靦腆笑容回應有人。「我這個人個性單純，一激動起來，就會像剛才那樣。然後，每次都到了事後才在後悔。我老爸也經常會把我訓一頓。他會跟我說氣候和過去是無法改變的。」

氣候和過去是無法改變的。

這句話讓有人腦中的畫面，逼真地映出道下暈倒的身影。有人不由自主地僵住身子，步伐也變小了。然而，誠似乎沒有察覺到有人的異狀，臉上一直掛著靦腆的笑容反覆說：

「對不起喔，我真的很容易動怒又個性單純。」

如果個性單純就代表做人不會表裡不一，是不是就表示誠臉上的靦腆笑容和道歉話語都是發自內心呢？有人試著回想從小學開始同班過的同學們。那些同學當中，沒有一個人個性如此直率，也沒有人會坦率地道歉。無形中，大家都會抱著先道歉就表示輸了的心態。

看見誠主動認錯得如此乾脆，有人也很自然地回應說：「……我也有錯。」

「哪有！好啦，下午也認真上課吧！」

有人才在想應該會尷尬上好一陣子，沒想到就看見誠的這般態度。誠絲毫沒有要鬥氣下去的意思。誠豁達到令人難以置信的態度，使得有人心中的芥蒂越來越小。

有人發現自己在不自覺之中，竟配合著誠也邁大步伐。

後來，有人因為被誠纏著而沒有機會提早離開，一路上課上到三點半，直到當天最後的第六節課結束。

「我走了喔！有人，明天見啊！陽學長也是喔！」

誠騎著腳踏車往港口的方向下坡而去。有人心想如果要找一個集開朗與活力於一身的男高中生，誠肯定是不二人選。

有人和叔叔的住處在港口的相反方向。因為陽學長說要去診所，所以有人不得不和陽學長一起踏上歸途。陽學長是個沉默寡言的人。有人也一直沉默不語。再說，因為在海鳥觀察站有過那段互動，有人本來就不太敢與陽學長相處。雖然有人對陽學長不惜住校也決定就讀照羽尻高中的原因，內心多少感到好奇，但當然不可能開口詢問。因為有人知道如果開口問了，到時萬一陽學長也反問一樣的問題，有人將找不到藉口逃避回答。

整路上，陽學長只開過一次口。那時兩人走到了位在小學正前方、毫無意義的按鈕式號誌燈位置。

「你應該會覺得這個號誌燈沒有意義吧？」

有人有種內心被識破的感覺。警報聲在有人的腦中響起。這個顯得神經質的陽學長或許比想像中的來得機敏。有人這麼心想而提高戒備，也沒能夠及時回答。兩人之間的氣氛變得微妙。

對於有人的不自然態度，陽學長不在意地繼續說：

「不過，如果沒有這個號誌燈，在島上出生長大的孩子就會在從未看過真正的號誌燈之下離開小島。最慘搞不好還會遇到意外。」陽學長瞥了一眼車輛專用的綠燈後，加快了腳步。「因為具有意義，才會存在。」

有人沒有轉頭，只移動視線看向陽學長。陽學長說出號誌燈存在的理由，但他真的只是想表達這件事嗎？

有人從東京來到這裡，陽學長肯定也會認為有人背後藏著複雜的隱情。陽學長有可能是基於這般推測，才會以小島生活的前輩身分，對有人說一些像人生大道理的話語。有人忍不住懷疑起陽學長有這般企圖，但陽學長的側臉宛如數學公式般端正工整，看不出任何一絲情緒。有人不禁感到有些掃興，也有種像是不小心聽到別人在自言自語的感覺。

有人和陽學長在診所前方告別。

「那就這樣，明天見。」

聽到陽學長如範本般的道別話語，有人把話含在嘴裡地應了一聲：「明天見。」有人立刻衝進住處。回到自己的地盤後，有人頓時感到疲憊不堪，就這樣不小心睡了午覺。

有人醒來時，察覺到叔叔在樓下。他心想叔叔應該是在做晚餐。有人猜想看診時間應該已經結束，而看向枕頭邊的鬧鐘確認時間後，發現剛過傍晚六點鐘不久。

有人慢吞吞地爬出被窩，去到廚房時，叔叔正好熄了煮味噌湯的爐火。餐桌正中央放了一大盤用醬油燉煮的章魚和白蘿蔔。

「那是野呂太太送的。」

有人忍不住暗自說：「要是有島民會送肯德基的炸雞來，不知道該有多好。」自從來到小島後，吃海鮮的比例極高，吃肉的機會減少了。

「抱歉，我睡著了，沒能夠去幫忙。」

「今天很累嗎？」叔叔合起掌心先說一聲「開動了」之後，立刻詢問道。「不過，你今天很努力呢！」

「……我又沒有很努力。」

有人只是找不到機會回家而已。有人告訴叔叔今天一整天誠都在旁邊纏著他，一下子幫忙這個，一下子幫忙那個，後來起了一點爭執，但誠立刻主動來道歉，最後甚至連廁所也一起跟來。叔叔聽了後，笑著說：

「誠他是太開心了。因為這是第一次有男生跟他同年級。」

「……我其實應該是念二年級的。」

「那點小事根本不用在意。嗯，這道燉煮料理好吃耶！我猜應該有放鱈魚醬提味。」

有人咀嚼著章魚，同時消化著「那點小事」四個字。那算是小事啊？那不算是很誇張的事嗎？有人覺得嘴裡的燉煮料理，似乎比他平常吃慣了的燉煮料理味道來得複雜。

——哪有！好啦，下午也認真上課吧！

誠的開朗態度、不知不覺中也配合起來的大步伐。有人承認自己確實覺得疲累，但心裡沒有在東京時百般受到折磨的那種不想再去上學的情緒。不知道為什麼，有人反而有種想再去讓自己疲累一次看看的念頭。

「以後，你只要四點半過後的那個時段來診所幫忙就好。至於今天，就算了吧。」

「對了，涼學姊說有徒弟去叔叔那裡。我記得是叫柏木先生。」

「你說柏木啊？他不是徒弟啦。他也會去其他符合研究主題的醫生那裡請教意見。我只是其中一個醫生而已。」

「可是我聽說他去年也有來。陽學長還去跟他打招呼，不是嗎？」

「喔，陽樹是協助柏木做研究。」

叔叔開玩笑地補充一句：「說是協助做研究，但可不是協助做什麼人體實驗喔。」

「應該算是接受採訪吧。陽樹的資料很適合柏木的研究主題。」

有人想起去看角嘴海雀歸巢的那一天，陽學長曾經暈倒過，也曾經看過陽學長拿藥。有人猜想陽學長應該是被某種疾病纏身。不過，在那之後不曾聽說陽學長回去札幌接受治療過，再說，既然會選擇在離島升學，就表示不太可能是嚴重疾病。搞不好陽學長是為了接受環境療法，才來到離島。只是，這時代還聽到環境療法，會有一種時空錯亂的感覺（註5）。

總而言之，那位名叫柏木先生的人之所以多次來拜訪叔叔，有可能不單只是為了研究，或許他也和有人一樣對叔叔抱有憧憬。有人喝光味噌湯後，把空碗疊在一起。叔叔還在用餐中。有人把自己的餐具先收到水槽後，便回到自己的房間去了。

註5：環境療法是一種治療方法，也就是離開熟悉的土地，移居到其他環境進行療養。日本在過去會採用環境療法來治療未有明確療法的疾病或地方病。亦會在高原地區建蓋療養院或別墅，收容家境富裕的病患。

＊

醫學系畢業後，目前正就讀基礎醫學研究所博士班的柏木，有著一張像是把一萬名三十歲上下的男性集結後再加以平均化的無害面容，看上去也不像特別聰明的樣子。柏木沒有披著白袍。他一身襯衫搭配西裝褲的一般上班族打扮，跟在叔叔身邊。柏木想必已經通過醫師的國家考試，卻刻意沒有表現出一副「我是醫師」的態度，那感覺像是不想搶叔叔的鋒頭，也像是在主張自己的身分並非看診醫生。下午的看診時間結束後，有人忙著收拾候診室和擦拭觀葉植物的葉子時，柏木在診療室和醫務室忙著消毒或廢棄使用過的器具，以及確認藥劑等工作。

不知何物被打開來的喀喀聲響傳來，有人把原來已經拉回來的視線再次移向柏木後，看見柏木正在把應是今天到貨的藥物，收進可上鎖的櫃子裡。柏木手上拿著兩根有人在那天之後想忘也忘不了的腎上腺素筆。有人為自己把視線移向柏木的舉動感到極度後悔，並堅決地告訴自己絕對不要再看向柏木。

柏木來訪的這段時間，有人和叔叔會比平常晚一些時間吃晚餐。原因是一般業務結束後，叔叔和柏木會在診所裡交談。柏木想必是為了自己的研究，而必須請教叔叔的意見。

柏木在島上待了五天後，在週末便回去了北海道本島。有人和柏木之間雖然會互打招呼外加少許交談，但不至於關係好到會促膝長談，所以對柏木這號人物並沒有懷抱特別的情感。直到柏木要離開的前一天——

準備離開小島的前一天，柏木對著有人說：

「川嶋醫生持續在這裡當醫生的事實，有著非常重大的意義。所以，我希望你能夠幫川嶋醫生減輕家事的負擔。請你積極主動幫忙。」

有人有種被人批評過於怠惰的感覺，對柏木的印象因此有些變差。有人心不甘情不願地點了點頭，但心裡想著邀約他來小島的叔叔本人，根本連提也沒提到過要分擔家事。

特地從北海道本島三度前來請教叔叔的醫學研究生的存在，讓叔叔原本在島上已有的高名聲，變得更加響亮。島民們都在想「川嶋醫生果然很厲害，就是太厲害了，才會有學生願意千里迢迢來向醫生請益」。

「因為有川嶋醫生在，大家才能在照羽尻住得安心。你叔叔的存在就像神明一樣。」

就因為擁有姪子的身分，有人已經聽過不知多少稱讚叔叔的話語。

不論被誰如何稱讚，叔叔本身還是表現出一樣的態度。有人不禁想起叔叔的往日模樣，那時空服員全體出動來向叔叔表達感謝之意，叔叔也是一副灑脫。

柏木離開後的週末，叔叔把看似艱深的文獻攤開在一旁，用電腦打著準備貼在診所候診室的海報。看著叔叔這般模樣，有人脫口說出真心話：

「……難得的六日，休息一下也無妨吧。」

「我還是實習醫生的時候，也有機會在急診室實習過。」叔叔抬起頭，面帶微笑說道。

「我遇到過形形色色的病患。基本上，那家醫院的急診室秉持著只要接到急診要求，就一概不拒收的原則，所以必須能夠分辨哪個病患是重症，清楚分出優先順序。醫生必須盡速做出準確的判斷。如果是必須做檢查的病患，也要一併考量檢查儀器的使用狀況來替病患看診。那時候遇到做了CT檢查沒發現異狀，但還是覺得很在意，所以想換成打顯影劑拍MRI的狀況並不稀奇。這麼一來，有的病患就會說他們想要回家，有的還會說檢查費用太貴。可是，就這樣讓病患回去妥當嗎……」

叔叔一副回想起當時的模樣看向遠方，讓視線隔著玻璃窗在藍天上遊走。

「那時連猶豫的時間都覺得浪費。在那樣的狀況下，學習不足會成為致命傷。」

有人感到刺耳。家裡蹲的那段時間也好，開始去上學的現在這段時間也好，有人都沒有特別做什麼學習。不過，有人也明白叔叔此刻的話語並非在責怪他不學習。

「不論再怎麼盡心盡力，還是有可能遭到病患或病患家人的怨恨。臨床醫生就是這樣的一個職業。」叔叔保持坐在椅子上的姿勢弓起背部，來回搓揉腰部。「不過，就是要設法讓那種狀況的發生機率近乎零。不能放棄做這樣的努力。這裡跟急診室很像。隨時都可能有必須跟時間賽跑的病患被送來。每天學習是理所當然要做的事情。」

有可能遭到怨恨。

有人眼前浮現過去的畫面。畫面裡出現倒在地上的道下。有人的耳邊也再度響起隔著房門傳來的和人聲音。

——好像有輕微的言語障礙。

道下絕對痛恨著奪走她正常未來的人。

儘管心裡明白甩也甩不開，有人還是忍不住猛烈甩著頭試圖甩開過去。有人衝上樓躲進自己的房間。

有人在心中吶喊：「為什麼不能從過去刪除掉那天？這樣我和道下就可以擁有不同的未來！」

有人拿起智慧手機一看，發現來自和人的ＬＩＮＥ訊息。

『你那邊的狀況如何啊？老實說，我這邊每天都很操。』

雖然訊息裡寫著「很操」，但也附上了詼諧的貼圖，無形中透露出升上第一志願的大學生活雖然很操，但和人將那份辛勞轉換成生存意義並樂在其中。

就是因為未來一片光明，才有辦法即便覺得很操，也能夠向前邁進。

有人把智慧手機往床上一丟，咬起指甲。

＊

六月中旬的星期六，海膽的禁止捕撈令解除了。週末過後，明明是星期一，誠卻是一大早就心情好得不得了。

「有人，你今天回家前來我家一下吧！我跟我老爸說過了。我跟他說要留一些海膽送給你和醫生。」

這天上水產實習課時，有人第一次踏進校舍旁邊的加工設施。設施裡除了有家政課會使用的一般流理臺之外，還備齊了罐頭加工專用的各種機器。實際近距離看了那些機器後，就會知道要說它們是尖端機器顯得牽強，但散發著被人珍惜使用而有的穩重可靠感。負責實習課的森老師做了說明後，有人才得知原來那些是十幾年前島上的一家水產加工公司結束營業時，轉手給學校的機器。

「工序大致可分為原料入料後的篩選清洗、烹調、裝罐。之後再利用這台機器進行脫氣密封，也就是罐頭的捲封步驟。脫氣方式有兩種，一種是熱充填脫氣，另一種是利用真空封罐機的物理性脫氣。我們學校有的是屬於後者的真空封罐機。接著要進行殺菌、冷卻。」

老師像在介紹搭檔似的輕輕拍打各工序會使用到的機器，一一指給學生看。「冷卻後就是進行檢查。像是敲打罐頭聽聽看聲音，或是確認外觀有沒有凹陷等瑕疵。檢查是很重要的作業。等到檢查完畢後，才總算可以進行貼標。」

「這些機器一次可以處理幾個罐頭呢？」

陽學長提問道。

「要看種類，但差不多五個吧。畢竟又不是什麼大工廠。」

「一定要烹調啊？」明明自己大力推薦海膽，誠卻一臉感到可恨的表情看向流理臺。

「加工海膽實在太可惜了啦～」

「可是，如果不加工，就會失去我們的存在意義啊？」

「不是啊，我們還沒決定要怎麼加工，對吧？」

森老師在胸前交叉起雙手，激勵大家說：「快點動腦想一想吧！」

「如果直接吃現抓的海膽才最好吃，就沒有理由，也沒有好處要刻意進行加工。如果只是能夠延長保存期限，那就太普遍。」

聽到陽學長的意見後，一直保持沉默的桃花做出發言：

「海膽雖然很好吃，但我覺得味道比較獨特一點。」

「有部分可能是因為有添加物。」森老師微微扭曲著嘴唇。「海膽的食用部位是牠們的生殖腺，一從外殼取出來，就會變形融化掉。因此，為了保持形狀，一般都會泡過明礬水。說到這個明礬，它的藥味很重。明礬不僅有助於保持形狀，有些罐頭也會連同酒精一起添加明礬以做為防腐劑。所以這麼一來，無可避免都會有明礬的味道。敏感一點的人會不喜歡那味道。」

涼學姊輕輕舉高右手說：「不加明礬也做得出來嗎？」

「做是做得出來，但我們這裡不曾那樣做過。」

「有人你呢？有沒有什麼意見？」

有人一直保持著沉默，結果被涼學姊點名發言，不禁心跳加速。

「呃……」有人的腦海裡浮現不出妙點子。「那個……」

「你如果有話想說，就快說啊！快啊！」

誠的催促話語讓有人更加不知所措。

「海膽還是要生吃才最好吃。」

這天的實習課就在誠的這句全面否定實習主旨的發言，畫下了句點。

放學後，有人坐在誠的腳踏車後方，宛如被綁架般去到誠的住家。誠的住家就在港口旁邊。通往港口的路上，到半路都一直是緩緩的下坡路，但來到港口就近在眼前的位置時，突然變成快要墜落似的陡坡。陡坡就算了，還是個轉彎處。明明如此，誠卻沒有放慢速度。誠反而猛踩踏板，還發出「耶～」、「唷呼～」之類的怪聲音。風切聲猛烈響起，有人怕得要命，根本分不清那是風聲，還是速度太快的聲音。

可能是腳踏車飆得太快，不到十分鐘就抵達了誠的住家——齊藤府。兩層樓高的齊藤府正面不算寬敞，給人小而雅致的印象。齊藤府的前方隔著一條馬路即是漁港，對漁夫而言，可說位在最佳地理位置。誠指著一艘被拴住的漁船說：「那艘是我老爸的船。」成排的漁船當中，誠指出的漁船算是較大的一艘。

「我老爸的船有8·5噸，冬天的時候他會開那艘船，組成船隊去捕撈鱈魚之類的水產。捕撈海膽是開另一艘淺灘用的小船。」

「是喔。」

「因為海膽是一個人去捕的。」誠粗魯地打開玄關玻璃罩的門，跟著一樣粗魯地打開家門。「我回來了！我帶有人一起回來了！」

「打擾了。」有人一邊小小聲說道，一邊跟著誠進到屋內後，發現緊鄰脫鞋處的客廳門大大敞開，屋內的光景看得一清二楚。一名皮膚曬得黝黑的中年男子轉頭看向有人這方。男子的精悍長相和誠像一個模子印出來的一樣。

「有人，他是我老爸。我老爸是島上最強的漁夫，也是我們照羽尻高中的學長。」

有人在無形中抱著先入為主的觀念，以為誠的父親肯定是國中畢業後就當起漁夫，所以聽到是高中學長時不禁有些意外。

「你這小子又在亂說什麼島上最強的漁夫，這樣對其他漁夫太失禮了！」

誠的父親身穿襯衫搭配長度及膝的薄短褲，一身極度休閒的裝扮單腳屈膝坐在坐墊上，啃著鮭魚乾條。他的體格比誠小了一號，但渾身結實的肌肉。

「你就是川嶋醫生家的有人啊？川嶋醫生一直很照顧我們，記得幫我問候他一下。」

在島上，對叔叔表示尊敬的話語就跟在打招呼沒什麼兩樣。叔叔如此受到仰慕讓有人深感驕傲，但在那同時，也讓有人變得在意大家對身為「叔叔姪子」的他給予什麼樣的評價。在東京時，被拿來比較的對象是哥哥，沒想到來到島上，會變成被拿來跟叔叔做比較的姪子。

然而，誠的父親卻出乎預料地綻放笑顏說：

「有人，謝謝你啊！誠回來就說你有去上學，高興得不得了。」

「老爸，你別多嘴啦！」

「我哪有多嘴？你每天都說個不停啊！說你總算有個同班的男同學，不是嗎？」

誠的父親一邊說：「呆呆站著做什麼，快坐下來啊！」一邊把坐墊遞給有人，有人縮著身子跪坐在坐墊上。空間稍嫌狹窄的客廳正中央擺著一張木製矮圓桌，除了電視、矮櫃等一般家具家電之外，地板上可看見收音機、電話傳真機、報紙、文件等物散落一地。客廳裡一片雜亂，實在讓人難以說出收拾得很整齊的客套話。不過，從面向漁港的窗戶，可清楚看見誠方才告訴有人的那艘父親的漁船。有人不禁覺得那畫面道出屋內這位漁夫的氣魄。

隔壁廚房傳來了哼歌聲。那旋律聽起來有些熟悉，但又像不曾聽過。聽著反覆唱著「黑夜總會過去，迎向黎明的到來」的歌聲，誠的父親笑了出來。

牆壁上掛著好幾張裝框的表揚狀。那是表揚英勇救人的獎狀。

「發生海上意外事故時，有船隻的人理所當然要去救人。其他漁夫家裡也都有很多獎狀。我們也都上過急救訓練課程。」看見有人注視著表揚狀，誠的父親一副沒什麼大不了的模樣說道，跟著朝向廚房內搭腔說：「孩子的媽，不要一直在那邊唱難聽的歌，快弄點什麼東西給有人吃啊！」

「我這就端過去！」

開朗的回應聲傳來，幾乎在那同時，一名讓人聯想到歌劇歌手、身材豐腴的女子出現。女子的身材比身為漁夫的丈夫來得魁梧。看來誠的體格應該是遺傳到了母親。

「有人，謝謝你來我們家玩，阿姨好開心喔！」

誠的母親把倒了汽水的杯子、放了零食的盤子，以及洗過後瀝乾的櫻桃連同瀝乾籃放上矮桌後，一一分給每個人擦手巾。

「哇啊！不知道多久沒吃到櫻桃了！」

「有人要來我們家玩，當然要買櫻桃好好招待啊！好了，快吃吧！有人，你這麼瘦，多吃一點喔！」

「老爸，要給有人的海膽呢？」

「當然有留起來啊！你媽剛剛才把殼去好了。」

誠的家人一下子叫有人吃那個，一下子又說吃這個。以前有人去朋友家玩的時候，從未受過如此熱情的款待。基本上，在東京幾乎不會有機會去朋友家玩。有人小學低年級的時候或許還去朋友家玩過，但在那之後就再也沒有過了。

有人想起叔叔說過這個小島就像一個大家族。有人聽話地喝了汽水、吃了零食，在那之間也吃了櫻桃。儘管抱著求救的心情回想起一人獨處的房間，還有只聽得到風聲和海鳥叫聲的斷崖絕壁光景，有人依舊想保留住在齊藤府受到熱情歡迎的事實。雞婆態度和過度近距離的相處實在有點煩人，有人也知道等到獨處時，一定會頓時感到疲憊。不過，對於自己被人接受的事實，有人深感開心。

「你也吃一下海膽啦！吃一口、一口就好！」

興奮過了頭的誠衝進廚房後，立刻拿著湯匙走回來。湯匙裡舀著呈現鮮豔橘子色的海膽。

「不用淋醬油就可以吃的！」

誠遞出湯匙說道。有人沒理由拒絕，只好像個小孩子一樣讓誠把湯匙送進他的嘴裡。

「如何？快說嘛，如何？」

「……好吃。」

有人很自然地脫口說道。誠的父親捕撈到的海膽帶著滿滿的濃郁鮮味。同樣是海膽，味道卻和在東京吃的海膽截然不同，就像聖伯納犬和吉娃娃的差別那麼大。

「你看！我沒騙你吧！」

誠拿著湯匙做出握拳的姿勢。

「這海膽沒有泡過明礬。」誠的母親說道。「只要泡過鹽水，形狀也不會散掉喔！這沒辦法像泡過明礬那樣維持那麼久，所以只有在產地才吃得到這味道。」

有人捧著裝了泡在滿滿鹽水裡的大量新鮮海膽的保鮮盒，離開了齊藤府。回程有人也是坐在腳踏車後方，讓誠載了回家。來到一過港口就遇上的陡坡時，誠也是一派輕鬆的模樣，站著踩踏板順利爬上坡。

雖說是電動腳踏車，但如果換成有人，肯定爬不上陡坡。看著誠一次又一次使力踩踏板，有人心想：「誠肯定騎腳踏車爬上這個陡坡爬過數不盡的次數。」

這天，有人手腳俐落地完成診所的收拾工作後，回到家中。有人算準叔叔回來的時間，把海膽放上餐桌。雖然有人沒有特地刨蘿蔔絲，只是從保鮮盒裡取出海膽隨便裝盤，但畢竟份量驚人，所以裝盤後的海膽相當壯觀。有人忽然想到如果做成海膽蓋飯應該會很好吃，於是拿出碗公盛了叔叔和自己的白飯，並且動作笨拙地試著用手撕碎海苔撒在白飯上。有人在盛入海膽的盤子附上湯匙，這樣就可以盡情地把海膽鋪在白飯上了。為了方便在只想品嘗海膽美味時可以直接生吃，有人也在桌上放了小盤子。

——請你積極主動幫忙。

有人並非屈服於柏木的發言，而是因為今天的心情讓他覺得想做些什麼。有人打開用來收納一些即食產品的櫃子一看，發現有只需以熱水沖泡就好的味噌湯，於是拿出兩包，並在瓦斯爐上煮開水。

「喲？你幫忙準備晚餐了啊？」叔叔的興奮聲音傳來。「齊藤先生還真是厲害，看來他今天也是大豐收呢！」

有人把即食味噌湯擠入碗內，跟著倒入熱水。

「……叔叔，只有海膽蓋飯配味噌湯可以嗎？」

至少今天一天，希望叔叔可以洗好手就坐下來吃飯。雖然就攝取營養的角度來看，餐點內容或許不是太健康——叔叔正確解讀到了有人的這般心意。

「有人，謝謝你準備晚餐。」

有人用筷子夾起新鮮海膽，不沾醬油地直接送進嘴裡。海膽散發出濃濃的海鮮香氣，而且明明形狀十分完整，卻立刻在舌頭上化開，美味隨之擴散開來。每次看到缺乏語彙能力的美食播報員不管吃到什麼，都只會像鸚鵡學舌說「好甜」的畫面時，有人總會覺得掃興，但吃了誠分享的新鮮海膽後，還真的感受到隱約帶著甜味。

——海膽還是要生吃才最好吃。

有人必須承認誠的發言是正確的。一旦品嘗過照羽尻島的新鮮海膽滋味，別說是罐頭或瓶裝的海膽，就連木盒裝的海膽也會覺得根本是不同東西。誠知道這海膽的新鮮滋味，而涼學姊肯定也知道。

討論時主要都是這兩人在發言，難怪會一點進展也沒有。

「怎麼啦？有人。」

陷入沉思的有人猛地回過神來，急忙表現出「沒事」的態度，大口扒起海膽蓋飯。

好吃。可是，必須把這個好吃的東西製作成罐頭。必須在捨棄這般美味之下，設法製作成罐頭。

＊

再次來到水產實習的討論時間時，有人鼓起勇氣開口說：

「我吃了誠他們家的海膽之後，一直在想……」

有人做出提議，他告訴大家再怎樣也絕對比不過新鮮海膽的美味。既然如此，不如反向思考來進行加工。

「絕對不可能比得過現撈的新鮮海膽味道。不過，如果做出形狀近似新鮮海膽的產品，有可能反而讓人抱起過高的期待。如果是這樣，不如乾脆徹底進行加工，一開始就把海膽加工成像是糊狀之類的狀態。這樣就不怕失去形狀，說不定就可以不使用明礬來製作。即便一定要用到明礬，也可以減少到最少量……」

有人還分享了在東京吃過海膽奶油義大利麵的經驗。他緊張得手心滿是汗水。

「只要我們先擺明說出用途，告訴人家這是用來拌義大利麵的海膽奶油醬……這麼一來，品嘗到的人絕對不會期待要吃到新鮮海膽的味道，而如果知道是用在烹調上的產品，想買的人也比較好出手買，這些人在烹調時想必也會依喜好自己做調味。當然了，我們這邊也可以先做出讓那些人有空間再自己調整味道的基本調味，這樣也能夠掩飾酒精或其他味道……總而言之，這樣就可以極力減少使用添加物。」

有人從昨晚便一直在腦中演練該如何發表想法，實際上場時卻完全不如預期。發表途中有人卡了好幾次，聲音也高了八度，說起話來變得吞吐。

「至於基本調味……我上次吃過涼學姊的媽媽分享的燉章魚，那味道應該可以讓我們作為參考……那味道和我在東京吃的一般燉章魚不一樣，感覺很濃郁。我叔叔跟我說有可能加了一種叫魚醬的調味料。我叔叔說……應該是加了使用鱈魚製成的魚醬來提味。那個鱈魚醬是漁會做的，對吧？我在想或許我們可以利用它來調味。」

儘管有人的發言斷斷續續，其他四人卻完全沒有插嘴搗亂，一直專注地聆聽有人說話，還不時點頭做出回應。

「所以……我在想把產品限定成海膽奶油義大利麵醬，或許也是個點子。」

一陣短暫的沉默過後，誠開口說：

「海膽奶油義大利麵？那什麼料理啊？好吃嗎？」

「很好吃。」桃花答道。「我在札幌也吃過。我喜歡那味道。」

「真假？既然桃花說好吃，那肯定好吃囉？」

「我是沒吃過，但我覺得做成糊狀是個好點子。」陽學長以平淡的口吻指出優勢：「明礬的部分當然是個優勢。還有，如果一開始就不用擔心形狀散掉，也可以壓低成本。」

「大家不覺得有人的意見挺好的嗎？」涼學姊也表示贊成。「海膽奶油義大利麵，這聽起來超有時尚感的，對不對？就這麼決定吧？感覺成功機率超大的！」

誠、陽學長和桃花毫不猶豫地點了點頭。

「太棒了，終於定出方向了！有人，你好厲害喔！」

涼學姊做出在胸前拍手的可愛舉動說道。「真有你的！」誠也豎起大拇哥說道。

「包裝設計要怎麼處理？」

陽學長踩剎車說道，但涼學姊立刻踩油門抓起桃花的手說：「我們兩個會想出超可愛的包裝設計！你們男生負責想廣告標語喔！」

有人感覺到有視線集中過來，於是轉頭看向投來視線的方向。

校長和森老師兩人都露出如彌勒佛般的笑臉，在教室裡靜靜守護著有人。

「有人，你超強的！」誠在一旁拍著有人的肩膀說道。「因為是你才有辦法提出這樣的意見！我也好想吃看看喔～」

因為是你才有辦法提出這樣的意見！

誠的話語化為小小的火花撲向有人。撲來的火花竄進有人的心中，儘管熱度微弱，卻確實帶來了溫暖。

溫暖。只要變得溫暖，就有機會發芽。有人的內心不再只是一片冰冷。

跟以前不一樣。或許有可能改變。這般預感讓有人的情緒高漲起來。

前往漁會拜託對方便宜提供海膽後，在高中的水產加工設施進行去殼。去殼作業完全是誠的個人秀時間。不過，誠偷吃了兩、三顆海膽，挨了涼學姊的罵。

進行到烹調工序時，主要是由涼學姊和桃花來大展身手，但在調味上，則是採納了大家的意見。

「好了，這樣可以嗎？」

對於試做出來的第一號海膽醬，涼學姊顯得頗有自信。五人各吃下滿滿一湯匙的海膽醬確認味道後，得到點頭認同的反應，但實驗性加了酒精和明礬後，頓時變成像石蕊試紙的味道。誠皺著眉頭吐出舌頭，桃花成對比地變得面無表情，陽學長則是扭開水龍頭猛喝自來水。森老師在一旁捧腹大笑。

五人把目標定在製作出以往的照羽尻高中生從未做過的無添加物罐頭。對此，森老師沒有反對。

五人逐一記錄材料的用量，反覆做著調整，調整完進行試吃再互相交換意見。自然而然地，大家在放學時間過後也都繼續留在學校裡。有人打了電話告訴叔叔不能回去幫忙收拾診所，結果叔叔反而顯得開心地回應說：「很好，你就盡情投入製作吧！」

漁會時常會以「這些是當不了產品的瑕疵品」為由，免費提供海膽給有人等人。森老師為了讓學生們有研究材料，從全國各地採買了好幾種以無添加物為賣點的海膽罐頭。

「可能還是要調整到這種程度的鹹度，才可以保存得比較久吧。雖說會有殺菌和脫氣的工序，但畢竟沒有使用明礬和酒精。」

一身毀滅性圍裙裝扮的陽學長在做了不知道第二十幾次的嘗試後，終於忍不住開口這麼說。

「如果味道調得太重，會不會到時候變得無法挽救？」

「可是，只要考量到製成醬汁後會拿來拌義大利麵，就會覺得味道稍微重一點比較好。即食調理包或外面賣的現成配菜，都煮得比家裡煮的料理來得重口味。」

「也對。桃花，我們在包裝上做一些『可依喜好添加牛奶或奶油球稀釋濃度』之類的註明好了。」

「嗯。可是，我覺得……還有點不夠濃郁。」

「你們有聽到嗎？桃花說不夠濃郁喔！」

「那就再多加一些魚醬看看好了。相對地，鹽巴就少放那麼一點點。」

一只盛了濃稠黃色奶油醬汁的湯匙，送到了有人的眼前。

「有人，你吃看看！」

誠晃了晃手上的湯匙。有人沒有直接張開嘴巴，而是接過湯匙自己送進嘴裡。

「如何？跟東京的味道一樣嗎？」

有人努力回想，並把記憶化為話語：「跟我以前吃的不一樣……這個的海膽香氣比較濃。不過，東京的味道該怎麼說呢？感覺強烈一點……有點辣辣的微妙感覺。」

「辣辣的微妙感覺？辣就辣，哪有什麼微妙感覺！是放了辣椒嗎？」

「應該是有加胡椒吧。」

桃花在誠的身旁插嘴說道。「可能是加了胡椒粒……像是培根蛋黃義大利麵之類的奶油義大利麵，很多最後都會撒上胡椒收尾。」

「收尾啊……」涼學姊的態度顯得遲疑。「現在這個工序就加胡椒不知道妥不妥當喔？」

陽學長表現得最冷靜。

「不管怎樣，味道在這之後還是會變。因為還要加熱進行殺菌處理。」

「天啊～還有這一道步驟啊！」

誠仰天大喊。五人就這麼不斷反覆試驗下去。

在森老師的指導下，有人等人戴著白色衛生帽、穿上聚酯纖維材質的工作服，踏實地執行罐頭的製作。由於不能一次製作大量罐頭，因此大家持續在放學後進行製作。

等到全數完成殺菌、驗貨，再貼上由涼學姊和桃花所設計、以明亮色調畫上義大利麵插圖的標籤時，已經進入七月份。在定期考試的日期逼近眼前之中，包含試吃部分，五人一共製作出一百三十個罐頭。

工作小屋的外頭早已披上夜色。看向玻璃窗外的一片黑暗後，有人不禁有種身處油燈之中的錯覺。

「好有手工感喔！」

涼學姊戳了一下包裝上的照羽尻高中校徽，笑著說道。如果和那些理所當然陳列在架上的廠商產品相比，這些罐頭遜色許多是無可否認的事實。不過，不可思議地，有人一想到這一百三十個罐頭即將被賣出去，不禁覺得可惜。

陽學長拿出智慧手機，對著製作完成後堆高在一起的罐頭拍照。看見陽學長的舉動後，涼學姊、桃花和誠也跟著拍下照片。

「等一下，我幫你拍。」

「那等一下換我幫桃花和小涼拍。」

「有人，你也一起拍吧？」涼學姊的邀約話語十分自然。「手機借我，你去站在誠旁邊看看。」

有人戰戰兢兢地拿出自己的智慧手機啟動相機功能後，遞給涼學姊。

「好想拍一張大家的合照喔～」

誠把視線移向一直陪伴五人到最後的森老師。「你不讓老師跟你們一起拍喔？」森老師刻意擺出苦瓜臉的表情這麼說了一句後，笑容滿面地接過五支智慧手機。五人聚成了一團，涼學姊在有人的右手邊。「再靠近一點啦！」誠從左手邊猛力推過來。

有人與涼學姊的肩膀互碰，柔軟的觸感隨之傳來。有人聞到了一陣春天的花香。真是怪了，實習期間當然不用說，平常時候涼學姊也根本不曾抹過香水。更怪的是，現在還是在水產加工設施的環境裡！

最後，老師也加入形成六人陣容，大家使勁地伸長手臂自拍。

＊

田宮先生和漁會的人們試吃過用來拌義大利麵的海膽醬罐頭後，也都好意地表示認同。

「很歐美風的感覺呢！」

「畢竟說到海膽，我們這裡的人都會覺得就是要一口整個吃下去的東西。」

「今年的五個學生很有一套嘛！」

對於最初是有人提出做成義大利麵醬這個點子的事實，不知何時也已經在島民之間流傳開來。

「有人，你真是不簡單呢！」

島民對有人誇獎有加，讓有人錯愕不已。

家裡蹲的那段漫長日子當然不用說，在那之前有人也不曾如此受到認同。和人總是擋在有人的前方，有人怎麼也無法從背後超越。

只要一看到有人等人，即使是與學校或漁會無關的島民，也會喊住他們聊起罐頭的話題，臉上也會隨之漾起笑容。島民們的表情就像看待在運動會上奪得優勝的孫子一般。對於為什麼這麼多人都知道罐頭一事，有人已經不會再滿臉問號。這座島上所發生的大小事，能夠比在社群網站爆發性擴散開來的資訊，更迅速傳進島民耳中。

有人只不過是在這個偏僻離島，出席只有五個學生的水產實習課時，恰巧提出意見罷了。什麼水產實習課，有人其實壓根兒就不感興趣。

即便如此，有人還是記得島民們對他說過的所有話語，並且在腦中一再反芻。每反芻一次，有人內心深處的火苗就會一點一點地向外蔓延。

喜悅。

有人坦率地接受自己的這般感受，同時也察覺到另一個事實。

因為是在這座離島，製作海膽奶油醬來拌義大利麵的意見才有機會得到認同。正因為在島上能夠以最美味的方式來品嘗新鮮海膽，才會沒有任何店家推出特地改變海膽味道的料理。有人立刻察覺到一個事實。

正因為來到這座小島，才有機會得到認同。

這麼一想後，原本覺得只能用地獄深淵來形容的照羽尻島印象，似乎也稍微有了改變。

有人看著跟大家互拍的照片。當中有好幾張與涼學姊兩人的合照，有人把那幾張照片加入喜好項目裡。大家一起拍的那張合照，涼學姊也是站在有人的身邊。有人把自己和涼學姊的部分裁切下來，另存了一張照片。

在那之後，有人看了看成排的應用程式圖示，才發現自己有好一段時間沒有玩還沒過關的逃脫遊戲。

最後，有人還是沒有點開逃脫遊戲。

*

製作罐頭的水產實習課結束後，過了幾天的某個傍晚。

有人和叔叔一起圍著餐桌時，第一次說出這次的感受：

「……叔叔，你上次不是問過我嗎？你問我來這裡覺得好嗎？」

叔叔停下筷子說：「對啊。」
「關於這點……」有人把味噌湯的湯碗放回餐桌上。「或許……」
……來這裡是好的。
有人在最後一刻忽然難為情起來，於是改變話題說：
「不說這個了，我也想要有一台腳踏車。」
「腳踏車？」
「……有腳踏車要出門也比較方便，而且給誠載很恐怖。」
「沒問題，我訂一台給你。」
叔叔向有人拋媚眼說道，跟著吃了一口飯。從叔叔的表情，有人看出叔叔已經明白他最初想表達什麼。
「吃飽了！」有人和叔叔兩人一起合掌這麼說之後，叔叔投來另一個問題：
「你有沒有思考過接下來想在這裡做些什麼？」
有人老實地回答：「我還不知道要做什麼。毫無頭緒。」
「目前你只要知道自己還不知道要做什麼就夠了。」
「嗯。」
「對了！」叔叔似乎突然想起了「那件事」。「我記得你小時候說過想當醫生。」

有人讓視線落在味噌湯的空湯碗上。有人確實這麼說過。叔叔記得沒錯，有人以前確實很想當醫生。

不過，那已經是在那天之前的事情。

「叔叔，我早就放棄了。」

有人輕輕笑笑後，低喃說：「我來洗碗。」

4

『有人，你那邊的生活好嗎？差不多適應了嗎？』

『叔叔他好嗎？』

『跟我分享一下小島的事情啊！』

『偶爾也要回覆我一下吧！』

＊

有人起床後，發現插著充電的智慧手機收到來自哥哥和人的ＬＩＮＥ訊息。有人把壓在以手工編寫的問題集上面的手機裡的訊息看過一遍後，沒有回覆便換上外出服。先看了看和涼學姊的合照後，有人走下樓準備去洗臉。

「叔叔早。」

有人向叔叔打招呼後，原本在洗臉盆前面探出頭照鏡子的叔叔，挺直身子說：

「早啊，有人。」

「有東西跑到你眼睛裡了嗎？」

「沒有，沒事的。問題集的進度如何啊？」

「算還好吧。」

前陣子，照羽尻高中的校長給了有人以手工編寫的教材和問題集，內容是針對有人沒跟上進度的部分。根據叔叔的說法，那些文件的架構極盡簡化了必須學習的內容，並且能夠透過解題的方式來補足細節部分，進而達到培養應用力的效果。叔叔還深感佩服地說了一句：「這些文件完整到足以拿來當成教材銷售。」

有人已經開始一點一點地著手學習。

換有人站到洗臉盆前面洗起臉時，夾雜著笑意的聲音從上方傳來：「我有聽說喔！」

「聽說你星期四要接受採訪啊？報社的採訪。」

有人不由得頂著一張滿是冷水的臉抬起頭，水珠不停往地板上滴落。「等一下要擦乾啊！」叔叔叮嚀道。

「你怎麼知道？」

有人開口詢問後，立刻察覺自己問了一個蠢問題。在這座小島上，根本不可能有祕密。更何況叔叔是守護島民健康的醫生，擁有壓倒性的高聲望。而且，聚集到診所的病患大多身體健朗，感覺比較像是為了互相交換傳言而聚集。受訪消息會傳進叔叔的耳中，也是理所當然的事情。

「誰跟你說的？」

有人改變了問法。「野呂太太。」叔叔只簡短回了一句，便一邊搓揉背部，一邊往客廳的方向走去。

原來消息來源是涼學姊的媽媽。

「不要跟我爸他們說喔！」

有人朝向客廳這麼大喊一句後，急忙擦乾自己的臉和滴滿水珠的地板。

八成是採訪小組向涼學姊家經營的野呂旅館訂了房間。

有人是在上星期從校長口中，得知報社要來採訪照羽尻高中和學生的消息。就在已經完成海膽奶油義大利麵醬的加工，定期考試——仍處於追趕進度狀態中的有人成績不太理想這件事姑且先擺在一邊——也已經結束，再來就等著放暑假的課外時間時，校長公布了這個消息。

——有一個以北海道內的小規模學校為對象的特輯企劃，我們學校接到採訪邀請，說希望也能報導我們學校。對方表示也希望可以採訪每一位學生。他們想了解為什麼會選擇就讀照羽尻高中？在這裡的學校生活或島上生活過得如何？大家不需要回答不想回答的問題。只要坦率地表現出真實自我就好，所以我希望大家配合接受採訪。

據說在國中時期就有記者來採訪過學校，但學生被要求直接表達意見倒是頭一遭，誠直率地表現出興奮情緒說：「我們要被採訪耶！太酷了！」桃花依舊保持著冷酷的側臉。

最先閃過有人腦中的想法是「可以的話，我希望不要被採訪」。雖然誠樂觀地表現出開心的情緒，但事實上被視為採訪對象，就代表「非正常」。媒體會告訴大眾有一所特殊的學校，有一些學生在那裡上學，然後追根究柢地調查並揭穿該學校的實態。在這時代，即便是地方報紙，也會把部分報導加以數位化傳播出去。萬一採訪內容遭到數位化，別說是有人的老家，過去那些白眼看待有人的同班同學說不定也會看到。

另一方面，有人也想過這或許是個重新面對自己的好機會。義大利麵醬的點子所得到的相關評價，以及大家一起完成罐頭製作的成就感，帶給有人或多或少的自信。有人也有了一種感受。他感受到正因為來到了這座小島，自己才有機會得到認同，並且擁有像是屬於自己的地方。

最初被有人視為地獄深淵的這座小島，如今看來其實還挺不賴的，何況島上的人們也都願意接受有人的存在。

如果在東京就讀私立學校，像哥哥和人一樣考上醫學院，那無疑是走上菁英路線，但光是如此，並不能成為採訪對象。

有人改變了想法，他告訴自己「這代表著具有足以讓人想要採訪的價值」。照羽尻高中的五人是經過千挑萬選的人選。

對於自己，有人也自覺應該有了些許改變。

天氣晴朗的假日或放學後，有人會騎著叔叔買給他的腳踏車，繞起外圍約十二公里長的小島。有人的腳踏車和誠的一樣都是電動腳踏車，但即便如此，要爬上通往展望臺的上坡路，還是很吃力。有人搖晃地踩著腳踏車前進，途中停下來好幾次以平緩急促的呼吸。

好不容易抵達位在尖端的展望臺時，因為前方已不見任何遮蔽物，所以總會迎面吹來強風。

有人拿過智慧手機的相機拍下海鳥飛翔的身影，也遇到過為了海鳥特地到訪小島的觀光客。在那當下，有人不禁心想：「那些海鳥也是啊，牠們有足以讓人想要特地前來的價值。」

有人以前明明那麼抗拒與任何人見面而一直關在房間裡，現在卻偶爾也會前往港口的方向、前往還住了不少人的地區。每次一定會有島民向有人搭話。

習慣小島了嗎？今天抓到很多海膽喔！你好像曬黑了一點呢！幫我跟醫生問好喔！

徹底改變一切的那天，有人穿著尺寸不符的制服，但不論在中央線的電車車廂內，還是在從阿佐之谷車站走回自家的路上，都沒有任何人向有人搭話。

有人再次深刻感受到小島真的不同。

相信在大多數的地方，人們都會採取和東京一樣的應對方式。

此刻的有人是在一個特別的地方。

誠明明跟有人一樣都是次子，在學校時卻總喜歡擺出一副哥哥的姿態照顧有人。不過，誠卻沒有經常陪著有人騎腳踏車環島。

「老實說，我要去工作。」

放學後準備回家時，誠一邊跨上腳踏車，一邊說道。

「工作？打工嗎？」

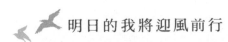

在這小小的離島上，會有什麼打工工作？這裡連便利商店都沒有啊！有人難掩訝異的情緒。誠沒有理會有人的反應，挺起胸膛說：

「我要去幫我老爸的忙。」

「原來是這麼回事啊。」有人不禁有種掃興的感覺。「有薪水的嗎？如果沒有，應該就不能說是工作吧。」

「以目前來說，有沒有薪水根本一點也不重要。」誠一會兒按住，一會兒又鬆開腳踏車的手煞車。「的確，我現在沒有拿薪水，或許稱不上是工作吧。不過，我是把它當成工作在做。我以後想當漁夫，所以現在就抱著這個決心在幫忙。之所以沒有薪水好拿，是因為我還不成氣候，而不是因為那不是工作。」

誠騎上腳踏車往港口方向飛馳而下。

有人暗自猜想：「下午到傍晚這段時間也會有漁船出海打撈嗎？」

看見涼學姊和桃花兩人走出校舍，有人用手稍微整理一下頭髮後，朝向涼學姊搭腔，同時心想：「涼學姊身上果然散發著一股香氣。」

「那個……涼學姊。」

「怎麼啦？有人。」

「誠會上他爸爸的漁船幫忙做事嗎？漁船也會在傍晚的時候出海打撈嗎？」

涼學姊聽了，發出可愛的咯咯笑聲。

「上漁船？誠他爸爸哪可能答應那種事！」

「可是，誠說他在幫忙。」

「有人，漁夫除了搭船出海的時間之外，其他時間也有很多工作要做。誠從很小的時候就很努力在幫忙了。」

聽到涼學姊誇獎誠，有人莫名地感到在意，在必須去診所幫忙收拾的時間到來之前，騎著腳踏車在小島的馬路上毫無意義地來來又去去。

說到幫忙，有人也會在診所幫忙收拾。他會把散亂的雜誌或書本放回書架上，也會擦拭觀葉植物的葉子。因為是寄人籬下的身分，所以有人以付出勞力的形式來貼補生活費。當然了，有人沒有領薪水，他也不曾有過想要領薪水的念頭。更何況，有人壓根兒就不覺得那些事情稱得上是工作。

誠的狀況想必也差不多吧。既然誠不用上漁船就幫得了忙，幫忙的內容在性質上應該不會跟有人相差太遠。就像中小學生幫忙刷洗浴缸或擦拭玻璃窗一樣，能有什麼差別呢？

——之所以沒有薪水好拿，是因為我還不成氣候。

誠的話語在有人的腦海裡反覆響起，散也散不去。有人猜想原因應該是出在「工作」這個字眼。

有人不能自已地想起在那天之前，自己也有過想要從事的職業。為工作而思考，就等於為長大成人的自己而思考。在那天之前，有人也曾經一直為自己的未來而思考。

*

星期四，報社的採訪小組三人到訪高中。採訪小組似乎在前一天就抵達小島，所以在頗早的上午時間便已現身。採訪小組的成員分別是一對三十多歲的男女，以及一名與校長年齡相仿的男攝影師。

有人等人正在上課時，三人來到教室。校長也跟著三人一起行動。當時正在上世界史A課，或許是早已被告知採訪小組會來採訪，負責教歷史的石川老師鎮靜地繼續針對教科書裡的「十六世紀的西歐」章節，詳細解說文藝復興與宗教改革的內容。採訪小組似乎顧慮到不想干擾上課，表現得無聲無息，就連按下快門的聲音也沒有。難得採訪小組如此貼心，誠卻是大受影響地過度意識採訪小組的存在，一副像是很想上廁所的不鎮靜模樣，害得有人反而在意起誠的狀況。

直到採訪小組走出走廊後，才傳來微弱的快門聲。快門聲是從教室後方傳來，那拍照角度絕對拍不到學生的長相。

在二年級生兩人也加入後的中午時間，採訪小組再次現身。看見校長這次也是一起出現，有人心想校長應該會從採訪最初到最後都一起行動。

「這不算是採訪，但現在大家都到齊了，可以跟大家聊聊嗎？」校長以平穩的語調切入話題。

非島民組的有人、桃花和陽學長三人沉默不語，誠和涼學姊則是爽快地答應了。

「我們完全ＯＫ的！」

「我也沒問題。」涼學姊向非島民組的三人掛保證說：「那些記者人很好的。」

採訪小組在涼學姊家，也就是野呂旅館投宿。涼學姊會說那些記者人很好，應該是因為他們已經在旅館交談過。

「不好意思喔，打擾你們吃飯。我叫赤羽，在北辰報社的社會部門工作。」

女記者率先開口說道。女記者的聲音平穩柔和，那音量不會讓人覺得像在強調「快聽我說話」，但也不至於微弱到就快聽不見。有人不禁覺得女記者的聲音很像橘色的間接照明。

「真好～可以全校學生一起吃午餐。看來你們大家的感情很好呢！」

有人觀察著其他四人的反應。聽到「感情很好」四個字後，誠和涼學姊的臉上浮現開心的表情，桃花的視線移向涼學姊，陽學長則是一副事不關己的態度大口咬下炸蝦。

「採訪會在第五節和第六節課的時間進行。真的很不好意思要打擾到你們上課，我們會盡快做完採訪的，對不起喔！」

第五節和第六節是上體育課。除了照羽尻學和水產實習課之外，基於學生人數的考量，體育課也是兩個年級一起上課。早上在課外時間時，有人等人已被告知將利用第五、六節課的上課時間進行採訪。

「到時候大家不要太拘束喔！我們也很期待可以跟你們聊天。一開始想先問所有五個學生幾個問題，所以我們會去體育館。在那之後，方便每個人都撥一點時間給我們嗎？請讓我們在校長室一個一個學生進行採訪。」

赤羽還說了校長也說過的話，她告訴大家不需要回答不想回答的問題。

「那先這樣，體育課的時候再來找你們喔！」

採訪小組和校長離開了教室。

採訪小組暫時離開了校舍，騎著租賃腳踏車逐漸遠去。「他們要去『黑鳥』吃午餐。」涼學姊一邊目送三人，一邊篤定地說道。「他們問過我這附近有什麼地方可以吃午餐，我跟他們介紹了『黑鳥』。我還推薦他們吃每日特餐或海鮮拉麵。」

有人還不曾去「黑鳥」吃過飯，但在騎腳踏車環島時已經看過這家店不知道多少次。

「黑鳥」孤零零地坐落在繞著小島延伸的馬路邊，有著看似利用獨棟矮房翻修而成的外觀，那外觀若要以餐廳來形容實在規模小了些。戶外專用的立式招牌燈箱——就是那種外觀像薄箱子、裡面裝了日光燈，只要開關一開就會從內部發光的招牌——顯得寒酸，讓人不由得聯想到偏鄉僻壤的酒館。聽說實際到了晚上之後，就會提供酒精飲料，所以印在招牌上的店名「黑鳥」兩字上方，還有一行字寫著「餐館&酒吧」。

如果是在東京，這樣的店家恐怕會經營不下去，但在小島上，「黑鳥」的客人不算少，也確實被刊登在觀光導覽手冊上。

然而，即使提供好吃的海鮮拉麵，「黑鳥」卻沒有讓島民有機會得知海膽奶油義大利麵的存在。如果食材本身就好得無話可說，不會採取更進一步的動作也是難免的事情。如此一來，小島勢必會停留於現狀，逐漸跟不上腳步。

與東京或札幌之間將會產生差距。

那三人從總公司設在札幌的報社前來，有人已經猜出他們對照羽尻島有了什麼樣的印象。還有，有人不希望照羽尻島因此遭到輕視。

若是照羽尻島被外地人瞧不起，不論是有人難得品嘗到的充實感，還是島民給予他的肯定，都將歸零。怎麼說呢？因為這一切都是在島上所得。

*

午休時間結束後，有人和誠、陽學長三人一起前往體育館。先去廁所換運動服的涼學姊和桃花已經出現在體育館，兩人正在互練排球的托球動作。

一看到排球，有人怎麼也控制不了不想起道下。有人別開了視線。「不愧是桃花，很強耶！」涼學姊說道。「動作什麼的都做得很漂亮。」

從手冊上的照片也看得出來，體育館的部分地板翹曲變形。木板之間的接縫處有些像山脈一樣高高隆起，有些反過來往下凹陷。有人第一次上體育課時，誠告訴過他地板的翹曲是冬天的寒冷氣候以及建築物的老朽所導致。

校長、體育老師和採訪小組也在不久後現身，並且立刻展開採訪。五個學生在體育館的角落，各自隨興坐下來。有人坐在面向舞台的最右邊，誠坐在有人的隔壁，涼學姊坐在正中間，桃花坐在涼學姊的隔壁，最左邊則是陽學長。赤羽讓膝蓋和腳尖貼在地板上，以屁股坐在腳跟上的姿勢面向五人。

「我會開錄音機錄音，可以嗎？」

五個學生都沒有出聲拒絕。

「中午我也說明過，在這裡會問大家一樣的問題喔！那麼，先針對學校生活，好嗎？

大家過得開心嗎？比起一般學校，這裡的人數比較少，大家會覺得這樣很好，還是有什麼不方便之類的嗎？」

赤羽和陽學長對上視線，看來是打算從最左邊開始依序採訪。「雖然和班上有三十個學生的國中班級比起來，有很大的不同，但也只是不同而已，我不覺得有什麼好或不好之差。」陽學長給了優秀到讓人忌妒的模範生答案。

「……我個人似乎比較適合人數少的學校。」桃花也以一句肯定的話語完成回答。反而是在島上出生的涼學姊和誠，給了負面的答案。

「人數太少的話，再怎樣也很難進行部分球技或銅管樂隊等活動，這方面或許會覺得不方便吧。」

「能做的運動真的很有限。像是籃球之類的，我覺得自己應該超有天賦，但就是沒機會打籃球。就算我再怎麼想打，也打不了。」

「原來如此。那麼，川嶋同學呢？」

赤羽確實掌握到有人的名字，也認得長相。這樣的事實讓有人不由得升起戒心。有人心想來自東京的自己果然最受矚目。

有人企圖做出會讓赤羽感到佩服的發言。「我在念國中時拒絕上學，後來來到這所學校。」

在場所有人的目光全集中到有人身上。

「這裡確實和東京或其他一般學校不同。不過，也可以反過來形容這裡很特別。這裡有好的地方，也有不方便之處，但那些都是只有在這裡才能夠擁有，而且是具有價值的特別體驗。」

有人篤定地回答後，赤羽露出親切的笑容說：「川嶋同學很可靠呢！」誠插嘴搗亂說：「你這傢伙還真會說話呢！」有人感到心情愉悅，開口補充說：

「要不是來了這裡，我現在肯定還在東京躲在自己的房間裡。水產實習是我人生的大轉機，而一般學校不會有那樣的課程。我決定來小島是正確的選擇。或許在學業上沒辦法像在東京那樣，但人生路上應該有比學業更重要的東西。」

有人一如反常地侃侃而談。

一道特別熱烈的目光投來，有人往目光投來的方向一看，看見校長一副感慨萬千的表情，頻頻朝向有人點頭。看見校長的反應後，有人不知怎地急忙讓視線落在用手抱住的膝蓋上。有一部分當然是因為難為情，但不只是如此而已。

後來，赤羽還繼續問了幾個問題。像是決定就讀照羽尻高中的原因、家人的反應、接下來的高中生活想做些什麼等等。那些都是常見的問題，但赤羽每次都會讓學生有機會迴避，而不忘說一句：「如果在這裡不方便回答，個別採訪的時候再回答也沒關係喔！」桃花利用了最多次迴避的機會。被問到決定就讀照羽尻高中的原因時，桃花沉默了好一會兒。那沉默反應足以讓有人聯想到桃花也跟他一樣有著「特殊原因」。被問到相同問題時，有人沒有提及「特殊原因」的細節，只回答是因為聽了叔叔的勸說。這樣的答案不痛不癢，也沒有扯謊，而赤羽也沒有追究下去。有人一直以為非島民組的三人沒有一個不是背著黑暗的往事，卻聽到陽學長回答是自己做了調查後而積極選擇就讀照羽尻高中，不禁感到訝異。赤羽表示希望在個人採訪時再詳問細節，陽學長也表示同意。涼學姊顯得開心地聽著陽學長和赤羽的對話，這樣的表現讓有人的心情美麗不起來。

「那麼，我再問最後一個一起問大家的問題好了。個別採訪時我會再細問，大家可以先簡單回答就好。」

赤羽先這麼做出事前告知後，提出最後一個問題：

「從這裡畢業後，大家可能會有不同的出路，可能會繼續升學或出社會工作。假設決定繼續升學而去到了外地，你們會想總有一天要再回來島上生活嗎？會嗎？」

聽到問題後，有人的內心極度動搖。這個問題是在問有人早已放棄思考的未來。不過，有人立刻改變了念頭，他告訴自己學生被詢問出路是極其自然的事情。赤羽的問題並沒有太深的涵義。

只不過，赤羽的問題讓有人有些在意。

想不想再回來島上生活？長大後還繼續在島上生活是什麼意思？在島上工作、在島上和喜歡的人結婚，然後一起擁有小孩……是這樣的意思嗎？真的有學生會想得那麼遠嗎？更何況也要看有沒有喜歡的對象。

有人斜眼看向涼學姊。涼學姊正看著陽學長。在涼學姊注視下的陽學長率先被催促回答。

這時，陽學長第一次說話變得吞吐。回答第一個問題時，一派輕鬆地說出簡直就是離島留學生的模範答案，在完全不把因為在東京陷入窘境而來到小島的有人看在眼裡之下，回答是自己主動選擇來小島就讀高中的那個陽學長居然變得吞吐。

先假設陽學長是因為在意有人也在意的那些事情而苦於回答好了，那也只要先回答是否繼續升學或出社會工作，不就好了嗎？陽學長到底為了什麼而感到困擾？他一臉傷腦筋的表情是為了什麼？有人有些被勾起想知道八卦消息的心態而看向陽學長後，發現陽學長低著頭抱膝而坐。有人不禁感到詫異。陽學長的模樣不像為了什麼在傷腦筋，而是顯得悲傷。

涼學姊注視著陽學長，目光中帶著擔憂的神色。

現場瀰漫起微妙的氣氛。赤羽細心地察覺出氣氛有所變化，決定讓發問告一段落。

「剛剛的問題留到個別採訪的時候再問好了。如果有同學覺得現在回答也無妨的話，我很樂意聽同學現在回答。」

就這樣，校長、採訪小組以及第一個接受個別採訪的陽學長離開了體育館。涼學姊保持沉默地目送一行人離開體育館的背影。涼學姊藏起平常的開朗可愛模樣，微微嘟起嘴巴，那側臉看起來就像一個被好朋友丟下的小孩。

剩下的四人縮在一起圍著體育老師搬來的乒乓球桌，把乒乓球拍過來又拍過去。沒多久，陽學長和校長一起回到體育館，輪到涼學姊去接受採訪。桃花、誠也依序接受採訪，最後輪到了有人。

輪到有人時，已經到了第六節課的時間。

有人跟著校長一起走到校長室。「不用逞強沒關係的，跟在體育館的時候差不多感覺就可以了。」沿路上，校長反覆這麼告訴有人，還堆起眼角的皺紋說：「聽到你剛剛的應答，校長真是感慨萬分，很開心看到你在短期間內就成長這麼多。」

赤羽等人出現在校長室一角的接待區。除了攝影師之外，其他人都坐在接待區的沙發上，有人跟著校長在對面的座位坐下來。赤羽再次徵求錄音許可後，單刀直入地切入核心：

「川嶋同學是從東京來的，對吧？依你剛剛的回答聽來，你以前沒有去上學。」有人做好心理準備等著被詢問原因，沒想到赤羽露出柔和的笑容說：「你一定很痛苦吧？不過，聽到你剛剛的回答後，我就在想你已經克服了難關。你很堅強呢！」

有人感覺到頸部以上的部位發燙起來。水產實習那時候也一樣，當聽到自己被肯定的話語，有人就會覺得像吃了麻藥。聽了一次後，他就會想要聽到更多的肯定話語。

「我不會問你當初為什麼把自己關在房間裡。不過，我想知道那時候的你都在想些什麼？當時會跟家人交談嗎？」

有人沒有隱瞞。他認為不隱瞞才表示自己夠堅強。

「我什麼也沒想。跟家人之間的互動，也幾乎都是靠LINE就解決。我哥……偶爾會隔著房門主動跟我說話。」

「你有哥哥啊？大學生嗎？」

「……他今天四月開始上醫學院。」

「你來到島上之後有聯絡嗎？」

「我跟我哥……他還滿常寫LINE給我。」

赤羽深深點了一下頭。在那之後，赤羽主要都是針對決定就讀照羽尻高中的來龍去脈在發問，但也會趁隙射來暗箭。

「說真的，你會不會覺得自己比別人慢了一年？」

「有時候你會不會羨慕以前的同班同學？」

有人巧妙地閃過這一類的暗箭。

「我確實比別人慢了一年，但這裡的老師們都在幫我補進度。相信我很快就可以追上進度。」

「我不會羨慕他們。因為我在這裡擁有的經驗是他們無法擁有的。」

有人在不自覺之中端正著坐姿，單薄的胸膛挺得筆直。

「……我問一下在體育館沒問到的問題喔！從這裡畢業後，你有什麼打算呢？會不會想回來島上生活？」

有人微微壓低下巴。這個問題果然還是讓有人有些在意，但他改變念頭心想：「赤羽不可能提一個讓高中生意識到結婚的問題。」赤羽純粹是在詢問「出路」，說白話就是在詢問「未來的夢想」。讓就讀離島的高中、有「特殊原因」的學生們說出未來的夢想，那會是可整理成報導內容的最佳題材——有人有所理解後，斬釘截鐵地說：

「廣義來說，這問題就是在詢問未來有什麼夢想，對吧？我覺得夢想這東西，小孩子才會有。像是想要當職棒選手、想要當YouTuber之類的。雖然我來到這裡才三個月再多一點，但歷經在東京絕對不會有的經驗後，我有了一些改變。我覺得是變成熟了，所以目前沒有所謂的夢想。對於未來，也沒有什麼具體的規劃，但我覺得只要在這裡生活，應該就會很自然地找到適合自己的路，也會很自然地走上那條路。」

有人聽到一聲感嘆聲，從赤羽的唇間溜了出來。

「謝謝你。你願意坦率回答問題，真的幫了我很大的忙。一定會是一篇精彩的報導。」

赤羽在準備關掉錄音機的那一刻，開口說：

「放暑假後就可以見到久違的家人了，包括你哥哥。」

赤羽從有人最預料不到的方向射來暗箭。這時，有人才察覺到一個事實。

從頭到尾，有人完全不曾想過放暑假時要回東京。

赤羽對著沉默不語的有人輕輕一笑後，把錄音機收進包包裡。

＊

「桃花和陽學長當然就不用說了，連老師們也都回北海道本島去了。」誠本來忙著解開纏在一起的延繩（註6），這時停下動作，喝了一口寶特瓶裝的茶。「說真的，我沒想到你會留在島上。」

「我不是說過了，我們家在開醫院，我們也不會過盂蘭盆節（註7），反而應該說有很

註6：延繩釣是一種漁法，也就是在海中放繩來釣魚。漁具主要以幹繩、支繩、釣鉤及助浮浮標、浮標繩構成。

多人會想利用盂蘭盆節的長假安排動手術……我就算回去也沒事做。」
「我們家確實有多到數不清的事情可以做就是了。」
誠一邊捲高T恤的袖子喊熱，一邊站起身子準備去上廁所。誠肌肉結實的手臂曬得黝黑，就連捲高袖子而暴露在外的肩膀也一樣。
「有人，誠跟我說過了。」誠的父親像是終於等到誠去上廁所似的，忽然搭腔說道。
「聽說那個啊，你在被採訪的時候說了很了不起的話。」
「完全沒那回事的。我只是很正常地把想法……」
有人說到一半時，指尖突然被延繩的利針刺中，頓時停下話語。
「謝謝。被採訪的時候我只是很正常地回答而已。」
「有沒有怎樣？喏！面紙拿去！」
「喔～這樣啊。」漁夫用著靈活的手指迅速一一解開漁網的糾結處。「如果也把同樣的話親口說給你的父母親聽，他們肯定會放心許多。」
把解開的漁網摺進箱子裡後，誠的父親咧嘴露出笑容。
「……有些事情不管你再怎麼煩惱，也不能怎樣。畢竟氣候和過去是無法改變的。」
漁夫口中說出誠以前也說過的話。
「狂風暴雨的時候我們不出海。因為攸關性命。不過，等到風平浪靜後就會出海去。

因為不去的話，就討不到飯吃。」廁所傳來沖水聲。「在採訪時說得出好孩子會說的話，在父母親面前卻說不出口，或許就表示你的海面還在颳大風下大雨。」

誠一邊甩乾溼漉漉的手，一邊走回來。誠的父親沉默下來，有人也回到手邊的工作。

誠的父親直搗核心地戳著有人的痛處，卻沒有詢問過去那天的事，有人不禁感到意外，但也因此得到解救。

學校已經開始放暑假，但有人沒有回老家。在暑假前一天的晚餐時間，有人主動告訴叔叔沒打算回家。叔叔盯著有人的眼睛看了一會兒後，才點頭表示同意說：「既然你決定這麼做，就自己好好跟家裡通知一聲，說你暑假不回去。」回想起來，有人才發現叔叔也沒有追究原因。

「不回去是無所謂，但你打算在這小島做什麼度過這段日子？」

毫無想法的有人吞吐了起來。叔叔放下飯碗，碗裡還剩一些飯。

「我知道你已經開始在讀書。不過，難得決定要留下來，可以去做一些其他事情。」

「打工之類的嗎？」

註7：「盂蘭盆節」為日本夏季中的傳統節日，在此節日時會恭迎、供養祖先靈魂。日期雖依地區而不同，但一般會將其中間日訂在8月14、15日，於前後放3~5天的連續假期。

「老實說，這小島上幾乎沒有可以讓高中生打工的工作……我想想啊……」

叔叔建議有人可以去找誠商量看看。

「畢竟漁夫的工作不是只有搭船出海而已。」

叔叔說出涼學姊也說過的話。

在叔叔的建議下，有人開始平日下午跟著誠，一起幫忙誠父親的工作。工作內容是把釣過阿拉斯加鱈魚的一種叫作「延繩」的陷阱漁具，重新加以整理。當初聽到沒有薪水可領，有人痛苦了一陣子才消化掉心中的不滿情緒。不過，誠的母親每天都會送來冷飲，有人要離開時也會分到魚或其他什麼的。誠的母親每天都心情愉悅，就跟去誠家裡打擾的那天一樣，嘴裡總是哼著歌。

有人現在知道在走下港口的陡坡之前，有一棟齊藤家的工作小屋。

第一天去幫忙時，有人走進工作小屋後，有些被嚇著了。打通兩間六張榻榻米大的空間所形成的小屋內，一片雜亂無章。除了老舊的電視機和收音機、矮桌子、毛巾、面紙、保冷箱之外，還可看見隨處堆著高度偏矮的木箱，如果有人沒記錯，那木箱應該是叫作「水產箱」。水產箱裡放著玻璃材質和塑膠材質的兩種浮標，以及被捲成一捆一捆、帶有加重塊的繩索。繩索也分成粗細兩種，好幾條較細的繩索就像手下一樣被綁在較粗的繩索上，較細繩索的前端帶有採倒鉤設計的金屬針。約食指長的金屬針互相勾著，呈現亂七八糟的狀態。

誠告訴有人必須把這亂七八糟纏在一塊的延繩一一徹底解開，恢復到明年捕魚時可使用的狀態。

「這類工作叫作『陸上工作』，因為是在上岸到陸地後要做的工作。」

「你以前說的工作就是這個嗎？」

「才不只這個呢！也有用來抓章魚之類的網子。你看，確實整理過的就會長這樣！」

有人探出頭看向收著解開糾結的延繩的水產箱，不由得瞪大著眼睛。整理前的延繩亂成一堆，分不出頭尾的繩索、鉤針、浮標和加重塊全攪亂在一起，但眼前的水產箱裡，所有鉤針排成一排整齊地勾在較長一邊的箱緣上，一眼就看得出呈現隨時可以搬上漁船的狀態。鉤針數量比想像中的還要多，一看就知道絕對超過上百根。加重塊和浮標被放在解開來的繩索和網子上方。窗外流瀉進來的陽光照射下，排列在正中央的玻璃浮標就像一顆顆淡綠色的水晶球。

不知道要花多久的時間，才能把延繩整理成這樣的狀態？有人光是用想像，就覺得路途遙遠。實際著手整理後，有人發現必須持有比想像中更堅強的毅力。誠的父親教過有人步驟，有人也照著步驟去做，但延繩又長又大，順著繩索試圖找出糾結的源頭時，總會找到一半就迷路。有人的手經常會被纏在繩索上的鉤針刺中，也會在出乎意料的時候割傷皮膚。用面紙壓住傷口止血時，有人才總算明白為什麼誠的手總是傷口連連。

有人回想起提到「沒有薪水可拿就不能說是工作」時，誠反駁過他的話語。

——之所以沒有薪水好拿，是因為我還不成氣候。

誠的父親就不用說了，而誠本身也理所當然比有人的手腳俐落得多。不知不覺中，有人得知沒有薪水可領時的不滿情緒已消散不見。對誠的父親來說，少了有人的幫忙也根本不成問題。誠的父親雖然沒有給薪水，但取而代之地，給了有人一個歸屬。

工作小屋沒有安裝空調。雖說是北海道的離島，但碰上夏季晴天時還是很熱。為了讓悶在室內的熱氣流通，在小屋工作時所有門窗都是大大敞開。這時，風兒一定會從面向大海的窗戶吹進屋內。劃過海面吹拂而來的風兒，總是帶著微微的涼快感以及潮水氣味。

「暑假期間讓我也出海去幫忙嘛！」誠每天苦苦哀求，也曾經拿有人當藉口。

「有人，你也想搭船看看，對不對？對吧？」

「有困難，我絕對會暈船。」

「那你就吃暈船藥啊！我會介紹最有效的給你！」

誠拚命發揮死纏爛打的功夫，但誠的父親態度嚴厲。

「我不可能讓不會工作的小孩上船的。」

「我又不是小孩！」

「你以為找有人一起，我就會讓你們上船嗎？太蠢了！所以我才說你還是小孩！喂！

你的手停下來了喔！」

「……我是想讓有人也知道老爸有多酷！」

誠的父親哼笑一聲說：「管它什麼人覺得我酷不酷，我只是在做漁夫的工作而已。」

有人沒有理會鼓起腮幫子的誠，暗自為自己順利逃過搭漁船的一劫鬆口氣。

比起連接北海道本島的渡船或高速船，漁船肯定搖晃得更厲害。有人可不想在人前嘔吐，不然豈不是跟那天在體育館的時候一樣。

不過，有人並非討厭暈船才不回家。

有人努力讓自己保持良好規律的生活。他會利用上午的時間讀書以彌補落後的課業，也沒有懈怠診所候診室的整理工作。晚上時間，有人也會自動自發的學習。其他時間有人時而會望著在智慧手機裡展露笑容的涼學姊看，有空檔時會騎腳踏車去到野呂旅館附近，或去到因為放長假而完全不見人煙的學校、教職員住宅一帶閒晃，有時也會拉長距離去到港口的相反方向、去到時光彷彿停留在太古時代的小島最遠端。有人會一邊讓視線追著斷崖的岩壁、反射陽光的海面，以及在閃閃發光的海面上飛翔的海鳥跑，一邊思考最根本的問題。我為什麼決定留在島上？

——那些都是具有價值的特別體驗。

——我決定來小島是正確的選擇。

接受採訪時，有人確實這麼回答。他也自認沒有說謊。這座小島認同了有人。受到認同的體驗是確確實實發生過的事實。

可是，有人不能回去東京。

有人覺得如果回去東京當一個普通的高中二年級生，再加上還會看到哥哥去醫學院上課的身影，即使是相同話語也可能在他的嘴裡凍結而說不出口。

對於自己為何會有這樣的想法，有人似乎明白原因，也似乎不明白，但他不想往前思考下去。

「快說你為什麼不回去！」叔叔和誠的父親之所以沒有揪住有人的脖子如此逼問，想必是連有人別開視線不想去面對的前方有什麼，也看得一清二楚。

和人發了幾次ＬＩＮＥ的訊息給有人，但只有一開始會詢問有人為什麼不回東京。後來的訊息就轉為提及家人近況，或關心有人和叔叔的健康以及生活狀況的內容。和人也沒有提到過關於大學生活的話題。

『我說過很多遍了，偶爾也要回覆我一下吧！』

在不知道被和人催促了幾次後，有人回覆說自己正為了在暑假結束之前可以趕上同學的進度而努力讀書，也提到自己持續會到叔叔的診所幫忙收拾。回覆時，有人還順便附上一張在展望臺恰巧成功拍攝到的海鳥照片。回著回著，有人忽然想到不知道和人有沒有女朋友？

如果我和涼學姊成為男女朋友，不知道會怎樣——腦海浮現這個自私的夢想後，有人獨自臉紅了起來。不過，也不見得完全沒有那樣的可能性。有人可沒忘記被角嘴海雀猛力撞上的那天，涼學姊看見他露出額頭的模樣時說過「好帥」兩字。在那天之後，有人就一直留著短髮。

＊

暑假已經接近尾聲，桃花和陽學長也已經回到宿舍。不論有人期望與否，島民都會主動告訴他這類消息。

有人終於把一份延繩復原成可以再次使用的狀態。如果是誠和誠的父親，用不著一天就可以搞定這項工作。有人的雙手依舊被刺得滿是傷口，每天總會有哪個部位陣陣刺痛，動作也因此變得緩慢，一直呈現惡性循環。

「我一開始也跟你差不了多少。」

「你手上也有傷口，不會痛嗎？」

「我已經習慣了啊！而且，只要還會被刺成這樣，就表示還不成氣候。像老爸就都毫髮無傷，對吧！」

誠最後向父親這麼說，但誠的父親只是笑了笑。

這天，涼學姊來到工作小屋，手上拎著便利商店的塑膠袋。有人想起第一次見到涼學姊時的畫面。在渡船裡的那時候，她手上也是拎著便利商店的塑膠袋。

「你們好嗎？我送東西來慰勞你們喔！是伴手禮喔！」

涼學姊說雖然暑假是旅館的旺季，但家人為了慰勞她之前一直在幫忙，所以答應讓她去旭川找親戚玩。

「所以啊，我在北海道本島買了這伴手禮。」

涼學姊從塑膠袋裡拿出淡綠色、黃色和紅色共三色的馬卡龍。有人看出那不是出自洋菓子廠家的品牌，而是在便利商店的甜點區一定會看到的馬卡龍。

「哇喔！小涼，謝啦！」誠興奮地衝上前。「我聽到妳去旭川，就一直在期待了！」

「叔叔也要吃喔！剛好有三個。」涼學姊的一雙圓滾滾的眼睛，從誠的父親身上移向有人。「有人也是喔！啊！你不愛吃馬卡龍嗎？」

有人猜想自己肯定露出了困惑的表情，急忙搖搖頭說：

「我愛吃。」

其實有人只是感到訝異。他沒料到便利商店販賣的一般商品，竟被視為珍貴的伴手禮。不過，畢竟島上沒有便利商店，所以也確實是罕見的商品，這樣的差異既是照羽尻島和東京之間的差異，也是有人和過往同學間的差異。有人不禁有種心情複雜的感覺。

心情複雜歸複雜，看見涼學姊天真無邪地把便利商店的甜點當成伴手禮請大家吃，有人心想涼學姊還是一樣地可愛。最重要的是，涼學姊為了有人買了伴手禮。即使出去玩，涼學姊還是不忘惦記有人。有人珍惜地咬了一口紅色的馬卡龍。

「對了，既然桃花和小陽也都回來了，我們要不要在暑假結束之前一起去放煙火？」

有人被馬卡龍噎著，咳了起來。

「你還好嗎？」

「……沒、沒事。」

涼學姊突然提出如此青春無敵的提議，讓有人著實嚇了一跳。不用說也知道，有人當然不曾和同學一起放過煙火。

「好啊！好啊！要去哪？老地方嗎？」

「嗯，去我們家後面的海岸。」

涼學姊和誠兩人迅速敲定日期，決定在明天晚上七點展開煙火大會。

「有人，你五分鐘前到我家，我帶你去。」

有人自認算是摸熟了島上各個地方，但涼學姊還是認為他不知道放煙火的地點。有人詢問原因後，涼學姊回答：

「那裡沒有路可以走到海岸。」

原來是腳踏車騎不到的地方。有人解開心中的疑問，並接受邀約。

有人去到診所想報告放煙火一事，卻沒看見叔叔的身影。桐生護理師說：「醫生他去廁所。」過了約五分鐘後，叔叔從廁所走了出來。叔叔原本略顯嚴肅的表情，但與有人的視線交會後，立刻露出一如往常的笑臉。

「很棒啊！」聽到有人要和大家去放煙火，叔叔加深了臉上的笑意。「而且，你也比想像中的更認真讀書，應該差不多可以追上進度了吧？就盡情去玩吧！」

「嗯。」

「對了，你有沒有看中午的報紙？」

在小島上，所謂中午的報紙就是指早報。有人還沒有看報紙，於是搖了搖頭。「明天好像會刊載你們的報導喔！」叔叔揚起眉毛，露出詼諧的表情說道。

「今天開始刊載的特輯最後有預告明天是照羽尻高中。」

放煙火當天，有人午休時間在診所讀了當天的報紙。如叔叔所說，暑假前接受採訪的內容被整理成報導刊載在報紙上，也看到了赤羽的署名。

有人被稱呼為「來自東京的離島留學生A同學（一年級）」，問答內容沒有被加上多餘的點綴或添加戲劇效果，如實報導出有人說過的話。想必其他學生的問答內容也是如此。

透過報導內容，有人得知過去不知道的高中歷史。

人口減少所伴隨的學生人數遽減問題，曾經使得北海道立照羽尻高中陷入存活危機。孩童人數少，再加上幾乎所有學生都基於未來考量而選擇北海道本島的高中，照羽尻高中的入學者曾經持續掛零掛了好幾年。到了昭和年代（註8）的尾聲，照羽尻高中眼看就快走上廢校之路時，部分島民終於奮起捍衛。

如果沒了高中，將會有更多孩子離開小島。若只會高齡化，小島將會一蹶不振。既然沒有入學者，我們這些成年人就自己入學。國中畢業後就當起漁夫的人、已經退休不當漁夫的人、中高年主婦等島民當起了高中一年級生，讓學校得以延續下去。

有人以前聽說過誠的父親也是照羽尻高中的學長。誠的父親想必是為了讓高中存活下去而入學的成年人之一。

後來，教育委員會也開始伸出援手。教育委員會表示既然島上的孩童人數有限，何不建蓋完善的宿舍給不適應都市學校的孩童，並且向全國廣泛招生呢？這樣的提議化為現實，

註8：日本昭和天皇在位時所使用的年號，期間為1926年至1989年，長達64年。

有人也成了入學者。

為了避免淪為極限村落（註9），而設法促使高中存活下去，並接受離島留學生。這般事實當中，藏著某種期待。

如果從外地前來就讀高中的學生愛上了小島，搞不好成年後會選擇在島上生活也說不定。搞不好他們會在島上建立家庭，並且帶來下一代也說不定。

「去到了外地，你們會想總有一天要再回來島上生活嗎？」得知學校的這段過去後，有人明白了赤羽提出這個問題的真正用意。照羽尻高中的學生，尤其是留學生組，不單純只是學生的存在，而是被看待為「說不定未來能夠維持並增加島上人口的存在」。簡直就像瀕臨絕種的海鳥一樣；有人腦中閃過這個想法的那一刻，想起唯獨面對這個問題時苦於回答的陽學長。

報導中，陽學長是以「二年級D同學」的身分登場，他刻意就讀照羽尻高中的原因是「因為想聽看看崖海鴉的叫聲」。

得知原因後，有人感到掃興到了極點，也感到可疑。透過在海鳥觀察站的言行舉止，以及涼學姊等人的發言，有人知道陽學長熱愛鳥類，但就因為這樣而不惜來到照羽尻島的舉動超出有人的常識範圍。

還有，關於陽學長在大家面前含糊其辭的未來出路，結果是「想要繼續升學從事海鳥的研究」。有人忍不住暗自說：「這麼無聊的事情竟然沒辦法當場回答？」並快速看過內容，改看起其他學生針對未來出路的回答。雖然其他學生的稱呼也被加密過，但區區三人而已，要分辨出誰是誰輕而易舉。

『我沒打算離開照羽尻島。我想在島上當一個像我老爸一樣的漁夫。』

『我很喜歡小朋友，所以在想或許可以走幼教老師這條路，但還沒有百分之百確定。』

『我應該會結婚，然後繼承旅館吧。萬一結不了婚怎麼辦？』

對於桃花喜歡小朋友的事實，有人不禁感到意外。還有，涼學姊之所以會說出「結婚」這個字眼，想必是因為意識到小島的高齡化、極限村落化的問題，這部分與照羽尻島高中的那段存活往事當然也有所關聯。有人拿出智慧手機拍下整篇報導內容。有人拍下照片當然不是為了傳送給和人，他只是想要保有自己受過採訪的證據。

有人點開照片，確認能不能看清楚文字，還順便重新看了一遍自己的回答。

有人的應答得體，校長也誇獎過他。可是，有人就是覺得有哪裡不對勁，內心不太舒

註9：極限村落一詞來自日文的「限界集落」，是日本社會學家大野晃所創，意指因人口外流導致空洞化、高齡化，六十五歲以上人口占半數以上，共同體的機能維持已達到極限狀態的村落。

坦。

——如果也把同樣的話親口說給你的父母親聽，他們肯定會放心許多。

為什麼在東京會說不出同樣的話？雖然一度放棄了思考，但有人試著往前思考下去。話說回來，為什麼採訪時會說出那麼肯定的意見？第一次看見港口的景色時，絕望地認為自己來到地獄深淵，而現在，港口還是一樣的景色。是因為歷經水產實習等經驗而有所成長，所以看待事物的觀點改變了嗎？如果是這樣，在東京也可以大方地說出來啊！

還是內心會有「我沒有說謊」的想法，其實就有問題？

有人內心裡的另一個有人向他提出忠告：「別想那些事情了！情緒失控只會讓事態更糟。就是因為這樣，才會放棄思考啊！自我厭惡的滋味有多麼苦澀，你在東京時不是已經嘗到怕了嗎？」

什麼都別再做了！不要往深處鑽！

有人決定聽從警告。

難得涼學姊也一起，放煙火時就玩得開心吧！有人悄悄抱著這般想法，在西邊天空還可看見微弱光線的晚上七點的五分鐘前，打開野呂旅館的玄關。畢竟是旅館，玄關的空間算是寬敞，鞋櫃上方有將近十張的簽名板做著點綴。有人猜想那些應該是為了電視節目等企劃，而到訪過照羽尻島的藝人或播報員的簽名。
玄關旁可看見受理櫃檯的玻璃拉窗，涼學姊從拉窗另一端探出頭來。
「等我一下！我繞過去！」
涼學姊身穿牛仔布料的短袖洋裝，外面套著薄針織外套，她的手上拎著一只大塑膠袋和手電筒。塑膠袋裡裝著煙火套裝組和氣體打火機。有人趁著涼學姊綁球鞋鞋帶時，伸手拿起所有東西。「謝謝。不過，手電筒還是由我這個帶路者來拿吧！你跟著我走喔！」涼學姊笑著說道。
在寬度勉強可供一輛小貨車通過、未鋪設柏油的私人道路對面，有一棟兩層樓高的木造建築物。木造建築物原來是照羽尻高中的宿舍，其外牆顏色呈現像咖啡豆經過長時間烘焙的色澤。陽學長和桃花正好從宿舍玄關走出來，四人便一起行動。四人聽著從右下方傳來的海浪聲，在私人道路上前進了一會兒。漸漸地，西邊的天空也變得昏暗。
「我們要從這裡下去海岸，多留意一下腳邊喔！」
涼學姊走下坡面。冒出矮小雜草的坡面比想像中的更加陡峭，而且隨處可見石子散落。有人啟動智慧手機的手電筒功能，謹慎地踩著腳步。
走下海岸後，看見誠已經準備好裝了水的桶子、零食和果汁，等待著大家的到來。
「快點開始吧！桃花，快過來這邊！」

誠把零食和飲料、涼學姊把煙火分給每個人。塞了滿口的棒狀零食後，誠關掉手電筒，點燃沖天炮。

參雜著藍色的銀光劃破黑夜，往上飛去。

涼學姊也點燃了仙女棒。四處飛濺的火花顯得特別耀眼。

有人仰望起天空，在夜空裡閃爍光芒的星星數量多得驚人。方才走下來的斜坡遮擋住原本就沒幾戶人家的住宅燈光，海岸上幾乎是一片漆黑。就連北海道本島的光線，也十分微弱。在東京看不到這樣的黑夜，在這裡，即便再渺小的光芒，也顯得刺眼。

仙女棒的火花照亮了涼學姊的笑臉。

有人感覺到心跳加快，手心也冒出汗水。

雖然在赤羽等人面前沒有說出口，但有件事確實讓有人慶幸自己來到島上。有人從鼻子深深吸入一口氣。煙霧和火藥的氣味之中，夾雜著在水產加工設施裡拍照時也聞到的如春天花朵般甜美華麗的氣息。

——不知道涼學姊對我有什麼感覺？如果有機會交往，應該還是去島外約會比較好吧……

五人在岸邊盡情玩耍，直到零食包和煙火包都見了底。誠始終待在桃花身邊，有人則是老看著夜空、煙火和涼學姊的臉龐。

仙女棒的最後一道火花落下時，甚至包括誠在內，五人都發出了嘆息聲。

因為宿舍有門禁，兩個住宿生必須先回去，所以桃花和陽學長在涼學姊的帶頭下，爬上斜坡。有人跟著誠一邊收拾煙火做善後工作，一邊不時看向逐漸遠去的手電筒光線。

「唉～暑假就要結束了。」

「……開學後每天都見得到桃花，你不是會很開心嗎？」

有人故意做出暗示著「你的心聲早就被我看透」的發言，但誠不但沒有顯得慌張，還一改表情垂著眉尾說：「對喔！那暑假結束是件好事耶！」

「你果然喜歡桃花。」

「你不覺得桃花超正的嗎？我喜歡那種又酷又漂亮的女生。」

「你沒打算告白嗎？」

有人自己都還沒有勇氣向涼學姊告白，卻這麼詢問誠。誠輕而易舉地提起集中成兩袋的垃圾當中較重的那一袋，以及裝了髒水的桶子。有人負責拿塞滿零食包裝等垃圾的袋子。

「對於真正想說的話，不該用言語表達。要用態度和行動來表達！海上男兒都是這樣的！」

儘管這麼做，桃花的態度還是沒有改變，你無所謂嗎？有人猶豫著要不要說出這句有些壞心眼的話語的那一刻——

「說到喜歡，小涼她喜歡陽學長說。」

「咦？」有人手上的垃圾袋差點掉了下來。「陽學長？為什麼？」

怎麼會喜歡那個看起來沒什麼優點的海鳥宅男？的確，涼學姊一直很貼心地注意著陽學長手上還有沒有煙火，但對於有人，她也都是親手遞來煙火。看見有人把瀏海往上梳而露出臉孔時，涼學姊也誇獎過有人很帥。在加工設施裡拍照時，涼學姊也是站在有人的旁邊。

「為什麼？我怎麼會知道！總之，小涼說她去年秋天告白過一次，結果當場被甩，但她的心情還是沒變。小涼應該是喜歡那種適合穿白袍的類型吧？啊！好像不對耶！」誠壓住一邊的鼻孔，讓另一邊的鼻孔用力一噴，不知從鼻孔裡噴出了什麼。「小涼國中的時候，曾經喜歡過我哥。我哥和陽學長的長相一點都不像。說到這個，我哥也甩了小涼。我哥說什麼因為從小就一起玩到大，所以對小涼不會有想當男女朋友的想法。」

「怎麼這樣……」有人不由得這麼脫口而出，聲音也變得沙啞。「……好過分。」

「說起來，小涼算是滿容易動情的人。不過，她現在還喜歡陽學長，還挺專情的。」

這一刻，有人對涼學姊懷抱的淡淡情意瞬間支離破碎，慘不忍睹。不過，都已經被甩過一次，怎麼會還是喜歡陽學長？沒錯，陽學長的側臉或許算是帥氣，但除了這點，還有哪裡好？陽學長說什麼因為想聽看看崖海鴉的叫聲而就讀照羽尻高中，這點如果換個說法，根本就是個怪胎。大家一起看角嘴海雀歸巢的那天，陽學長還丟臉地暈倒在地，上罐頭實習課時，他也沒有什麼特別突出的表現。

「有人，你怎麼啦？肚子痛啊？咦？你……」

「不是的！我沒事。」有人說話像機關槍似地打斷誠的話語。把垃圾袋推給野呂旅館處理後，有人猛踩腳踏車回家。有人發現叔叔似乎已經上床睡覺，儘管擔心會吵到在隔壁房間睡覺的叔叔，有人還是忍不住一次又一次在自己的枕頭揮下拳頭。

隔著薄薄一道牆，傳來叔叔一邊呻吟，一邊翻身的聲音。

有人在最後使出全力揮下拳頭，跟著把臉埋進變得皺巴巴的枕頭裡。

——結果當場被甩，但她的心情還是沒變。

有人感到打擊最大的是，涼學姊還喜歡著陽學長。在有人還沒來到島上之前，涼學姊會喜歡上某人也是沒辦法的事。不過，在認識有人後，涼學姊卻還一直喜歡有人以外、而且是甩過她一次的對象。這樣的事實讓有人悲傷不已。涼學姊明明那麼地體貼、明明總是對著有人展露笑臉、明明還買馬卡龍當伴手禮給有人吃，沒想到她的眼裡卻完全沒有有人的存在。

有人注視著智慧手機裡和涼學姊的合照。有人這才想到放煙火時忘了拍照。那時有人忘我地一直看著涼學姊，連拍照都給忘了。

有人讓手指伸向垃圾桶的圖示，打算刪除照片。

最後，有人沒能夠按下圖示。

＊

暑假一結束，很快就遇到考試。儘管還沒有從失戀的打擊中振作起來，有人還算是成功發揮了暑假期間一點一滴勤奮讀書的成果。針對英文和數學這兩個科目，有人的成績略勝過誠一籌。

「你這傢伙不會吧！真假？不會吧！糟糕了我！」

「應該是老師們幫我做的教材做得太好了。」

「教材再好也不是這樣啊……」

誠抱著頭痛苦呻吟，總是保持冷酷態度的桃花在誠的背後忍著笑意。

雖說課業有所進步，但有人仍陷在失意之中。對於涼學姊，有人打從第一次遇到她時就感到在意，經過水產實習後，有人內心的情意更是大大膨脹。有人甚至幻想過萬一要約會，必須大老遠跑到北海道本島去。現在得知自己完全是在上演獨角戲，就連涼學姊有喜歡的對象也沒發現，面對這般事實，叫有人如何不意志消沉？

考試結果出爐的這天，因為陽學長打算去診所，所以有人和他一起踏上歸途。

就像第一次和陽學長一起放學回家的那個六月天一樣，陽學長沒有特別主動搭話。這樣的態度讓有人感到莫名的不悅。「從容不迫的勝利者」這句話像跑馬燈一樣不停從有人的腦海閃過。

「……聽說涼學姊跟你告白過，結果被甩了喔。」

憤怒情緒作祟下，有人按捺不住地這麼脫口而出。話一說出口，有人立刻為自己的失敗舉動感到後悔，但也不可能把脫口而出的話語吞回肚子裡。

陽學長的聲音平穩得就像從死人身上測量出來的心電圖。「你也會對這種事情感興趣啊？」

「也不是說感興趣啦……」

「誰跟你說的？齊藤嗎？」

不知道是不是有人多心，黑框眼鏡底下的眼神似乎變得犀利，有人畏縮地看向地面。

陽學長似乎從有人的舉動明白了狀況。

「這樣啊。也對，你當然也會有所耳聞。」

有人一到診所幫忙收拾的隔天，便看見一大群島民在診所等著他出現。在島上，大部分資訊都是公開的。如果是高中生的戀愛話題肯定更是如此。陽學長也知道這樣的事實。

陽學長是在知道這樣的事實之下甩了涼學姊嗎？涼學姊肯定哭過。有人做了想像後，自己也鼻酸了起來。還有什麼比不堪回顧的往事更淒慘？

陽學長加快了步伐。

「在這麼小的島上，太可憐了。」

有人只是在自言自語，沒有一絲一毫要說給陽學長聽的意思。正因為如此，有人才敢說出口。誰知道風兒偏偏就喜歡在這種時刻惡作劇。有人的低喃聲音乘著從海面吹來的海風，吹到了陽學長完全暴露在外的耳朵邊。

陽學長突然停下腳步。

有人冒出冷汗心想：「糟了！」在海鳥觀察站那時候也一樣，陽學長是那種會靜靜撂下狠話的人。有人是真心覺得涼學姊可憐，但以有人的立場來說，只要陽學長劃清界線地說一句「跟你無關」，有人連吭也不能吭一聲。

有人猶豫著是不是應該先道歉而觀察起陽學長的臉色，結果嚇得瞪大眼睛。

陽學長的表情黯淡到足以讓有人有如此反應，有人甚至想寫上「沉鬱」兩字作為標題，並且加以裱框。

「……是啊。」

陽學長的陰沉聲音超乎了表情。陽學長丟下有人，走進診所。

有人陷入了回想。

赤羽提出沒什麼大不了的問題時，陽學長不僅露出傷腦筋的表情，也顯得悲傷。那個提問是在詢問未來出路，同時在背後藏著詢問會不會留在小島建立家庭的意味。

陽學長當時的反應想必不單是因為想起涼學姊，而感到尷尬。有比尷尬更棘手的其他原因讓陽學長表現出那般態度。

陽學長之所以會來到小島，除了海鳥之外，或許還有其他原因。有人這麼猜想著，但立刻踢起腳邊的小石子心想：「管它有什麼原因！」有人怎麼也不認為陽學長的隱情會比他的過去，以及現在所承受的失戀之痛來得折磨人。

即便暑假已經結束，有人還是時而會和誠一起幫忙解繩子。原因是有人覺得有事情可做，心情會開朗一些。結果比起暑假接近尾聲那時候，有人的手反而被刺了更多洞。幫忙了近一個小時後，有人騎著腳踏車回到診所，收拾報章雜誌，也擦拭了觀葉植物的葉子。

別說是心情變得開朗，有人甚至分散不了注意力。無論做什麼，涼學姊的開朗笑臉、肩膀互碰時的柔軟觸感、輕柔溫和的甜美香氣，不斷地從有人的記憶大海浮現，浮現後又隨即遭受誠的「她現在還喜歡陽學長」這句巨浪的襲擊。

有人還是下不了手刪除涼學姊的照片。他知道自己太不乾脆，但無奈就是做不到。對於難得已經追上進度的課業，有人也無法投入其中。和叔叔一起用餐時，也幾乎沒有交談。

九月逼近在眼前的某個早上，和人傳來ＬＩＮＥ的訊息告知偶然看到了數位報導。

『很酷嘛！還被採訪耶！』

有人以「已讀不回」對待和人的訊息。

＊

那是九月一日的早上。有人起床下樓到客廳後，看見叔叔只烤了有人一人份的吐司。

「早。我有話要跟你說。」

看見叔叔一副鄭重的模樣切入話題，許久不曾這麼做的有人直盯著叔叔看。有人發現叔叔的臉色不太好。打從放煙火那晚開始，有人便一直被內心無處宣洩的鬱悶和失望情緒困住，無暇顧及其他事情。不知不覺中叔叔似乎消瘦些許。有人這麼心想時叔叔開口說：

「事情來得有點突然，但我必須離開小島。」

有人頓時感到晴天霹靂，就連使得情意支離破碎的打擊也不知飛到了哪裡去。「抱歉。」叔叔顯得悲傷地笑了笑。

「為、為什麼？」

叔叔沒有說出原因，他只是緩緩搭起有人的肩膀，一副感慨極深的模樣說：

「誰都沒有錯，你也是。有時就是會發生這種事。」

「這種事是什麼事……」

「你比較有肌肉了呢！」

叔叔假日時總是手機不離身，隨時做好面對緊急病患的準備。年初叔叔雖然去了有人家中，但那也是隔了好幾年。如此投入於工作的叔叔要離開小島？這教人如何相信？

然而，一星期後，叔叔真的離開了照羽尻島。叔叔擅自替有人辦理了住宿手續，也沒有等代理醫師前來赴任便離開了。

為了目送叔叔搭船離去，幾乎所有島民都湧入港口。

有人杵在原地茫然地望著叔叔在甲板上揮手的身影時，誠的父親在他身旁說：

「連我也是頭一遭看到這麼多人聚集到港口來。」

不捨別離的啜泣聲此起彼落。

5

「翻修時也確實加裝了隔熱材料，所以比外觀看起來暖和喔！」

後藤夫婦是照羽尻高中的宿舍舍監，後藤太太向有人做著說明。

「這裡原本是一家建築公司的辦公室。」

據說建築公司倒閉後，就一直呈現空屋狀態，後來被教育委員會翻修成宿舍。

叔叔已經離開小島，有人總不能獨自住在提供給診所醫生居住的住宅，所以只有搬進宿舍這條路可選。

宿舍比有人想像中的來得先進。提供給學生住宿的七間房間全是個人房，也有Wi-Fi可使用。男、女生的居住空間完全被隔開來，分別位在一樓和二樓。一樓是女生和後藤夫婦的房間，二樓則是男生的房間。浴室和廁所也是男女生分開來，廁所還採用了免治馬桶。從玄關到一樓的餐廳和聊天室屬於男女共用的空間，而室內規定一律要穿上室內拖。

宿舍每日供應三餐，餐點由聽說在當起舍監之前曾經營過民宿的後藤夫婦負責烹飪。住宿生只有在星期天必須各自煮飯，而宿舍裡也設有廚房和冰箱等設備可供住宿生自由使用。據說宿舍也允許住宿生在自己房間裡放置小型冰箱。

住宿費每個月四萬圓，十一月到四月必須另外支付八千圓的燈油費，後藤夫婦告訴有人叔叔在辦理手續時，已經一次付清今年度的所有費用。

「是說，川嶋醫生怎麼會這麼突然呢？除非事態嚴重，否則他不是那種會輕易離開島上的人啊。」

「有人，你沒聽說什麼嗎？」

後藤夫婦詢問了有人，但有人也只能搖搖頭。

隔著二樓的走廊有三間靠海、兩間靠馬路的房間，有人被分配到靠海房間的正中間一間。陽學長住在靠近最裡面的隔壁房間，至於其他房間，不用說也知道是空房。雙層玻璃窗的另一端，可看見大海和北海道本島，靠近宿舍一點的位置還可以勉強看到之前開心放煙火的地方。雖然野呂旅館就在那旁邊，但因為角度關係，所以看不見野呂旅館。

除了日常用品之外，有人還從與叔叔同住的住處搬來電視、棉被以及原本放在叔叔書房裡的電腦。雖然只搬來這麼點東西，但因為房間裡本來就設有暖爐和書桌，使得六張榻榻米大的房間瞬間顯得狹窄。

可能是早已預想到接下來會由有人使用，叔叔的電腦已經被恢復成原始設定。電腦裡也沒有任何像是日記的紀錄，可以讓有人知道叔叔為什麼會突然離開小島。

島民只要一看見有人，都想詢問叔叔離開小島的原因，但最想知道原因的其實是有人本人。

不過，有人很快就知道了原因。叔叔離開小島的隔兩天後，哥哥和人傳來LINE的訊息。

『雅彥叔叔在東京住院做了檢查。』

『你之前有沒有察覺到什麼？』

有人當然是再意外不過了，他渾然不知叔叔的健康狀況差到必須住院接受檢查。有人拚命在記憶裡尋找蛛絲馬跡，但怎麼回想都覺得叔叔的生活過得正常。不過，這陣子沒有太多叔叔的身影好讓有人回想也是事實。從開始上學，在水產實習課時絞盡腦汁，到放暑假後用功讀書、去誠家幫忙、騎腳踏車環島，這些事情占去有人大多的時間。接著，突如其來的失戀。有人的世界宛如走在路上時突然被從暗處衝出來的暴衝砂石車輾過一般完全走樣，與叔叔的交談也必然減少了。

不過，被和人這麼一問，有人想起叔叔的食欲似乎沒有以前好。叔叔有時吃飯的速度變慢，有時沒吃完飯，有時早餐只烤有人一人份的吐司。

有人也看到過叔叔從診所的廁所走出來時，一臉嚴肅的表情。有人還聽過幾次叔叔在睡覺時發出呻吟聲。叔叔之前在洗臉盆前面探出頭照鏡子，搞不好是在確認眼睛有沒有出現黃疸現象。

以整體來看，會覺得只是「微小程度的異常」，即使是一個健康的人，有時也會出現那些狀況。

然而，發生在叔叔身上的，是「真正的異常」。

短期之間，每週兩天會有臨時醫師從北海道本島來到島上進行半天的診療，但島上還是瀰漫著一股不平穩的氣氛。

離島沒有醫生。有人切身感受到這個事實讓島民有多麼地不安。

每個人都引頸期盼著叔叔回到島上。宿舍的餐廳牆上掛著和叔叔家裡一樣的月曆，有人看著月曆從得知叔叔住院做檢查的日期開始算日子。應該一星期就可以做完檢查吧。假設在那之後必須接受治療的話，恐怕要做好叔叔可能將近一個月都回不來的心理準備。有人對自己說：「等叔叔回來後，就離開宿舍再跟叔叔一起住，這次我一定會聽柏木先生說的話，盡量幫忙分擔家事。」

現在換成了桃花、陽學長和有人一起圍在餐桌前。後藤夫婦有時也會一起用餐。餐點的配菜種類豐富又好吃，也為了符合高中生的口味做了精心調整。在叔叔家的餐桌上沒機會看到的漢堡排、薑汁燒肉、炸雞等料理，會和魚類料理輪替供應。

後藤夫婦的為人親切、健談又樂於照顧人，換句話說就是愛管閒事。舉個例子好了，有人住進宿舍沒多久的某天晚餐時間，後藤太太在餐桌上丟出這樣的話題：

「小陽，你拒絕小涼真是太可惜了。那麼好的女孩應該娶來當老婆的。」

姑且不論後藤夫婦怎麼會知道陽學長和涼學姊的事情，居然在用餐場合丟出如此敏感的話題，讓有人不知道有多麼尷尬。面對這樣的狀況，就算發起脾氣或覺得難堪而離席也不足為奇，但陽學長一句話也沒說，只是停下筷子無力地垂著頭。除此之外，有人也被桃花的態度嚇了一跳。桃花態度堅決地提出抗議說：「涼學姊已經完全不在意這件事了，阿姨，可不可以請妳不要再說這種話了？」桃花平常話不多，這一幕讓有人看到她不為人知的另一面。

有人就這樣過起宿舍生活，與陽學長和桃花之間也稍微拉近了距離。

另外，有人也得知陽學長一個祕密。陽學長飯後都會吃藥，除了一般的藥丸之外，早餐後還會服用透明的藥水。陽學長似乎很討厭喝那藥水。吃早餐時他總是拖拖拉拉地吃到只剩下他一人。看來陽學長應該是不想被人看見喝藥水時的模樣。有一次有人忘了智慧手機在餐桌上，於是走回去拿，結果看見陽學長把當天分量的藥水倒進水槽裡。發現被有人撞見案發現場後，陽學長一副放棄掙扎的模樣仰頭看向天花板，跟著雙手合掌地朝向有人說：「拜託別跟後藤先生和他太太說。」

「這藥水很難喝。每次一喝就會開始不舒服。」

「這樣不就本末倒置了?不過，既然醫生開了藥，不是應該要服用比較好嗎？」有人篤信叔叔不可能胡亂開立處方而開口說道。「就是因為沒有服藥，角嘴海雀歸巢那天你才會暈倒，不是嗎？難得叔叔幫你開了藥，怎麼跟小孩子一樣。」

不知道是不是被有人說中了事實，陽學長沉默不語。陽學長用了涼學姊，還讓叔叔白費勞力，給了陽學長一擊讓有人心生一股淡淡的滿足感。在那同時，有人也對心生滿足感的自己感到厭惡。他自知是為了消除這陣子的生活劇變所累積的壓力，才會遷怒於陽學長。

有人第一天上課時和誠起了爭執，後來因為誠主動來道歉，所以得以小事化無，但現在對象換成是陽學長，想要小事化無似乎沒那麼容易。明明如此，卻又住在同一個屋頂下。這天，有人等待陽學長來搭腔等了一整天，但陽學長沒有採取任何行動。有人洗好澡回到房間嘆了口氣時，收到ＬＩＮＥ的訊息。

『你們學校二年級有沒有一個成績超好的學生？』

和人傳來了訊息。有人很納悶和人怎麼會突然這麼問，於是回覆了訊息。

『二年級只有兩個學生。怎麼會突然問這個？』

『有個照羽尻高中的學生參加模擬考，考出來的成績名列前茅。我的家教學生也參加了模擬考。』

和人還傳來擷取該部分內容的照片。那是由大型補習班在暑假期間主辦的模擬考。確實有一名就讀照羽尻高中的在學高中生，其理科綜合成績的偏差值（註10）落在69・7的位置。

有人感到驚訝不已。在如此偏僻的離島高中裡，竟然有學生能夠在全國模擬考考出名列前茅的成績！這個學生八成是陽學長。暑假時涼學姊離開過小島，但她只是去旭川玩而已，而陽學長是一直待在老家。

與其說是想找機會搭話，其實有人純粹是想問出真偽，於是一手拿著智慧手機，去到陽學長的房門前。陽學長打開房門，有人看見他手拿平板電腦，只戴著一邊的耳機。

「學長，你看這個。」

有人出示照片後，陽學長歪著頭說：「那照片怎麼了？」有人看見平板電腦的螢幕顯示著某種課堂的畫面。

原來陽學長善用著宿舍的Wi-Fi，在離島接受大型補習班的線上教學。「你以前說過在這種環境下，不可能當得了醫生。」有人立刻想到陽學長是在指有人第一天上學就和誠起爭執時的發言。「不過，事實上是有手段可以學習的。但不敢保證能不能學習到可以考上醫藥大學或醫學系的程度就是了。而且，線上學習也要看個人的意志力強不強。」

陽學長如往常般以平淡的口吻說道，不但沒有表現出炫耀自我成績的態度，還一副不曾被有人攻擊到說不出話來的模樣。

有人在自己的房間瀏覽了陽學長接受線上教學的補習班網站，並且發現有針對報考醫學系學生的課程。不知道這課程有沒有線上教學？明明只要稍微滑動一下畫面，就可以解開這個小小的疑問，有人卻讓畫面一直停留不動。假設有線上教學好了，那要怎麼做？要在小島上接受線上教學嗎？要在這裡繼續追求過去的夢想嗎？有人不禁覺得那麼做只會白白浪費時間，讓自己更加空虛。

有人也想不透陽學長明明選擇來到離島，卻認真讀書準備應考的意義何在？透過採訪內容，已經得知陽學長是「因為想聽看看崖海鴉的叫聲」而來到照羽尻島，對於未來的展望則是「想要繼續升學從事海鳥的研究」。可是，只要等到成為研究員，想要聽多久叫聲想必都不成問題。既然如此，一般都會優先考量眼前的升學問題才對。就上補習班加強學習這點來說，也是選擇待在札幌會好過離島許多。

陽學長是依自己的想法而選擇就讀照羽尻高中，但這般積極態度的背後，時而會給人一種有哪裡不太對勁的感覺。如果這樣還硬說沒有特殊原因，實在說不過去。

桃花也隱瞞著過去。接受採訪時，她也是含糊其辭。

宿舍是有特殊原因之非島民組學生的避難小屋。

話雖如此，但有人也沒打算抱著同病相憐的心態和兩人拉近距離。有人一直認為自己

註10：偏差值是日本對於學生智能、學力的一項計算公式值，意指與相對平均值相比時的偏差數值。偏差值50為平均值，偏差值越高，即表示該學生的分數排名越接近前段，也越容易考上好的高中或大學。

的過去才是最悲慘的。再說，反正等叔叔回來後，有人也會搬出宿舍。他早已下定決心這次一定要為大病初癒的叔叔，幫忙分擔家事。

然而，有人接到了粉碎這般決心的消息。

那時剛進入十月份，叔叔離開小島都不到一個月的時間。晚餐前，有人的智慧手機顯示出來電通知。來電號碼是哥哥的手機。哥哥不是傳LINE訊息的舉動讓有人的內心掀起一陣波瀾。

有人滑動話筒圖示接起電話。停頓一秒鐘後，傳來哥哥的聲音。許久沒聽到的哥哥聲音顯得十分緊急。

『有人，你冷靜聽我說。你現在馬上回來，叔叔病危了。』

＊

在渡船上，有人忍不住心想：「這是一場意外嗎？」

接到病危通知後，有人的內心劇烈動搖。有人立刻向後藤夫婦做了說明，晚餐也沒吃就收拾起行李。「最後一班渡船已經開走了，現在也只能等明天再搭頭班渡船，你還是吃點東西吧！」有人回絕了後藤夫婦的勸說。內心的動搖使得有人反胃。

時針即將跨過午夜十二點時，哥哥再次來電。

這次是通知叔叔的死訊。

隔天早上，有人吃了一些後藤夫婦為他準備的鹹粥後，讓後藤先生送到港口，搭上當天的頭班渡船。「有人，你跟學校請假要去哪裡啊？」大家似乎還不知道叔叔的死訊，在港口的大人們紛紛這麼詢問有人。有人沒有回答，但送有人到港口的後藤先生壓低聲音替他做出回應。

來小島時叔叔給有人吃過暈船藥，有人吃了同一款暈船藥，但毫無睡意。可能是聽到從後藤先生口中走漏的消息，幾個準備去北海道本島的島民來到有人的身旁，搭腔說：「真沒想到會這麼嚴重。」「不要太沮喪，要加油喔！」當中還有島民體恤著有人的心情，流了眼淚。

對於島民們的搭腔話語，有人連好好回答都有困難。有人已經分不清楚東南西北，他眼前的景象在晃動，整個人很不舒服。

有人照著前往小島時的路徑反著走，最後在傍晚時分抵達羽田機場。和人來到機場迎接有人。久違的哥哥說一句「歡迎回來」後，輕輕拍了拍有人的肩膀。

「我們去買守靈時要穿的西裝。」

哥哥一開始用著若無其事的語調說話，但後來聲音變得哽咽。有人聽了後，眼睛四周瞬間發燙起來。

有人一直深信自己和叔叔的關係，絕對比和人和叔叔的關係來得親密。有人一直認為和人不像他一直期望能夠變成像叔叔那樣，和人根本沒有想變成什麼樣的明確未來願景，他只是為了繼承父業才去念醫學院。

這是有人第一次聽見和人的聲音如此哽咽。有人低著頭，好不容易才擠出聲音回應一聲：「嗯。」

有人穿上在西裝連鎖店買來的大量製造黑色西裝和鞋子，參加了叔叔的守靈和喪禮。只有親屬參加了喪禮儀式。聽說是叔叔強烈提出這樣的要求。即便如此，還是有很多叔叔的友人到訪殯儀館，表示希望可以參加喪禮。聽說也有來自照羽尻島的請求。

有人沒有詢問以驚人速度奪走叔叔性命的正式病名是什麼。不過，從大人們之間的交談，有人得知是預後（註11）極差的癌症，也得知叔叔一直忍著身體不適，在島上努力撐到極限。

叔叔躺在被白花包圍的棺材裡，和離開小島的那天比起來，叔叔的臉沒有消瘦太多。那些面容會變成像皮包骨一樣的人，都是受過一定程度的長期病魔折磨，而叔叔連被折磨成皮包骨的時間也沒有。不過，看見皮膚呈現焦糖色澤、感覺不到生氣的質感，有人倒抽了一口氣。

如果要概略性形容有人的心情，應該還是那句常見的「難以置信」。然而，這個「難以置信」的情緒當中，包含了各種構成要素。混亂、悲傷、無處宣洩的憤怒、無力感。為什麼叔叔會是這種遭遇？那個和有人一起吃飯、還幫有人做便當、要有人擦拭診所的觀葉植物的葉子、為了島民的健康著想而在週末也不鬆懈地閱讀文獻來製作海報、為島民全心全意付出的叔叔，再也不會睜開眼睛、再也不會開口說話、再也不會動了。有人說什麼也難以接受這樣的事實。

「雅彥的病情應該是就算出現不適症狀後開始接受痛苦治療，也不知道能不能活過一年。我想他自己也明白這點，才會選擇至少要身為醫師提供診療行為直到極限到來。」

負責主持喪事的有人父親，在守靈那晚致詞時這麼說過。在守靈儀式結束後的用餐時間，有人父親也這麼說過：

「要不是身在離島那樣的環境，應該有機會做些什麼挽救。」

如果是在城市服務的醫生，就有機會能夠在設備完善的設施接受定期檢查時，早期發現病情。如果早期發現病情，就不會死得這麼快——有人如此解讀了父親的發言。

註11：預後為醫學名詞，指根據病患當前狀況來推估未來經過治療後可能承受的結果。

在週末進行守靈和告別式之後，叔叔的骨灰被帶到了有人家中。為了能夠進行到七七四十九日的法事，有人父親在和室設了小小的祭壇，祭壇上放著叔叔的骨灰和遺照，也供奉了糕點、水果和鮮花等供品。

包括幸子伯母在內的幾個親戚，也一起來到有人家中。叔叔突如其來的離世讓所有親戚都受到打擊，但隨著一連串的儀式進行，親戚們的對話也開始夾雜起閒聊話題。

「有人，你和雅彥一起去了照羽尻島，對吧？」

有人明明已經盡量讓自己不顯眼地縮著身子待在親戚聚集的客廳角落，話題的矛頭還是指向了他。比出矛頭的人就是愛聽流言蜚語的幸子伯母。

「那裡是一個很小的離島吧？我記得你們一起住，對不對？是個什麼樣的地方啊？」

因為和叔叔一起生活過，有人被問了一大堆像是有沒有生病的徵兆、生活狀況等問題。得到足夠的答案後，幸子伯母的好奇心開始轉移，在意起在東京輟學的有人，不知在離島度過什麼樣的高中生活？

「真沒想到那樣的小島也會有高中。聽說是雅彥幫忙牽線，讓你去念那所高中的吧？那裡有多少學生？二十個人左右嗎？」

「我說話可能直接一點，但真的很久沒看到有人了。」

「他今年過年也一直待在房間裡啊。」

有人曾是家裡蹲的事實，像理所當然的一樣被提起，有人恨不得一溜煙地逃回自己的房間。

「雅彥現在也走了，你沒打算回來東京嗎？」幸子伯母越說越溜，才問完上個問題，下個問題立刻接上。「就是以課業來說，在離島也沒辦法好好讀書吧？如果考慮到要升大學，還是回來比較……」

「伯母，有人的學校有非常優秀的學長喔！比我的家教學生不知道優秀多少倍。」

和人伸出了援手。幸子伯母一臉訝異的表情。

「真的嗎？在偏僻小島的高中讀書？」

「對方好像是透過補習班的線上教學在學習。有人，對吧？」

有人點了點頭。有人萬萬沒料到陽學長會在這時成為他的救世主。話雖如此，但對於就讀離島的高中能夠提升學力這點，不限於幸子伯母，在場所有親戚都抱持懷疑的態度。

「我是不知道那個學生的狀況，但一般來說都會比較不利吧。」

「有什麼特別課程嗎？像是為了應考的輔導課之類的。」

特別課程是學習鄉土的照羽尻學和水產實習——有人沒有這麼說出口。在特別課程的水產實習時製作出來的海膽奶油義大利麵醬，帶給了有人名為「莫大自信」的光輝，有人有種預感如果在這些親戚面前說出細節，難得的光輝將會瞬間變得黯淡。

「有什麼就讀那所學校才有的好處嗎?有推薦入學名額之類的。」

——那些都是只有在這裡才能夠擁有，而且是具有價值的特別體驗。

——我決定來小島是正確的選擇。或許在學業上沒辦法像在東京那樣，但人生路上應該有比學業更重要的東西。

有人想起接受赤羽採訪時的回答內容，誠的父親的那句話也同時刺進了心頭。

——在採訪時說得出好孩子會說的話，但在父母親面前卻說不出口，或許就表示你的海面還在颳大風下大雨。

有人還是什麼也沒回答，低著頭往廁所走去。上完廁所後有人也沒有回到客廳，他走上二樓關進自己的房間裡。

有人去了小島後，母親幫他打掃過房間。房間裡收拾得比家裡蹲當時整齊乾淨，有人穿著西裝就這麼往床上坐，跟著讓上半身側躺下來。

過年時的情節重新上演。有人不願意被問東問西而逃離親戚，不肯踏出安全地帶。

為什麼暑假時不願意回東京?為什麼會覺得自己沒辦法抬頭挺胸地在父母面前，說出對赤羽做出的相同發言?有人下定決心，決定獨自靜下心來思考這些以前試圖思考時，腦袋就會自動停止轉動的題目。方才成為關注焦點時，有人一句話也說不出來。

有人回想起赤羽等人離開去吃午餐時，腦中浮現過什麼想法。

不願意被瞧不起。

沒錯，有人那時是抱著這樣的想法。小島和學校認同了有人，有人有預感如果否定了小島和學校，自身的價值也會隨之被否定，然後就像氣球一樣慢慢消氣，最終消失不見。

有人之所以會大力讚揚小島和學校，全是為了自己。如果不把小島和學校說成是特別的地方，有人這個只能待在那裡、只有在那裡才有機會被認同的存在將會變得更加難堪。若是回到東京，有人將會看見自己真正覺得耀眼的存在，比方說念醫藥大學的哥哥，所以有人不願意回東京。

那些是為了欺騙自己而有的發言。

思考出答案後，有人為自己的窩囊感到全身無力。難怪腦袋會自動停止轉動。因為有人根本不想正視這個事實。然而，有人的內心深處其實早已察覺到事實。

地獄深淵終究是地獄深淵。

這麼承認事實後，有人覺得像是從夢中醒了過來。

有人在小島生活了將近半年，到頭來還是什麼也沒有改變。有人頓時覺得一切都顯得愚蠢，包括他曾經因為義大利麵醬一事被誇獎而得意洋洋，還有曾經度過為了趕上進度而勤奮讀書、幫忙解延繩的結而弄得滿手是傷的暑假，以及五人一起放煙火的那個晚上，甚至對涼學姊的愛慕之情也是。

反正不會有改變，不用勉強再去小島也無所謂了吧？只要在自己的房間裡停住時光什麼也不做，就不會失敗也不會受傷。反正未來早就在那天消失不見了。

如果就這麼留在東京，不知道誠會怎麼想？涼學姊、桃花、陽學長、島上的人們也會像樓下的親戚們一樣，抓住有人不在場這點而愛說什麼就說什麼嗎？還是……

有人望著智慧手機的螢幕。有人沒有和誠他們交換ＬＩＮＥ。因為平常太多時間都在一起，所以不會覺得需要靠社群網路服務來維繫關係。不過，有人告知過手機號碼。四人都發來了簡訊。

『老爸昨天和今天都被刺到手。老媽都哭了。不過，最難受的應該是你吧。』

『有人，好好大哭一場吧！哭一哭心情會比較舒暢的。你不用刻意強顏歡笑喔！溫差很大，小心不要感冒喔！』

『雖然我沒什麼機會跟醫生說過話，但衷心希望他能夠得到安息。』

『請節哀順變。我受過醫生很多照顧，不能參加他的喪禮深感遺憾。』

如果不離開這裡，有人將不會再跟四人見到面。有人在手機螢幕上一張一張顯示出在水產加工設施裡拍攝的照片，並一一從喜好項目移除。螢幕上出現當初做過裁切、只有有人和涼學姊兩人的照片。有人為自己曾經興奮地做出這種事情感到羞恥。當初有人在寒氣森森的地獄深淵感受到微弱的熱度，而覺得會出現什麼變化，但那想必只是錯覺。

有人在智慧手機螢幕上的成排圖示當中，找到令人懷念的應用程式。那是之前沒能夠過關而一直置之不理的逃脫遊戲。有人啟動了許久沒玩的逃脫遊戲。

有人玩了一會兒時間，但毫無進展，一點靈感也沒有。

有人心想果然還是沒有改變，這明明一點也不好笑，乾笑聲卻從他的嘴裡溜了出來。

有人把智慧手機放在枕頭邊後，閉上了眼睛。

這時，樓下的室內電話響了。

有人猜想應該是有什麼人得知叔叔的死訊而打電話來吧。有人的父親在今天的早報刊登了告知在亡者的遺志下，僅限親屬參加喪禮的死亡宣告。

上樓的腳步聲傳來，不知誰敲了有人的房門。

『有人，你的電話。』

門外傳來哥哥的聲音，有人一臉錯愕。有人不明白怎麼會是找他的電話？有人根本沒有朋友會打電話來家裡找啊？然而，更令人驚訝的事情還在後頭。

『是道下同學打來的。』

*

「有沒有被我嚇到？」

道下的話語有一、兩個發音不是那麼清楚，但不至於到聽不懂意思的程度。

「……有。」

之前同處一間教室的短暫期間裡，除了打招呼之外，有人和道下不曾有過更多的交談。有人用吸管戳著大杯摩卡可可碎片星冰樂最上頭的鮮奶油。

「妳怎麼會打電話給我？」

道下點了中杯的焦糖星冰樂。

「幫我做言語復健的醫生認識你叔叔。早報也有報出來，所以我就想你應該有回來。」

「言語復健」的字眼化為像海膽一樣長滿刺的形狀，朝向有人的心頭刺過來。有人不敢直視道下的臉。原本捲成完美漩渦狀的鮮奶油漸漸變形。

「……妳會說我有回來，就表示妳也知道我現在住在哪裡啊？」

「你爸媽到現在還是只要遇到什麼節日，就會送東西到我們家來，還會為之前的事情表示歉意。我一直跟他們說是我自己不小心，請他們不要那麼介意。」

有人不知道父母親持續在向道下表達歉意。

「他們也會附上信件給我。信裡面有提到你在照羽尻島的高中念書。我記得是今年收到中元節禮品時知道的（註12）。」

有人停下把弄吸管的動作，道下則是反過來喝了一口焦糖星冰樂。

有人和道下兩人來到位在荻窪（註13）的星巴克。

道下在電話中詢問有人能不能現在出來見個面，有人聽了後驚嚇過度，甚至擔心起會嚇得頭髮脫落。還有一點，有人並不想與道下見面。只是，有人對道下感到歉疚。那天之後，有人就不曾和道下見過面，他沒有親口向道下致歉。

最後，兩人約好在荻窪的捷運站會合，於是有人換上便服出了門。

道下先抵達會合地點，也先發現有人的出現。看見有個少女朝向這方高舉著手時，有人沒能一眼就看出對方是道下。道下身穿洋裝，外面套上牛仔夾克，她的臉比有人記憶中的還要漂亮。道下的雙唇輪廓很好看，也上了淡妝。有人忽然想起那天道下的門牙裝著矯正器。道下綁著公主頭的長髮輕輕搖曳，往來行人的目光隨之被她吸引。

國中時，是一個名為上原的女同學最受男生喜愛，但以現在的道下容姿來說，肯定會比上原更受男生喜愛。

註12：日本的中元節是在西曆7月15日。日本人會利用這個節日送禮給平時受照顧的親朋好友或生意上的往來對象，以表達感謝之意。

註13：荻窪是位在日本東京都杉並區的地名。

正因為有著美麗的容姿，使得部分發音不清晰的小傷變成像致命傷一樣。道下會因為這個致命傷而變得顯眼，人們會心想：「要不是這樣她就完美無缺了。」

明明如此，道下卻是不管開口說什麼都顯得毫無遲疑。

「聽說高中部要新設醫學系專攻課程。其實我以前就聽到小道消息說有可能會設立。明年度會正式開始。你知道這件事嗎？」

有人沉默地搖了搖頭，心想：「我怎麼可能會知道。」

「你以後想當醫生，對吧？雖然我們只同班過一小段時間，但我還記得的。我記得那天男同學們也在聊這個話題。」

道下的記憶力真是好。如道下所說，去體育館之前，有人和班上的男同學有過那樣的對話。

到了現在，有人想像得到那個男同學當時肯定在心裡冷笑。

有人用吸管胡亂攪拌被他戳得倒塌變形的鮮奶油。

「你是一開始就會全部攪在一起來喝的那一派啊？」道下舉高自己的杯子。「星冰樂真的很好喝喔！」

在照羽尻島喝不到星冰樂。涼學姊和誠搞不好不曾喝過星冰樂。

「我不能喝你喝的那個摩卡可可碎片星冰樂。因為裡面的原料有小麥成分。」道下喝了一口星冰樂後，繼續說：「焦糖星冰樂的原料是牛奶和大豆，這個就沒問題。我最愛喝焦糖口味了！」

有人低下頭，把雙手放在膝蓋上。

一定要道歉。如果不趁現在順勢道歉，將會錯過機會。有人這麼告訴自己，並緊緊握住拳頭，連指甲都陷入掌心裡。

「……對不起。」

「你在說什麼？」

「那天……都是因為我太多事……」

有人感覺到喉嚨緊縮，說到一半停了下來。有人不停乾咳試圖放鬆喉嚨，但就是無法如願。有人的眼角漸漸發熱。

「都是……我害的。我什麼都不懂……就強出風頭。」有人的頭越垂越低，下巴都快要碰上胸口。「害、害得妳受到無可挽救的傷害……」

像是刻意要讓人聽見似的，一聲大大的嘆息聲往桌面落下。

「可不可以拜託你不要這樣？」雖然不明顯，但聽得出來道下的聲音帶著些微怒氣。「那時候你率先直奔過來救我，我是心存感激的。對於這點，我根本就沒有在生氣。真是奇怪，這件事我已經透過我爸媽說了很多遍啊。你都沒聽說嗎？過失最大的人是我自己。我已經夠大年紀，本來就該要懂得自我管理。」
有人不敢抬起頭。道下說了一大串話的這段時間，有人忍不住數起道下說了有多少個不自然的發音。
「欸，你有沒有在聽啊？」道下的纖細手指敲了敲桌面。「我之所以會想要跟你見面，是因為我想要親自為那天的事跟你道謝。」
有人感覺到全世界彷彿停止了轉動。道下反覆說：
「你有沒有在聽？我是想跟你道謝、為那天的事跟你道謝。我說什麼也想見你一面，所以打了電話給你。」
「……道謝？」
「是啊！女同學們都站得遠遠的，一副覺得很噁心的表情看著我的時候，我看見你跑了過來。那時候看我那個樣子，只有你願意接近我。你知道我有多開心嗎？你肯定不知道的。就是因為不知道，你才會跟我道歉。不過，我是真的很開心。」
「可是……我不知道妳是在指腎上腺素筆，老師和我爸也罵了我……」
「你會不知道我是在指腎上腺素筆，也是沒辦法的事。那時我也才剛轉學過來沒多久。當初如果大家都知道我的體質，或許狀況就不同了。有老師罵你？誰？導師嗎？什麼時候？」

「導師……在等救護車來的時候。我被大罵。」

「好意外喔！老師他有來醫院探望過我，但我沒有感覺到他在生你氣啊！你說是在等救護車的時候，老師有可能只是太心急了而已。遇到緊急狀況時，很多人的嗓門都會變大，不是嗎？」

被道下這麼一說，有人也覺得好像是那麼回事。然而，有人極度不願意回想那天的事情。看見有人一直垂著頭不動，道下加重手指的力道敲打桌面。

「我很生氣耶！」

有人抖了一下肩膀，眼前的星冰樂裡的吸管也跟著滾動了一下。

「當然了，我不是在氣那天的事。是剛剛才發生的事情讓我覺得火大。」

有人保持面向下方的姿勢，膽顫心驚地只抬高視線偷看道下。

道下的目光如釘子般刺來，像是打算把縮成一團的有人直接釘在原地。

「我是在生氣你擅自決定了我的人生。」

「……我沒有……」

道下沒有給有人辯解的機會。

「你有。你剛剛不是說了嗎？你說無可挽救的傷害。我剛剛忍不住打斷你的話，你是打算說『害妳受到無可挽救的傷害，我真的很抱歉』對吧？我是說在合理推測之下。」

道下的推測完全正確，有人只能點點頭。道下又嘆了口氣，跟著叼住焦糖星冰樂的吸管前端，噘著嘴巴喝了一口。

「川嶋同學，你從那天之後就沒再去上學，對吧？正確來說，應該是隔一天你有上學，但後來提早離開，在那之後就一直關在房間裡。這些我都聽說了。你爸媽第一次來致歉時，跟我說的。」

道下的語調沒有變得激動，但也沒有特別壓低聲音。「關在房間裡」五個字深深扎入有人的心頭，四周的目光也緊接在後地化為尖刺一一射來。以如坐針氈來形容有人此刻的狀態再貼切不過了。然而。道下完全沒有顧及有人的感受。

「我有去上學。坦白說，挺難熬的。一開始，大家的臉上都寫著『那個在體育館變得很噁心的模樣暈倒過去的同學來了』。大家想必都不想看到那樣的畫面。我懂的。我也不想被人看見那模樣。不僅如此，跟現在比起來，我那時候說話根本就說不清楚。因為這樣，讓大家覺得更噁心。可是，我還是每天都去上學。我沒有提早離開，也沒有默不吭聲，更沒有關在房間裡。呵呵，真是好笑。」

有人抬起頭。道下抬高有著美麗曲線的下巴，臉上浮現帶著挑釁意味的微笑。

「我心裡在想如果你一直因為那天的事而走不出來，就一定要跟你說我其實是心存感激。不過，來到這裡後，我發現有更想說的話。我要說了喔？」

道下的臉上雖然帶著微笑，但眼底冒出熊熊怒火。

「不要把我跟你混為一談。不要硬把我拉進去當你的所謂無可挽救的同伴。或許你覺得那天改變了你的人生，所以把自己關在房間裡。你會說無可挽救，就表示你認為那天害得你永遠失去只要正常過日子下去就能夠得到的未來。你也深信我的言語障礙會拖累我一輩子，對吧？很抱歉，事實跟你想的不一樣。我沒有軟弱到會因為這種事情，就頹廢失志到讓自己的人生走樣。」

道下讓看似柔軟的臉頰凹陷下去，一口氣喝光焦糖星冰樂後，發出「咚」的一聲把空杯放回桌上。

「我每天都好好地在過日子，也有很多想挑戰的事情。我沒有一絲一毫覺得自己沒救了的想法。可是，你卻妄下斷言認定我也跟你一樣失去了未來。這樣的態度非常失禮，簡直就是把我當成了死人。你可不可以不要擅自宣判別人死刑？」

店裡的客人都在看有人，道下也是。目光從四面八方射來，就好像光芒聚集到放大鏡一樣。聚集過來的光芒發出滋滋聲響，在有人的身上燒了起來。有人的身體被燒破一個洞，使得一直緊纏住有人的思緒不放的核心部位暴露出來。

——根本沒有未來。

有人一直抱著這樣的想法，這確實跟已經死了沒什麼兩樣。

「你想要妄下斷言沒問題，但拜託放在你自己身上就好。我可沒有那麼多空閒時間把自己關在房間裡。」

在被道下的氣勢壓倒之下，有人問了一個問題：

「……妳有想過未來要做什麼之類的嗎？」

「我從小就一直想當同步口譯員。我以前在紐約時讀了米原萬里（註14）的散文，在那之後就沒有改變過夢想。」

同步口譯員。那是必須靠嘴巴說話的工作。部分發音不清晰的問題要怎麼解決？有人這麼替道下擔心著，但道下依舊抬頭挺胸面向前方。

「沒有人要求我，是我自己想當同步口譯員，我當然不可以退縮。雖然有部分發音不清晰會帶來阻礙，但我相信我的動力會勝過阻礙。」

沒想到道下是一個如此堅強的女生。道下轉學進來後有人還沒有好好跟她接觸過，就迎接了那天。的確，有人明明沒有完全掌握道下的為人，卻擅自認定道下也跟著他一起被奪走了未來。

「我來猜猜看好不好？我打電話給你的時候，後面好像有幾個人在你家。應該是有親戚聚集到你家吧？畢竟那時候剛辦完告別式。然後，電話被保留了很長一段時間。也就是說，你沒有跟親戚聚在一起，而是在自己的房間裡。對不對？」

有人點頭回應後，道下不帶一絲情緒地說：「我就知道。」

「你又要把自己關在房間裡嗎？看起來應該是吧。感覺上你什麼都沒變。至少我現在看到的你就是如此。」

道下的話語化為尖銳的矛頭，一一刺中有人的懦弱部位。

「那樣應該也很適合你吧。反正我看你也不可能當得了醫生。」

道下端著自己的托盤站起身子。

「我本來是打算只要來跟你道謝就好。因為我是真的打從心裡很感謝你。不過，我實在被氣到忍不住改變了念頭。對不起喔！我們等著看吧！十年後我會當上同步口譯員給你看。說什麼受到無可挽救的傷害，就自己在那邊沮喪氣餒的你，到時候搞不好還關在自己的房間裡吧！」

最後，道下露出整齊的潔白牙齒笑著說一句：「那就這樣囉！」便轉過身子。道下的模樣瀟灑得讓有人啞口無言。道下穿著牛仔夾克的背影直挺，頭也不回地面向前方直直走去。道下越走越遠，很快地便消失了蹤影。

註14：米原萬里是日本的俄語同步口譯員，也是散文家、小說作家，出道代表作品為《米原萬里的口譯現場》。

被留在原地的有人有著痛切的感受。

有人還以為道下跟他一起失去了未來，沒想到兩人之間的差距已經拉遠到連個影子也看不見。

話說回來，道下會不會太過分了？有人這麼心想，並卯起來吸著道下不能喝的摩卡可可碎片星冰樂。有人發自內心道了歉，卻被批評得體無完膚。有人能夠體會道下因為他說的話而感到不開心的心情，但也沒必要把人看扁成那樣。尤其是最後那段話，實在太傷人了！

對有人來說，道下是與他共同承受「那天」帶來的嚴重負面影響的唯一存在。明明如此，道下卻鄙視有人的失態表現，一句又一句地投來比過去不斷譏笑有人的同班同學更加嚴苛的話語。

——不要把我跟你混為一談。

有人不想被道下恥笑。

把那天和絕望綁在一起的繩子當中，有一條繩子在此刻斷了。

*

與道下見過面的隔兩天後，有人沒有等到做頭七法事的日子，便出發前往照羽尻島。

和人陪著有人一起去到機場。

「我其實可以自己來的。」

「反正我剛好也沒跟你說到什麼話。」

有人這才知道原來哥哥想跟他說說話。說是這麼說，搭電車來機場時難得有座位可坐，哥哥卻沒說什麼話。不知道是不是因為在意行駛聲或車廂內的廣播聲，哥哥每次一開口就又閉上嘴巴，最後在不知不覺中開始發愣地望著車窗外看。哥哥的頭髮比以前長。他的大學生活繁忙，再加上叔叔的離世，所以沒找到機會去剪頭髮。有人想起自己在三月離開家裡時，頭髮比哥哥更長，不由得輕輕摸了一下在吉田理容院打理的小平頭。有人把背包抱在胸前，坐在哥哥身邊閉上了眼睛。

閉著眼睛時，有人還想了一下不知道哥哥在醫藥大學有沒有交到了女朋友？

抵達機場時，時間還算是充裕。

「你去買個伴手禮吧？」

和人指向成排的商店說道。有人想起暑假快結束時，涼學姊買過便利商店賣的馬卡龍當伴手禮。既然這樣，我也來找找看有沒有馬卡龍好了。有人這麼心想，並準備往販賣洋菓子的禮品店走去時——

「你應該還記得吧。叔叔帶我們去二世古町滑雪的回程，在飛機裡發生的事。」

有人的腳步自動停了下來。他回頭一看，看見哥哥的臉上帶著笑容。

「你看了叔叔那時候的表現後，就開始說想要當醫生。」

哥哥為什麼會在這時候提出這個話題？有人根本不希望那段天真地吹噓說將來想要當醫生的過去被舊事重提。有人感覺得到自己的表情變得僵硬。

「……那是很久以前的事了。」

「你那時是想要變成跟叔叔一樣，對吧？」哥哥沒有理會有人的話語，做出有人第一次聽到的發言：「我懂的。畢竟我也是一樣的心情。」

機場特有的鐘聲響起。

「叔叔過世的兩天前，我去看過叔叔。我告訴叔叔那時我跟你一樣，也覺得他真的很帥。叔叔聽了後，儘管他當時連說話都滿辛苦的，還是擠出聲音跟我說了一段話。他說：『和人，你是因為覺得我很帥，才會想當醫生嗎？如果是我以外的某個人做了同樣一件事，你也會覺得很帥嗎？』」

哥哥的話語讓有人彷彿聽見了叔叔的聲音。叔叔透過和人在詢問有人。

「叔叔以外的某個人……」

有人從不曾這麼想過。和人一副嫌煩的模樣把瀏海往上撥。

「我回答說：『就算不是叔叔，我應該也會覺得很帥。』」

有人抓住背包兩邊的背帶。「結果呢？」

「叔叔鬆了口氣說：『那就好。』他跟我說：『你會那樣想就好。你覺得很帥的不是我。』」

「不然是誰？」

「誰都不是，而是對於行動、想法、生存之道，產生了那樣的感受。」

——重點是有沒有忠於自己的生存之道。

有人想起父親提出忠告要叔叔不應該多管閒事時，叔叔這麼做出反駁。

「想要變成跟叔叔一樣，其實不見得只要當上醫生就可以。但我是打算當醫生就是了。」

又傳來了鐘聲。和人繼續說：

「不過啊，那時候要不是叔叔回應了呼叫，起身採取行動，我們也不會有機會知道這些道理。所以啊，有人，我想表達的是……」

和人隔著背包拍打一下有人的背部。有人沒能夠頂住身子而往前傾。有人忍不住瞪視和人，但和人一副不覺得自己有錯的模樣豎起大拇指說：

「管它是在東京還是在離島，動起來吧！採取行動吧！明明動得了卻一直停住腳步，實在超沒意義的。停在原地什麼都不做的時間，一樣也會變成無可挽救的過去！」

「當然了，我叫你採取行動是指不違反公序良俗的行動。」和人不忘這麼補充一句。「你比較有肌肉了呢！」和人在最後丟下這句話，便轉身離去。有人暗自埋怨起和人主動提出買伴手禮的建議，卻不陪他去買就這麼走了。

和人和道下一樣，頭也不回地迅速消失在雜沓人群中。

「……什麼嘛。」有人用著沒有人聽得見的微弱聲量對著腳邊低喃道。有人使力握緊還抓在手上的背包肩帶。「那什麼態度嘛，也不想想我這才要去離島……」

過年時叔叔一直守在走廊上直到有人出來上廁所，今天哥哥明明不需要來，卻跟著有人一起來到機場，兩人的身影不可思議地重疊在一起。

有人發現哥哥在不知不覺中，越來越像叔叔了。

搞不好只是有人一直沒有察覺到，其實在更久之前、在有人去小島生活之前，哥哥就已經像起了叔叔。

可以很肯定的是，叔叔和哥哥兩人都把有人掛在心上。

有人吸一下鼻子把鼻涕吸回去後，一副準備接受挑戰的模樣抬頭看向顯示出出發航班資訊的電子看板。

在那之後，有人踏進販賣洋菓子的禮品店，買了數量足夠分給學校所有人的綜合馬卡龍禮盒。

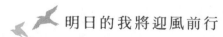

*

渡船的引擎聲變得不一樣。船頭那一端，可看見船員拉著粗大的繩索做起準備。照羽尻島的港口就快到了。海鷗跟在渡船附近飛來飛去，發出吵鬧的叫聲。不過，三月時看到很多近似黑色的海鳥身影卻是大大減少。可能是那些海鳥在繁殖期結束後，都飛離了小島。

有人在船艙遇到了幾個島民，每個人都淌著淚水向有人表達對叔叔的哀悼之意。

「少了川嶋醫生，真的讓人覺得很寂寞。」

有人一走到甲板上，海風立刻撲面而來。雖然平常也總會吹來強勁的海風，但這天的海風感覺特別強勁有力。

有人看見港口也出現幾道身影。定睛細看後，有人發現涼學姊似乎也在其中。這時刻學校已經放學，涼學姊有可能是跟著身為旅館老闆娘的母親，一起到港口迎接旅館的投宿客。

小島果然顯得蕭條又偏僻。要是荻窪的星巴克出現在這裡，肯定會比幽浮更加突兀。

渡船靠岸並架上舷梯後，有人第一個走下船。

「有人。」涼學姊朝向有人跑了過來。「……歡迎回來。」

有人在心中細細感受著「歡迎回來」這四個字。「這座小島是我的歸屬嗎？」對於內心的這個疑問，有人還無法全面給予肯定。不過，他還是回來了。

涼學姊表現出比平時更加關懷人的態度。「辛苦你了。」

「沒事的。我回來了。」有人還無法發自內心地說出「我回來了」，他抱著贖罪的心情急忙提高拿在手上的紙袋。「我買了伴手禮要給大家吃。是馬卡龍。我明天會帶去學校。」

「真的嗎？超開心的！謝謝！」

雖然涼學姊的語調聽起來沒有興奮到超開心的程度，但臉上展露了笑容。

「對了，好像有郵件被送到宿舍去。我聽桃花說的。」

「寄給我的？」

涼學姊的母親幫有人跟一對準備投宿野呂旅館的老夫婦觀光客打了商量，老夫婦也表現出非常大方的態度。於是，有人一起坐上接送客人的車子，回到了宿舍。

「歡迎回來。」

後藤夫婦特地走到玄關迎接有人，並異口同聲地說道。「我回來了。」有人看向下方做出回應，還一邊心不在焉地想著這裡的地板雖然老舊，但擦得亮晶晶的。

「有人。」後藤先生遞出一只大大的牛皮信封。「你不在的時候送來的。」

「謝謝你。」

有人發現一共有兩封信，其中一封還是寄給叔叔的信件。

「這是？」

有人指出寄給叔叔的信件問道，這回換成後藤太太說明起事情的來龍去脈。

「那封信是你去東京那天被送來的。因為川嶋醫生已經不在了，所以才會想到你在島上和醫生一起生活過，就決定先送到你這裡來。」

如果是在其他地區，想必會退回給寄件人，但這裡是照羽尻島。這裡連送包裹時，也會放進玄關裡。送貨員會做出「既然有曾經一起住過的親戚，就送去親戚那裡好了」的判斷，在島上是很有可能發生的事情。

「另一封是今天剛送到的。」

另一封是限時信，收件人確實寫著有人的姓名。限時信使用了內側帶有緩衝材料的氣泡信封。

兩封信的收件人貼標上的文字看起來都是一樣的字體。有人把信封翻到背面一看，發現寄件人果然是同一人。

柏木道大。

六月時到訪過叔叔診所的醫學系學生的姓名，出現在信封的背面上。

6

川嶋雅彥醫師鈞鑒

中秋時分到來，小生在此恭祝川嶋醫師身體康泰。

關於自去年即有勞您惠予協助之事，日前已順利完成研究論文的草稿，特隨信附上。

部分草稿內容引用了川嶋醫師的發言，若有不妥之處，煩請與我聯絡。

不知自上次見面後，您的身體狀況是否無恙？殷切期盼川嶋醫師一切平安健康。

北海道大學醫學系醫學研究所博士班三年級

柏木道大　敬上

從東京回來後，有人立刻在自己的宿舍房間裡，拆開第一封寄達、收件人是叔叔的那封信。

看了隨信寄來的草稿標題後，有人這才知道柏木的研究主題。

〈環境療法對各類病患之效果有無研究〉

所謂環境療法，就是指為了療養而離開熟悉的長居地區，進而改變環境。柏木就是為了這點，才會來到離島的診所。也難怪柏木曾經和被疾病纏身的陽學長交談過。

想到這裡，有人的內心頓時掀起波瀾。

有人想起自己還是家裡蹲的那段時間，曾經被父母親帶去精神內科看診過。今年六月的那次應該是柏木第三次到訪小島。

有人心中升起一個疑問，為什麼叔叔要邀約我來照羽尻島？

有人翻閱起被訂書針固定住、Ａ４紙張大小的草稿。

＊

『有人，我捏了飯糰，你多少吃一些吧！』後藤太太隔著房門開口道。『我放在門口喔！』

有人隔了一會兒後打開房門一看，看見封上保鮮膜的盤子上有兩顆小小的飯糰，旁邊還配了蘿蔔乾。有人在自己的房間裡吃了飯糰。

有人事前告知過今天不需要幫他準備晚餐。柏木所寫的草稿內容，奪走了有人的一切欲望。從東京回來的一路上，有人明明只喝了一包補充能量的果凍飲料，卻不覺得肚子餓。不僅如此，他甚至覺得聞到一股油炸天婦羅的油味而感到胸悶噁心。

送來的飯糰宵夜有人也只吃了幾口就吃不下。有人心想多少有吃了一些，後藤太太應該會認同他的努力，於是把剩下的飯糰端到廚房去。

後藤太太正好在廚房收拾瀝乾的盤子。

「……不好意思，我沒吃完。」

「你身體不舒服嗎？會不會是感冒了……要是川嶋醫生還在，這時間也會願意看診的。」

有人猛力搖了搖頭。「沒事的，我只是太累了。我先去睡覺了，晚安。」

有人奔向二樓，衝進自己的房間把門鎖上。

此刻，有人心中的叔叔已經變了樣，就因為柏木的草稿。

看在有人的眼中，放在書桌上的草稿簡直就像老鼠或蟑螂的屍骸。

早知道就不該看草稿，沒想到叔叔是用那樣的眼光在看我！有人一邊這麼心想，一邊粗魯地鋪上床鋪，衣服也沒換就鑽進了被窩。

柏木的草稿裡不只有陽學長，有人也是登場人物之一。

而且是以一名病患的身分。

十六歲少年，在東京拒絕上學，憂鬱導致足不出戶，心理創傷，來離島後約兩個月即復原到可上學的狀態。

描述重點差不多就是這樣的內容。

符合這般描述的對象除了有人，還能有誰？

對於叔叔，除了有「以醫師身分於北海道的離島——照羽尻島提供常駐服務，並從初級預防醫學的觀點持續支援地區醫療」的介紹內容之外，甚至還有叔叔的發言。

『對他來說，假使從東京換成離島的劇烈環境變化發揮了正面的影響，那無疑是樂見的結果。』

叔叔一直把我當成病患看待嗎？叔叔邀約我來島上並非單純是為了我著想，而是想要視為病例來做觀察嗎？

——你要不要試著想像一下未來的自己？

叔叔的那句話究竟用意何在？

有人確實在東京接受過精神內科的治療，有段時間也服藥過。不過，最終什麼效果也沒有。畢竟有人的狀況跟生病是不同回事。

打從看見叔叔在機艙內回應緊急呼叫醫生的那時開始，有人便一直一心嚮往能夠變成像叔叔那樣。就算當時不是叔叔而是別人，想必有人也會和哥哥一樣覺得對方很帥。然而，所謂的別人只不過是一種假設。當時只有一個人主動表明身分，也就是叔叔。這是事實。

明明如此，怎麼會這樣呢？

還有，週末放假時叔叔也勤於學習，為了在發生緊急事態時能夠隨時應對，也總是手機不離身。看在有人的眼裡，叔叔滿懷參與地區醫療的使命感。然而，有人卻在非自願之下得知這不是百分之百的事實。

草稿裡也有章節提及受訪醫師們針對地區醫療的訪談內容。當中自然是叔叔的發言，吸引到有人的目光。

『即便是假日，我也會猶豫不該離開小島。島民所抱持的醫師樣貌，和城市的認知截然不同。大家想要的是一個沒有私人時間、會把所有時間花費在島民身上的醫師，這讓人感受到有別於一般醫師的壓力和束縛感的狀況並不算少。不過，對於這些隱情和我的內心想法，我並不期待島民能夠有所理解。因為地區醫療的實情就是如此。』

叔叔親切地與大家相處，島民一會兒送海膽，一會兒送晚餐的配菜，總是抱著仰慕之心圍繞在叔叔身邊，而叔叔卻暗自在心中為了島民的缺乏理解而搖頭嘆氣？叔叔之所以假日也閱讀文獻，並且手機不離身，是因為屈服於島民的無形壓力？

在草稿裡說出不期待島民能夠有所理解的叔叔，簡直像個陌生人。然而，就算想要問出叔叔的真心想法，叔叔也已經不在這個世上。

其他醫師們也各自針對地區醫療的難處做出發言。在那當中，叔叔的發言算是比較溫和的。即便如此，有人還是不禁感到失望。

此刻，有人的憧憬心遭到狠狠踐踏。一路羨慕叔叔走來的日子究竟算什麼？

儘管備受尊敬與愛戴，背地裡卻把姪子有人看待成病患叫到島上來，也怨嘆島民的自私。有人一點也不想知道叔叔這樣的一面。

不僅如此，對於小島和島民，有人也再度感到失望。當初來到小島時，有人的印象是來到了「天寒地凍的地獄深淵」，而叔叔針對小島和島民的負面自白內容，大大提升了這個印象的正確性。

有人之所以回到小島，只是順勢發展的結果。那時有人在久違的東京自家房間裡，就快受挫地決定不再回小島時，道下拿起球棒用力一揮。道下的揮棒擊中有人內心懦弱部位的中心點，把有人打飛到如此遙遠的小島。雖說是被道下打飛過來，但畢竟照羽尻島也是叔叔努力撐到極限的地方。在思考嚮往多年的叔叔的「生存之道」時，必然不能少了照羽尻島。

哥哥在機場說的那些話，就像在對有人說：「你也試著在照羽尻島尋找自己的夢想吧！」

明明如此，有人卻一回來就失望連連。即便有人試圖讓自己為了叔叔振奮起來，在看了草稿得知內幕後，心情也只會反而更加沮喪。在這座不知不覺中人們會以「你回來了」這句話來迎接有人的小島上，有人感到極度孤獨不安。

另一封氣泡信封上寫著「易碎品」。透過觸摸，有人得知裡頭裝著薄片狀的硬物，他猜想應該是裝了CD或DVD類的盒子。

有人沒有拆開那封信。

草稿裡的有人被視為病患看待。萬一紀錄媒體的內容是關於身心治療或健康的指導內容，有人擔心自己會真的承受不了。有人猜想十之八九會是那樣的內容，畢竟那封信是寄給他本人。

「……爛透了。」

有人拚命忍住淚水，在被窩裡自言自語。

今天是足以匹敵「那天」、甚至是更糟的一天，有人不由得緊緊咬住嘴唇。

＊

有人以身體不舒服為由，告訴宿舍的後藤夫婦今天要請假不上學後，夫婦倆又特地為他煮了鹹粥，也幫忙向學校請假。

「可能是叔叔的事情加上長途顛簸，所以累壞了。」後藤太太即使看見體溫計顯示出正常體溫，還是不放心地伸手摸著有人的額頭。「為了謹慎起見，還是去診所給醫生看一下。」

「我想只要好好休息就會沒事的。」

畢竟有人之所以不舒服，是因為草稿內容帶來的打擊。有人自知不是生病，所以予以婉拒，但後藤太太就是不肯點頭答應。

「不去找醫生看一下怎放心得了！這星期一就開始有新的醫生來診所上班。」

上午九點多鐘，有人被後藤太太帶去了診所。他把伴手禮的馬卡龍託給了桃花。

診所的候診室已經聚集十名以上的島民，也看見桐生護理師和負責醫療事務的森內身影。不同之處就只有在診療室裡的不是叔叔。然而，光這一點就帶來極大的差異。叔叔還在的時候，候診室的氣氛一片祥和，但現在就像帶著靜電似的，感覺隨時可能冒出火花。

「星澤醫生到了八點四十五分才來上班，而且一副很鬱悶的樣子。他說了一聲早安之後，就馬上跑進去診療室。」

從叔叔還在時便經常來診所報到的中年女性率先開口後，其他島民也紛紛跟進。

「他比川嶋醫生年紀大很多，應該跟我差不多年紀吧？」

「他看一看病歷表，就問我是不是還是老樣子？只問診個兩、三句，就結束診療叫我拿藥。」

「我忍不住跟他說了。我說以前川嶋醫生八點鐘就會來診所上班，看診時也比他更仔細又親切，還會跟我們聊天。」

「人家川嶋醫生來我們島上的那天，就替一個突然不舒服的孩子看病。你們還記得嗎？就是齊藤家的小誠啊！」

「還沒輪到我進去，到時候如果態度太冷漠，我一定會跟他抱怨的。」

透過島民的交談，有人得知新來的醫生名為星澤，是個即將邁入老年的男醫生。另外，有人也得知這位醫生已經惹得島民不開心。

「川嶋醫生的離開真的讓人很遺憾。有人，請節哀順變。阿姨們也都很難過。」

吉田理容院的太太向有人表達了哀悼之意，但有人沒能夠正面看著對方的臉。

——對於我的內心想法，我並不期待島民能夠有所理解。

吉田理容院的太太不知道叔叔這句，宛如在島民和其自身之間畫上一條粗黑分界線的發言，才會也感到悲傷。如此沉重的祕密壓得有人抬不了頭。

「你不舒服啊？喏！過來這邊，在這裡躺一下。」

原本坐在候診室的沙發上、看起來精神充沛的幾個島民站起身子，讓出位子給有人。

森內拿著體溫計走來，量完體溫後便收了回去。

沒多久，桐生呼喚了有人。輪到他看診了。在後藤太太陪伴下，有人走進診療室。

星澤醫生戴著老花眼鏡，體型微胖。往後梳的頭髮有些稀疏，而且髮色黑得不自然。

星澤醫生壓低老花眼鏡，從眼鏡框上方投來視線觀察有人的狀況，這般舉動讓有人沒什麼好感。

「……你是川嶋醫生的姪子，對吧？」

星澤醫生開口第一句話不是詢問有人的身體狀況。

「看來川嶋醫生似乎有相當多的信徒。請節哀順變。」

星澤醫生口中的信徒肯定是指島民。星澤醫生以手勢催促有人坐上病患專用椅。

「你今天怎麼了啊？我看體溫是正常的。」

「他說不舒服，好像也沒什麼食欲。」有人還來不及回答，後藤太太已經先幫他做了說明。「我們是抱著代替家長的心態在照顧孩子，所以有點擔心。」

星澤醫生摸了摸有人的喉嚨。醫生的手很冰。

「嘴巴打開。」

有人聽話地張開嘴巴。「沒有紅腫現象。」星澤醫生立刻這麼說，跟著轉身面向桌子，在病歷表上寫字。

「應該是疲勞吧。」星澤醫生做出和後藤太太一樣的見解。「畢竟與近親死別會帶來很大的壓力。不需要特別吃什麼藥。今明兩天讓他好好休息，給他吃一些容易消化的東西。這不是生病，難過歸難過，照常生活也很重要……」

星澤醫生以一句「可以離開了」宣告診療結束。整個看診過程不超過五分鐘。

「感覺是個很冷漠的醫生呢！跟川嶋醫生差太多了。」

一走出診療室，後藤太太立刻在有人的耳邊細語。說是說在耳邊細語，但後藤太太的音量頗大，相信就是被星澤醫生聽見也很正常。

川嶋醫生比較好。

要是川嶋醫生就不會這樣。

要是川嶋醫生還在該有多好。

叔叔往生已經過了七七四十九天，這些話語卻像照羽尻島島民的暗號一樣滲透整座小島。

＊

「你回來之後就一直很沒精神耶！」

誠說道。現在已是十一月初，自叔叔往生後也差不多過了一個月。

「我當然能體會你的心情沮喪。我也覺得很寂寞啊！應該說，大家都一樣。」

桃花也在一年級教室裡。她似乎聽著誠和有人的交談，但沒有插嘴說什麼。

「星期五的下午，星澤醫生不是都會休診嗎？你知道為什麼嗎？」誠明明是在問話，卻自己搶著回答：「聽說他都是回去北海道本島。搭星期五傍晚的最後一班渡船。然後啊，星期天再搭末班渡船來我們這裡。」

「……聽說他是留下家人自己來島上上班，應該是回家去了吧。」

「海老原叔叔說他看到過星澤醫生在後茂內的酒館喝酒。」

誠口中的海老原叔叔，是和誠的父親一起組成捕撈鱈魚船隊的漁夫之一。海老原差不多三十五來歲，小腹微凸，還是單身漢。

「海老原叔叔說他跑去打招呼，結果星澤醫生露出嫌煩的表情馬上離開酒館。」

有人輕易就能想像出星澤醫生的冷漠態度，也能想像出海老原在描述這件事情時的口吻。

——新來的醫生真的很冷漠，跟川嶋醫生實在差太多了。

有人讓星澤醫生看診過一次，所以知道星澤醫生的態度有多冷漠。那時星澤醫生才剛來赴任，就已經表現出厭煩於被拿來與前任醫生的叔叔做比較的態度。

有人曾經與哥哥和人以及叔叔相處過，他能夠體會被拿來與他人做比較是一件多麼令人厭煩的事情。

不僅如此，有人也猜得出星澤醫生來到這座小島後有什麼樣的感想。

——地獄深淵。

儘管事前已掌握某程度的知識，實際看到離島的光景後，還是會大受震撼。海水味道、海鳥叫聲、強勁海風；在渡船上看見逐漸逼近的港口時，星澤醫生面對了離島的真實。他肯定覺得自己來到一個可怕的地方。在那樣的狀況下，一開始就被要求做出跟叔叔相同水準的表現，星澤醫生的感受可想而知。

島民也每天都會向有人搭腔。「你叔叔比新來的醫生好太多了！」這樣的話語簡直變成日常的打招呼話語。

每次聽到這些話，有人就會被迫想起柏木的草稿，不由得低頭看向地面。過去在有人心中閃閃發光的憧憬，粉碎成無數碎片，胡亂散落在地面上。

有人很想有個人可以跟他分擔不小心得知的祕密。如果那個人會說出「川嶋醫生太讓人失望了」的話語，被看待成病患的有人肯定也能夠得到解救。

然而，有人沒有說出祕密。即便人都走了，叔叔的人氣仍持續攀升，這時就算說出埋怨叔叔的話語，也不可能取得認同。「川嶋醫生不可能那樣的！」「是你在說謊吧！」如果一個不好，有人還可能遭到否定。萬一變成那樣，狀況將會比現在更糟。

「像是久保家的阿姨，她整個人焦慮到不行。畢竟她們家的翔馬年紀還小。」

久保一家在港口附近經營旅館，深受大人寵愛的翔馬還沒有滿周歲。島上就只有三個嬰兒，有人再怎麼不善交際，也記得每個嬰兒的名字。

「我猜以後星期六日，星澤醫生也會待在島上。」五人聚在一起吃午餐時，涼學姊這麼提起。「我聽說上個星期天，大家趁醫生回來的時候逮住他，在港口直接談判。」

「直接談判？」

有人忍不住脫口問道。桃花和陽學長原本吃著後藤太太煮的特製豬排蓋飯便當，這時也停下了筷子。誠從旁插嘴回答：

「對啊，我也聽說了。星期五晚上翔馬他不是發燒嗎？聽說因為星澤醫生不在，所以就帶去給桐生護士看。」

「沒錯。因為這樣，久保家的叔叔和阿姨，還有家裡孫子還小的村雨家和松木家，他們都全家人去到港口找醫生溝通。他們說以前川嶋醫生星期六日也會待在島上，手機也打得通，所以很放心，但現在萬一小孩子出什麼狀況要怎麼辦？」

「在港口問這些？」陽學長以平淡的口吻確認。「一大群人在港口等著星期天晚上的末班船抵達嗎？星澤醫生肯定嚇一大跳吧。」

「嗯，聽說醫生嚇了一大跳。桃花，柳橙分妳吃。」涼學姊把保鮮盒遞向桃花，盒裡裝著切成瓣狀的柳橙。「幸好翔馬後來退了燒，所以沒大礙，但萬一是生了必須馬上搶救的急病，那就太可怕了。」

「……沒有醫生還真是傷腦筋喔。」桃花拿了一瓣柳橙。「如果是在札幌，假日或晚上都有醫院輪流開著，也可以打電話叫救護車。」

「不過，緊要關頭時會有取代救護車的直升機飛來我們這兒。」

叔叔以前說過的話，透過誠的聲音重現出來。

「是說，翔馬生病那天的天氣很糟，我老爸也沒有出船。如果遇到像那樣的日子，就真的不妙。」

「小誠，你以前也出過狀況喔。那是小學三年級的時候嗎？還是四年級？」

「喔～妳說那次啊。那時候川嶋醫生……」

誠本人親口說出有人之前在候診室耳聞過的話題，但有人根本無心聆聽。有人甚至覺得在被海鳥占據一半以上土地的這座小島上，此刻應該是星澤醫生的心境與他最為相近。

「有人。」誠忽然喊了有人一聲。「你怎麼啦？肚子痛嗎？」

誠的口吻不帶挖苦的意味。

有人知道誠是在擔心他。有人也想過或許可以把草稿一事說給誠聽。然而，有人還是脫口回答：「我沒事……」

誠在島上出生長大，他是站在照羽尻島一方的人。這個事實讓有人感到遲疑。

在那之後沒多久，照羽尻島診所的門口被貼上一張公告紙張。

*

北海道立照羽尻島診所體制之相關公告

目前任職中的星澤醫師將於十一月二十日正式卸任。

本所正致力於接任醫師之安排事宜，接任醫師未定案之前，預定由派遣醫師執行診療工作。

此外，針對星澤醫師卸任後的看診日期，待確定派遣醫師之人選後，將另行發布公告。

若有不便之處，還請諸位島民多多體諒並予以協助。

北海道立照羽尻島診所

＊

「他到底有沒有為我們這些島民設想過？」

「沒辦法，他一開始就一副心不甘情不願來上班的樣子了。」

「就算這樣，也沒必要馬上就離職吧？」

「真懷念川嶋醫生。川嶋醫生無論什麼時候都會站在我們這一邊，就像神明一樣。」

自從那張公告紙張被貼出來後，島民可說毫無忌憚地說出對星澤醫師的不滿。對星澤醫師的不滿和對叔叔的稱讚，簡直就像翹翹板的兩端。星澤醫師和叔叔被視為同個話題，其中一方越往下降，另一方就越往上揚。

星澤醫師的卸任日逼近眼前的某個放學天後，有人決定前往診所看一下狀況。小島正一步步快速邁向冬季，即使穿著羽絨外套，仍感覺得到寒意。尤其是耳朵，感覺特別冷。陽學長說要請醫生開處方領藥，所以與有人一起行動。陽學長甚至戴著保暖耳罩和手套，徹底執行禦寒動作。不知道是不是還持續壞習慣地倒掉難喝的藥水，陽學長的臉色不太好。

因為看了柏木的草稿，有人在無企圖之下得知陽學長的病名。到現在，有人依舊沒能夠對任何人說出草稿的內容。孤獨感日漸強烈之下，有人想過陽學長同樣以病患身分被記錄在草稿上，或許多少能夠理解他的心情。雖然有人和陽學長在宿舍同住一個屋簷下，一路走到現在卻還是一直沒能夠變得親近，但畢竟陽學長也是從外地來到島上的一人。

不知道陽學長如何看待星澤醫師和島民之間的衝突？

「那個……」

有人壓低聲音試著搭話道，但陽學長理都不理。這個人果然很難讓人有好感。有人忍不住這麼暗自埋怨，但想起偶然得知的陽學長病名，又看見陽學長戴著保暖耳罩，湧現心頭的淡淡煩躁情緒也就隨之散去。

就在診所的屋頂出現在眼前時，換成陽學長反過來搭話：「那信件怎麼了嗎？」

「啊？」

好一個突擊。有人根本無法輕鬆帶過話題，不由得發出怪聲停下了腳步。

「因為柏木先生寄來那東西，你才會身體不舒服，隔天還跟學校請假，對吧？」

「你怎麼會……」

「嗯，我果然沒猜錯。」

有人不確定陽學長方才是在套話，還是有十足的把握。不管真相為何，陽學長都沒有詢問信件裡寫了什麼。因為陽學長沒開口問，有人也就沒機會說出口。

為什麼陽學長不肯說一句「詳細說給我聽」呢？有人明明已經做好吐露心聲的準備，就等陽學長主動試探啊！

有人剛才還在想陽學長或許能夠理解他的心情，現在卻有種陽學長伸出援手又立刻抽回手的感覺，不滿的情緒化為火焰在有人的心頭延燒。

「我先進去了。等一下我會繞去海鳥觀察站，但會在晚餐之前回去。」

有人一邊望著消失在診所內的無情背影，一邊觀察診所裡的狀況。叔叔還在診療室裡看診的那時候，候診室總是擠滿了島民，但現在一個人影也沒有。

後來，有人聽說星澤醫師搭上渡船準備離開小島時，沒有半個人前去送行。

沒有醫師來看診的小島，籠罩著動盪不安的氛圍。島民一見到有人，就拿出星澤醫師作為比較對象來緬懷叔叔。有人覺得自己變成了信箱，專門讓島民投遞星澤醫師的壞話。

每被投遞一次壞話，有人就會變得更想擁護星澤醫師，覺得星澤醫師其實沒那麼糟。醫生也是人，即使他們想要在假日好好放鬆，誰也沒資格批評。既然島上沒有能夠讓他們放鬆的地方，理所當然會選擇回去北海道本島。有人的父母親都是醫生，休診日時他們也都有屬於自己的時間。在城市裡，那是很普遍的事。然而，同樣的事情島民卻會認為醫生忽視他們的存在而出聲譴責。甚至做出在醫生搭渡船回來時上前圍堵的行為。

聽到圍堵事件時，有人嚇傻了眼，也深刻體會到離島的封閉性。這就跟島民對於家裡不鎖門，或宅配業者直接把包裹放進玄關的狀態，不會有任何疑問一樣。

明明選擇回到小島，有人卻是越來越討厭小島。討厭起小島後，有人也痛切感受到只能選擇來小島的自己有多麼缺乏價值。雖然哥哥在機場激勵有人採取行動，但有人已經完全不知道在這種地方要做什麼才好？也不知道缺乏價值的自己採取行動能夠得到什麼？

當有人察覺時，才發現自己對帶他來到小島的叔叔心懷怨恨。如果叔叔是因為覺得這麼做比較好才把有人帶到小島來，那還說得過去，但誰料得到有人會看了草稿，不小心得知自己只是樣本。就連叔叔準備離開小島時說的那句「誰都沒有錯」，有人現在回想起來，也只覺得叔叔是預料到會演變成這般事態而在替自己辯解。

有人不禁覺得以前關在房間裡的那段日子還好過一些，至少不會心懷怨恨。現在的有人是在地獄深淵，繼續往深處挖洞。

有人此刻的心情比延繩更加嚴重糾結，怎麼解也解不開，他期望著能夠得到某人的理解。只要有個人願意站在有人這一邊，有人就能夠獲得些許解救。然而，從島民對星澤醫師和叔叔的言行舉止看來，有人實在不認為他的期望會有實現的一天。

＊

十一月底，大家正準備上體育課。

「好痛！」

涼學姊和桃花互練排球的托球動作時，突然在胸前抱住右手。桃花率先奔向涼學姊詢問：

「妳怎麼了？」

「我的手指好像挫傷了。」

「讓我看一下。」桃花抓起涼學姊的右手看了後，臉色沉了下來。「撞到了食指。已經腫起來了。希望沒骨折才好。」

「小涼，怎麼啦？」

有人跟著誠也朝向兩個女生走近。「我想應該沒有傷到骨頭。」涼學姊彎曲又伸直發腫的食指給大家看。

「手指還能夠這樣動作，至少安心一點，只是……」桃花轉身看向體育館入口。「我們去找老師吧！還是盡早貼貼布冰敷一下。」

「不要硬動作手指比較好。」陽學長保持獨自坐在角落的狀態提出忠告。「本來還勉強連著的肌腱有可能就這樣斷掉。」

「小陽，你不要嚇我好不好！」

目送涼學姊和桃花走出體育館後，誠低喃說：

「現在就算想拍X光片，島上也沒有醫生。想都沒想到竟然一個月就落跑。太過分了，再怎樣也說不過去。」

接下來即將聽到稱讚叔叔的話語。有人在內心祈禱：「我不想聽，但願時間可以靜止不動！」然而，不用說也知道時間不會靜止不動。

「人家以前川嶋醫生都隨時在島上，而且體貼又可靠。」

拜託別再說了！沒有人懂得我的心情！

有人的這般情緒不小心化為言語脫口而出。

「……你根本就不知道叔叔的真實一面。」

「咦？」誠確實捕捉到了有人的話語。「我又沒有說錯！不是啊，你說叔叔的真實一面是什麼意思？難道川嶋醫生有假的一面不成？」

有人讓視線在空中遊走。「那只是一種說法。我只是覺得……」有人舔了舔發乾的嘴唇。「我只是覺得島上的人都一直誇獎叔叔多了不起又多了不起……讓我很納悶為什麼叔叔會那麼受到肯定。」

「不是啊，川嶋醫生就真的很了不起，不是嗎？他是個醫生，應該早就隱約知道自己的病情。不過，他可是一直留在島上幾乎到末期耶？哪像星澤醫生一到週末，就回到北海道本島去喝酒。」

誠完全傾向擁護叔叔的一邊。有人把視線移向非島民組的陽學長，陽學長頂著一張臉色蒼白的臉說：

「應該是島上的人們強烈需要川嶋醫生，強烈到足以讓你心生納悶的程度吧？」

這時，在接受應急處置後，涼學姊與桃花回到了體育館。

「小涼，妳沒事吧？」

「嗯，已經用中指取代石膏固定住了。而且貼了貼布後感覺好多了。」涼學姊敏銳地感受到氣氛不對勁。「怎麼了？發生什麼事了嗎？我沒事啊？」

誠頂出下巴指向有人的方向。「誰叫這傢伙突然說一些奇怪的話。他說不明白大家為什麼要一直誇獎川嶋醫生。可是，說真的，星澤醫生和川嶋醫生本來就有天壤之別，不是嗎？」

「……你討厭叔叔一直被大家誇獎嗎？」

桃花的低喃話語戳著有人的痛處。誠的反應當然是支持桃花的說法。

「桃花說的對，你說那些話聽起來像是討厭聽到人家誇獎川嶋醫生。還說叔叔的真實一面什麼的。」

「有人，你聽我說，我一直在島上生活，所以也知道川嶋醫生還沒來到這裡之前的狀況。」

涼學姊舉高纏著繃帶、讓人看了心疼的右手，輕輕碰觸自己的臉頰。那姿勢看起來像是在思考，但有可能是如果一直讓患部朝下，就會覺得疼。

「以前也差不多是這樣的狀況。島上沒有醫生……那時大家就算身體不舒服，也都盡量忍耐。診所不是有位負責醫療事務的森內先生嗎？森內先生的父親因為心臟病發作而去世。心臟病發作時島上剛好沒有醫生，雖然呼叫了急救直升機，但還是來不及急救。而且，以前來島上的醫生再怎麼久，也頂多一年就會離開是很正常的事。可是，川嶋醫生不一樣。算一算應該有……七年吧？川嶋醫生在島上待了這麼久。我媽也說從來沒有醫生願意待這麼久。」

「我也聽我老爸說過，他說川嶋醫生原本只預計待一年。」

有人不知道這個事實。「你是說任期嗎？」

「我是不知道是不是任期什麼的，但聽說川嶋醫生剛來赴任時，自己說過一年後就會和下一個醫生交接。這是我老爸跟我說的，所以錯不了。我老爸也說過會來到離島診所服務的醫生，都是這樣的。可是，一直安排不到下一個醫生的人選。」

意思就是，雖然發出徵募訊息，但沒有半個醫生願意接任。

「雖然川嶋醫生說是因為這裡的海產很好吃什麼的，但我覺得他其實是為了島民設想才會繼續留下來。這樣的醫生理所當然會受到尊敬，不是嗎？」

就跟你說過那只是表面上的叔叔！有人很想這麼說，但無奈只有看過草稿的他才知道這樣的事實。反正島民一方當時肯定也對叔叔說出「等你任期屆滿後，島上就會沒有醫生」之類的話語，以懇求做偽裝來威脅叔叔。畢竟島上的常識就是如此。有人隨隨便便就能夠想像出有哪些島民會這麼做。

「老師來晚了一點，開始上課囉！」

體育老師現身說道，有人噤聲不語。誠盯著有人看了好一會兒。陽學長向老師提出希望在一旁休息看大家上課的請求。有人想起陽學長中午也沒吃完便當，心想陽學長應該是身體不舒服。涼學姊在陽學長的身邊坐下來，一臉擔憂的表情開口說：

「要是診所有開，你就可以去打點滴的。」

後來，陽學長決定提早離開。陽學長連走路都有困難，讓誠背著離開了體育館。

*

「你是不是遇到什麼事了？」放學後，有人準備回宿舍時，誠跟了上來。「而且是在你回來島上後，對不對？」

面對誠的犀利質問，有人掩飾起內心的狼狽，開口詢問：

「為什麼你會這麼想？」

「馬卡龍。」誠不假思索地答道。「你不是特地買了伴手禮要給我們吃嗎？而且好像是很高檔的馬卡龍，不是便利商店賣的那種。把小涼給嚇壞了。」

「我的確在羽田買了伴手禮。」

「你在港口時不是跟小涼說過明天會帶去學校嗎？也就是說，一路到港口時你還滿心抱著要去上學的想法。小涼也說過你的表情雖然有點疲憊，但不至於到累到爬不起來的程度。你是在回到宿舍之後，才突然身體不舒服。」

誠指出的每一點都是無可反駁的事實，有人連附和都懶得附和。誠也知道有人收到信件的事。

「你應該有收到寄給川嶋醫生的信件。還有另一封在晚了幾天後，來自同一個寄件人寄給你的信件。聽說你拿著信件回到房間後，就沒有出來吃晚餐。那些信件是不是寫了什麼？」

「……沒想到你還挺敏銳的。」

「有八成是跟陽學長現學現賣就是了。」

誠告訴有人他在背著陽學長離開學校時，詢問陽學長說：「有人這陣子怪怪的，學長你覺得是怎麼回事？」

「學長都已經有氣無力了，你還問他。」

「但學長還是有回答我。你如果有什麼事悶在心裡，我可以聽你說的。雖然我頭腦不好，不能給你什麼建議，但有些事情說出來之後，會痛快很多的。老爸也說過暈船時只要吐一吐，就會痛快很多。」

「你可不可以舉好一點的例子啊？」

雖然皺起了眉頭，但有人心中其實很感激誠說了這段話。的確，有人得知所有島民都不知道的叔叔另一面卻束手無策，導致壓力不斷地累積。有人渴望著能夠向人傾訴。

「那……我就說給你聽。你可以來一下宿舍嗎？」

取得後藤夫婦的同意後，誠進到宿舍，換上來賓專用的室內拖。有人回到自己房間拿了兩封信之後，和誠關進聊天室裡。

「跟你說，其實……」

有人描述起透過柏木的草稿所得知的叔叔另一面。

最初，有人是一邊觀察誠的反應，一邊說話。誠一直表情嚴肅地聆聽有人說話。看見誠的態度後，有人也漸漸地越說越順。把壓抑在心中的情感，化為言語從體內釋放出來的動作，也等於讓有人以客觀的角度去看叔叔不為人知的一面。有人再次因為叔叔的另一面感到受傷，時而還會哽咽到說不出話來，但最後總算把草稿所寫的內容全說了出來。

「……你、你說的這些……」有人說了一大段話之後，誠開口第一句並非有人期待聽到的話語。「是在說川嶋醫生的壞話？」

「不是壞話，是事實。叔叔勸我來念照羽尻高中時，問過我要不要試著想像一下未來的自己什麼的，說一些會讓人煩躁起來的話。即便如此，我還是心想叔叔是看我一直關在房間裡而為我著想，才會做出提議。可是，事實並非如此。叔叔那是在對病人說的話。他的意思其實是，你再這樣下去將會一輩子都振作不起來……所以還是接受治療吧。」

「你是說醫生把你當成環境療法的樣本病患來看待？不可能的，醫生不是那種人。應該是你往壞的方向想，想過頭了吧？這根本是被害妄想症。」

從晚秋一腳踏進初冬的小島，日落時間變得特別早。屋外已是一片昏暗，聊天室裡更加昏暗。

「要我認為川嶋醫生是心不甘情不願留在島上，我才不幹！」誠高高聳起肩膀。「一個抱著不甘願心態的人，不可能那麼受到大家的仰慕。那種心態一定會有不小心表現出來的時候。就像我會知道你不對勁的意思一樣。」

「既然這樣，你自己親眼看草稿好了。給你！」有人說出一切卻遭到否定。他心想：「我擔心會發生的事態果然就快發生。」面對這不好的預感，有人也不得不奮力掙扎。「你看了之後，對叔叔應該就會有不同看法。我說得直接一點，你之所以會袒護叔叔，是因為你是照羽尻島的島民。老實說，我覺得大家對星澤醫生的態度真的太誇張了。星澤醫生沒做錯任何事。他那樣才是正常的。」

「也就是說川嶋醫生真的很特別，不是嗎？我們也一直都會這麼掛在嘴邊。」

「那是被島民硬要求的啊！你看草稿這裡！」有人把草稿翻到寫出叔叔針對地區醫療的發言那一頁。「叔叔說雖然這裡和城市不同，假日也不能離開小島，但他並不期待島民能夠有所理解。叔叔不是什麼聖人君子。他雖然內心有所感觸，但因為考量到是在封閉的環境，才沒有說出來。這純粹是一種為人處世之道。這才是叔叔的真實一面。」

「你說的沒錯，我確實是在照羽尻島出生長大。在你眼裡，我應該是個俗氣到不行的鄉巴佬吧！」誠面帶不甘心的表情皺起正氣凜然的眉毛，瞪著完全陷入黑暗之中的大海。

「從我還是小學生那時開始，只要一有什麼狀況，都是川嶋醫生幫我看病。不管你怎麼說，我心中都只有我認定的川嶋醫生。我心中的川嶋醫生不會把自己的姪子當成樣本。他是一個願意為照羽尻島負起責任的人。如果你說的是真的，那不論是我個人，還是身為一個島民，都會覺得很悲傷。」

北海道本島的方向開始亮起小小的燈光。

「你為什麼沒拆開另一封信？」

「……裡面好像裝了ＣＤ還是ＤＶＤ之類的東西。我大概猜得到會是什麼內容。」肯定是給精神出狀況的病患看的內容。「我不要。」

「該不會是採訪的錄音檔吧？」

誠的猜測讓有人感到意外。「你的意思是當初有用錄音機錄下採訪內容？就像赤羽小姐那樣？」

「咦？不然你想像的是什麼？既然會寫出採訪內容，就表示很有可能錄音啊！」

「就算是，我也不要。」

叔叔把有人視為「病例」，親口說出有人受到的心理創傷、足不出戶的過去、從來到小島到開始去上學的身心狀態變化。有人絕對不想聽到這些東西。若是聽了，有人這次真的會嚴重受傷到宛如內心某處被劃出一道深溝，一輩子只要一有狀況，叔叔的那些聲音就會從裂縫之中湧出，讓有人陷入苦惱。有人把未拆封的氣泡信封狠狠丟進聊天室的垃圾桶裡。

「你幹嘛丟掉！」

「那是寄給我的東西。我想怎麼做都是我的自由吧！」

「既然你已經丟掉，那就不屬於任何人的囉！」誠撿起氣泡信封。「既然你不聽，我來聽好了。」

有人頓時臉色鐵青。不管是寫給有人這個病患的訊息也好，採訪錄音檔也好，當中都可能提及有人想消除也消除不了的體育館事件，以及那天他所做出的舉動。有人一直隱瞞到現在的可恥部分將會被人看見。

「等一下，那關係到我的隱私。」

「既然這樣，你就別在我面前那樣往垃圾桶丟啊！」誠不肯還給有人。「我對你的隱私根本不感興趣。我只是想聽聽川嶋醫生的聲音。我也是喜歡川嶋醫生的其中一人。小時候我差點沒命，但川嶋醫生救了我。就在他來到小島的當天。他是我的救命恩人。除非從這裡面的資料真的聽到川嶋醫生在說島民的壞話，不然我絕對不會相信的。」

誠以一句「既然你會在意，我絕對不會讓其他任何人聽到」向有人做出保證後，當真把信封小心翼翼地收進背包裡，走出了宿舍。

*

進入十二月後，島上開始頻繁下雪。雪花還來不及堆積，就會被強勁的海風吹走，所以依舊看得見馬路的柏油路面，但相信小島早晚將化為一片雪白的世界。
漁夫也已經組成船隊，展開捕撈鱈魚的行動。這是冬季才有的捕魚行動。暑假期間有人刺得雙手傷痕累累所解開的延繩，也被搬上誠父親的漁船。
「那裡面裝的果然是錄音檔。」看來誠把那東西帶回家後，確實打開聽了。「你也聽一下吧！」
「……我不用聽也知道會是什麼內容。」誠拿著信封打算遞給有人，但有人避開誠的視線。「關於那天我做的事。」
「那天？沒有啊，沒提到你說的這些。」
「咦？真的嗎？」
「聽了之後，我是知道你以前遇過不知道什麼辛苦事。不過，裡面不是在說你以前的事。」
有人先是有種掃興的感覺，但立刻鬆了口氣。畢竟有人知道在他來到小島的當下，背後有著特殊原因早已是眾所皆知的事實。
「我記得有說到什麼好心撒馬利亞人的寶物？說實話，裡面也提到我聽不懂的用詞，但搞不好你聽得懂吧？」
「沒有，我完全不懂。」

事實上，有人記得以前聽過類似的用詞，但刻意做出否定。

「總之，這東西是希望你能聽一聽才會寄來的。」

「是對方自己寄來的，我又沒有拜託他。」

即便有人這麼說，誠還是一直執意要求有人聽錄音檔。從誠的態度，有人判斷出錄音檔裡沒有明顯在說小島壞話的內容。話雖如此，但也不能百分之百保證會是能夠讓有人得到解救的內容。有人無法下定決心答應誠的要求，每把誠硬塞過來的氣泡信封推開一次，有人就覺得自己周圍不斷被堆上名為「孤獨」的積木。

十二月初，渡船因氣候不佳而停航，從北海道本島被派來照羽尻島的臨時醫師也因此無法前來小島。這時期進入冬季運航期間，渡船只會在早上和傍晚各往返一趟，醫師一星期也只會前來小島一次。即便是非島民的有人，也預想得到等進入真正嚴峻的寒冬後，停航狀況將會變得比現在更加頻繁，醫師不在島上的時間也會增加。

照羽尻高中每天都在勸導學生「小心不要感冒」。萬一出什麼狀況，島上也不會有醫生幫忙看病。尤其是被疾病纏身的陽學長，更是被百般叮嚀。整座小島籠罩著彷彿面對看不見形體的不祥黑影而提高戒備的氛圍。

島上發生了使得這道不祥黑影變得更加深邃的事態。

桐生護理師受傷了。桐生踩在椅子上，打算拆下自家的窗簾來清洗時，不慎跌倒而導致肩膀受到強烈撞擊。桐生忍痛搭上渡船去到北海道本島後，被診斷出是脫臼型骨折，直接住院接受治療。

桐生出意外的消息立刻傳遍整座小島。

「翔馬生病那時還有桐生護理師可以幫忙，所以還勉強應付得了，現在卻這樣……」

就醫療方面來說，照羽尻島陷入了毫無防備的狀態。

地方報像是算準時間似的做了報導。

【照羽尻島面臨無常駐醫師狀態，診所醫師已於11月中旬離職】

雖然被歸類於社會新聞，報導篇幅也不算大，但內容頗為充實，就連長期在島上服務的叔叔死訊、接任醫生約一個月即離職，以及臨時醫師因渡船停航而無法在預定日期前來小島的事實都確實被報導出來。

「我媽深受打擊。」午休時間，涼學姊在三年級教室一邊吃便當，一邊低喃道。「她說客人有可能會減少。雖然現在是淡季，但通常寒假期間還是會有客人來玩的。這狀況應該算是受到毀謗中傷吧。」

在網路留言板和社群網站上，無常駐醫師的報導也掀起了話題。

鄉下地方就是會有這種狀況。

其他縣市的村落也發生過霸凌又趕走外來醫生的事件。死去的前任醫生八成也是想離職卻離職不了，才會沒能夠及時挽救性命。那位醫生簡直就是被照羽尻島殺死的。

在搜尋方塊輸入「照羽尻島」時，還會自動帶出「醫師霸凌」的建議關鍵字。島民經常會利用網路購物，所以比外面的人想像中的更擅於使用網路，而這也是有人來到小島後才得知的事實之一。

「那些人根本不知道我們的狀況，就胡說八道一通，真是氣死人了！」誠忿忿不平地說道。「他們說我們這裡是偏僻地方，是在瞧不起我們吧！」

這時，桃花開口說：

「……如果我是住在札幌，只看到報導內容的話，搞不好也會和網路上的那些人有一樣的想法。」

誠一臉受到打擊的表情。涼學姊微微垂下烏溜溜的大眼說：

「真的會那樣嗎？桃花。」

「嗯……聽到在港口圍堵星澤醫生的事情時，我也沒有太好的印象。我是說只看表面的話。」

正因為桃花平時不多話，所以說出口的每個字眼都份量十足地落在教室裡。甚至是誠，也陷入了沉默。

另一方面，桃花的發言擊碎了有人獨自承受的孤獨高牆一角。針對島民對星澤醫師所做的行為，終於有其他人表現出心存疑問的態度。有人不禁有種在深淵裡看見一道微弱光芒的感覺，於是抱著求助的心情追隨光芒而去。

「說得直接一點，我也覺得那件事很誇張。在東京絕不可能發生那種事。雖然島上的人都一副自己是受害者的模樣，但老實說，我覺得星澤醫生會那麼快就離職，原因是出在島民的缺乏理解。」

這樣簡直像是一邊在袒護星澤醫師，一邊在宣洩自己對叔叔和小島的不滿——有人心中閃過這般想法的那一刻，桃花投來冰冷的目光。

「有人同學，我可沒有那麼說。」

桃花的眼神和說話態度，明顯在強調「不要把我跟你混為一談」。明明長相和聲音都毫無相似之處，有人卻覺得彷彿看見在星巴克與他面對面而坐的道下。

有人的臉發燙起來，但不單純只是因為暖氣太強。有人全然不知自己在哪個細節做了什麼錯誤的解讀，只能默默把沒吃完的三明治放回餐籃裡，再蓋上蓋子。

「有人，你聽我說。」

涼學姊用著試圖打圓場的口吻搭腔道。然而，有人從座位上站起來，收拾好東西走回空無一人的一年級教室。

有人站在窗戶邊，隔著玻璃看向窗外。比夏天時來得黑暗深邃的海面上，可看見白浪如卷雲般連成一串。上水產實習課時製作罐頭的工作小屋、馬路、住家的屋頂、天空，所有色彩都變得淡薄。看著看著，玻璃窗因為呼氣而起了霧。

「有人。」

誠的聲音從背後傳來。有人轉身一看，發現誠的手上拿著多次要塞回給他的信封。

「……很煩耶。」

「我是真的不知道你遇過什麼事，我也不會覺得一定要知道。不過，我知道你現在還是很在意以前的事。」

「……那又怎樣？如果說給你知道，有辦法讓事情好轉嗎？」

「你想再多，也改變不了氣候和過去。」

「你在學你爸說話啊……既然這樣，不管我做什麼都沒用。」

「可是，我覺得過……」

「抱歉，我不想聽人家說教。」

誠一副還想要說下去的模樣，但有人打斷他，別開著臉在座位上坐下來。

再怎樣也改變不了過去。這句話完全正確。有人就是因為這個改變不了的過去，才會流落到這裡來。

隔天是星期六，學校放假。在住宿生各自度過時光之中，有人吃完早餐後，便關在自己的房間裡玩著不小心下載的益智遊戲，來消磨時間。

有人把已經過關完成或玩膩了的遊戲都刪除了，但有一個從在東京時就一直保留著的遊戲程式並沒有被刪除。

那就是逃脫遊戲的程式。有人時而會點開逃脫遊戲，試著思考幾分鐘，但還是缺乏靈感想出逃脫方法。對於逃脫遊戲，有人一向頗有自信，所以懷疑起可能是程式有錯，以至於沒有顯示出所需道具。

在冬天的太陽早早就開始披上黃昏色彩時——

『有人，你可以下去一樓嗎？』

後藤先生隔著房門呼喚有人。有人看了智慧手機確認時間後，發現時刻就快到下午三點鐘。

『桃花在樓下叫你。』

有人一時以為自己聽錯了。有人想不出桃花找他會有什麼事。雖然有人也同樣成了住宿生，但與桃花依舊維持著不算親近的關係，更何況昨天吃午餐時才跟桃花鬧僵不久。

「你先打理一下。」

後藤先生的意思是要有人做好外出的裝扮。有人納悶地歪著頭，但還是順著後藤先生的意思走下樓。

桃花一身亮白色的長版羽絨外套搭配圍巾、毛帽的裝扮，在餐廳裡等著有人。桃花的一對沒有被圍巾和毛帽遮擋住的眼睛，朝向有人發出犀利的目光。有人不禁有種被貶視的感覺。

「有人同學，可以跟我去個地方嗎？」

「咦？現在？去哪裡？如果有話要跟我說……」

有人本打算說出「可以去聊天室」這句話，但桃花沒有給他繼續說話的機會。

「去海鳥觀察站。這時間陽學長也會在那裡。」

毫無相似之處的道下面孔，再次與桃花重疊在一起。桃花散發出不讓有人多說什麼的氣勢。

有人不敢拒絕，只能跟著桃花一起騎上腳踏車。

兩人像是要劃開迎面吹來的冷風似地，在就快結冰的馬路上前進。

7

有人和桃花像在對抗寒風般，踩著腳踏車前進。騎到半路時，來到冬季禁止車輛通行的區段。馬路被鐵管架成的簡易柵欄擋著，兩人無視於柵欄的存在從旁邊穿過，循著較乾的路面前進後，終於來到海鳥觀察站。觀察站建蓋在靠近歐亞大陸端的斷崖上，在冬季的灰暗大海顏色襯托下，顯得薄弱渺小又孤單。

因為一路呼氣，有人蒙住嘴邊的圍巾部位結了一層薄冰。桃花不像有人這般氣喘吁吁，她頭也不回地迅速走進觀察站。

陽學長獨自在觀察站裡透過望遠鏡往外看。不知從哪裡帶來了鐵椅，陽學長雙腳屈膝坐在鐵椅上，身體縮成一團躲在黑色羽絨大衣裡。有人不禁覺得陽學長反而才像是一隻因為寒冷而膨起羽毛的鳥。陽學長雙手拿著拋棄式的暖暖包，脫去保暖耳罩的耳垂變得紅通通。

「咦？你們怎麼來了？」陽學長慢吞吞地放下雙腳。「我待在這裡方便嗎？會不會打擾到你們？」

「陽學長，請繼續留在這裡。而且，我也希望你可以一起加入話題。」

桃花用著斬釘截鐵的口吻說道，有人不禁感到訝異，陽學長也坐正了身子。

「天氣這麼冷，我就單刀直入地切入話題。」桃花站在海鳥觀察站的正中央，直直注視著有人。「有人同學，你現在是不是很討厭照羽尻島和島上的人？」

桃花如此切入話題，有人不由得再次把桃花的身影和道下重疊在一起。

「從東京回來後你是不是就一直在煩惱什麼？你的煩惱應該和川嶋醫生，還有這裡是極度偏僻的離島有關。我有說錯嗎？」

桃花的猜測完全正確。有人猜想桃花的情報來源有可能和誠相同，不由得看向陽學長的臉。

「我是受人之託。涼學姊拜託我的。」桃花立刻否定了有人的猜疑。「涼學姊說有人同學絕對有什麼心事，希望我可以找你說說話。」

「涼學姊說的？」

既然這樣，涼學姊為什麼不自己直接來問我呢？有人心中浮現這般疑問，但桃花再次搶先一步做出回答：

「涼學姊說如果她自己問你，肯定不會太順利。她說你和誠同學好像也起過爭執，所以不能是照羽尻島的人。」

桃花沒有看向陽學長，而是一直讓視線只停留在有人身上。

「七月接受採訪時，你說了滿多偏袒照羽尻島的話，但現在已經不那麼想了，對吧？

對於川嶋醫生也是……是不是發生什麼讓你討厭他的事情？因為這樣，當你聽到島上的人誇獎醫生，就會覺得痛苦。昨天你不是說過島上的人對星澤醫生的態度太誇張嗎？你還說島上的人缺乏理解。」桃花仔細地繼續說明刻意把有人叫來海鳥觀察站的用意。「所以，涼學姊才會說希望由我們住宿生來找你說說話。涼學姊說如果是她或誠同學會行不通的，因為你現在肯定很討厭照羽尻島和島上的人……但如果是從外地來的人，像是我或陽學長，或許就會行得通。」

有人低頭看向地面。「……所以我現在要在這裡跟你們兩人說什麼？」

有人確實想把對於照羽尻島和叔叔抱有的煩悶情緒化為言語說出來。不過，前提是吐露心聲後必須能夠得到對方的認同和共鳴。若是得不到對方的理解，只會讓有人感到更加孤獨。這點在向誠坦承後，有人已經有了深刻的體認。

「我覺得煩惱這種事情，不應該強制要求人家說出來。」

陽學長一邊搓揉暖暖包，一邊接下話題說道，但聽在有人的耳裡，只覺得陽學長是在為自己沒有伸出援手找藉口。

「我知道任何人都有不想說出口的心事。可是，涼學姊是真的很擔心……」桃花一副下定決心的模樣吐出一口氣後，閉上了眼睛。「所以，我先說自己的事情。有人同學，你願意聽的話就聽一下吧。對於我為什麼會來到島上，應該有讓你感到在意的地方吧？」

住宿生。非島民組的三人。也就是，有特殊原因的三人。

有人本來就猜想桃花和陽學長都是因為有什麼在札幌待不下去的原因，才會來到島上。有人自身也是，要不是遭遇道下暈倒的那天，有人才不會流落到這裡來。然而，比起說出叔叔的真實一面，那天的事更讓有人說不出口。如果要有人說出口，無疑是想讓他自找羞辱、讓自己難堪。「原來是這麼回事，那真的是沒有未來可言了。」萬一到時候有個第三者說出這種話在有人身上捅下最後一刀，有人肯定會覺得不如死了算了。說出真相是一種附帶風險的行為。對桃花來說，也是如此。

「我國中的時候……」

然而，桃花居然真的開口說了起來。

「本來打算加入企業排球隊的。」

桃花描述起屬於她的「那天」的故事。

我是在小學四年級時開始打排球。當地的俱樂部覺得我有身高優勢，主動來邀我加入。我記得當時我是學校裡最高的一個。我比六年級的學生還要高，同學還叫我「電視塔」。就是在札幌大通的那座塔。如果是被叫作「晴空塔」，可能還像樣一點。

對運動選手來說，體能也是一種才能。就這點來說，我應該算是有才能。而且，我本來就滿擅長於運動。因為俱樂部本身不是達到全國水準的強隊，所以我就這麼就讀當地的公立國中，但很快就被選為正式球員擔任側邊攻手的位置。後來，在參加一年級的地區性國中排球聯賽時，算是全國高中排球聯賽常勝軍的一所高中的排球教練來找我說話。沒錯，我就像被球探看中。那位教練跟我說因為我還要兩年才畢業，所以先不談具體內容，但希望我記住以後可以去他們學校打排球。

當時我開心極了。排球隊的隊友和學姊們也都替我感到開心。

大家都說：「妳才一年級而已，那所學校的教練就主動來找你，真是太厲害了！」畢竟我們國中的排球隊不是很強，如果能夠在地區性聯賽挺進八強，就已經算是表現很好的那種。除了我之外，其他隊友都只覺得是在參加社團活動。全隊當中只有我希望長大後當一個排球選手，甚至還希望有機會加入日本代表隊。

可是，參加二年級的國中排球聯賽時，我被不同性質的對象看中。

對方是演藝經紀公司的星探，那個人問我國中畢業後要不要去東京當模特兒。對方不只拿出名片，也拿出駕照給我看。我以前都不知道星探也會一併出示身分證明。

對方是在大家都在場的時候叫住我，所以大家都聽到了。

我對那方面一點興趣也沒有，所以嚇了一跳，也當場拒絕了。

明明如此，大家的態度卻變了。大家的反應跟因為排球被看中的那時候完全不同。我明明還是跟平常一樣的態度，大家卻說我因為被模特兒的星探看中而變得驕傲，說我一副高高在上的態度，我瞬間淪為被霸凌的對象。不知不覺中，整件事情在全校傳開來，不只有球隊活動的時候，連在教室時也會有同學偷偷說我壞話。我不知道到底是哪個同學怎樣去描述事情，但肯定沒有說得很好聽。大家說我會拒絕只是在裝腔作勢。還妄下斷言說我明明很開心、說我明明私底下早就已經跟對方聯絡。我的運動服和制服都被撕得破破爛爛，也曾經一個月買過三次鞋子。我的鞋子會鬧失蹤。偶爾會從垃圾桶裡冒出來，但已經是壽終正寢的慘狀。

於是，我就卯起來練排球。因為沒有人會陪我練，所以都是自己練。我固執地心想絕對要拿到高中的推薦入學，不管比賽時再怎麼被隊友拖累，也要更加突顯自己。

結果，我受傷了。就在三年級的地區性國中排球聯賽日期即將到來的時候。椎弓解離症。簡單來說就是腰部的疲勞性骨折。

比賽當天我人在醫院。因為我住了院。

我拚命練球想要拿到推薦入學，然後加入企業球隊給大家好看，結果白費工夫一場。我不但沒能夠參加聯賽，受傷的事也一下子就被發現。這麼一來，一年級時看中我的那位教練肯定會去找其他選手。即便如此，我還是不肯放棄地抱著希望到最後，一直等著教練來醫院找我……最後，教練果然沒有出現。

不管被霸凌也好，被忽視也好，這些小事我都可以忍受，但想到長久懷抱的夢想已經徹底落空，忽然間什麼情感都沒了。

出院後我變得常常請假沒去上學。因為已經退出球隊，所以也不會被欺負，但我已經覺得什麼都無所謂。連要讀書考高中的意願也都沒有。

我不想待在札幌。我心想如果未來碰巧看見自己很想去念的高中學校制服，或是看到自己被霸凌過的學校制服、做出霸凌行為的同學們，我肯定會受不了。

在第三次為了學生出路進行親師懇談時，負責輔導出路的老師跟我爸媽提起照羽尻高中的存在。雖然那時我不在現場，但聽了內容後……就決定就讀。

我心想如果去到照羽尻島，絕對不會看到不想看的事物，也不會見到不想見的人。

「我是逃來這裡的。」或許是已經下定決心，桃花的語調十分平穩。「說實話，這裡什麼都沒有，實在不是會讓人自願想來的地方。大家都是有特殊原因……」桃花和有人的視線自然而然地看向陽學長。「所以，對於陽學長是自願來這裡的說法，我到現在還心存懷疑。」

陽學長保持著像學生接受面試時的端正儀態，藏在黑框眼鏡底下的視線搖擺不定。

「在班上時確實發生過霸凌事件……但被霸凌的不是我，而是同班的女同學。」陽學長說得有些吞吐，說話速度卻是很快。「那個女同學如果那時知道照羽尻高中的存在，搞不好會報考……放完暑假後，她就轉學走了。」

陽學長的說話口吻一點也不像平常的他，有人忍不住懷疑起陽學長會不會和他跟桃花相反，其實是霸凌同學的一方。不過，有人想了想又覺得這樣的假設不合理。

「學長是因為想聽看看崖海鴉的叫聲才會來這裡，對吧？看到赤羽小姐的報導時，我還在想怎麼那麼像老頭子會有的舉動。」

桃花果然也對陽學長的就讀理由感到納悶。有人之前也是一直充滿疑問，他想不透為什麼一定要現在做這件事？在報導裡，陽學長說過想要成為鳥類研究員。等當上研究員之後，想聽多久應該都不成問題啊！

後來，有人從柏木的草稿得知陽學長的病名，也總算想通為什麼陽學長一定要現在做這件事。

「該不會是生病的關係？」

陽學長被疾病纏身。之前去看角嘴海雀歸巢時，他也在大家面前暈倒過。

儘管有人不小心脫口說出失禮的問題，陽學長卻依舊態度鎮靜。

「嗯，我是在國中二年級的六月發病的。」

有人發現三人都是在國中二年級時人生遭遇轉變，不禁覺得是個神奇的偶然。

「我是得了會讓人頭暈目眩的病。這個病呢，原因是出在內耳。所以，我的聽力變差了。接受各項檢查，查出病名後，被說是十分罕見的狀況。我被說這種病通常是要年紀更大一點，一般是以三十歲上下為好發年齡，沒想到一個國中生的男生會得這種病。」

有人看了草稿後查看過相關資訊，因此知道這種疾病的病因有諸多說法，據說也有可能是壓力成為導火線而發病。

「大部分的人都只會一邊的耳朵聽力變差，但我是從一開始就兩耳都聽力變差。到現在，我還清楚記得診斷結果出爐時，主治醫師所說的話。」

「主治醫師說了什麼？」桃花不忘禮儀地補上一句：「我是說如果學長不介意透露的話。」

「我不介意啊。主治醫師跟我說再這樣下去，你將會失聰。」

雖然不常發生，但有時向陽學長搭話，他也不會理會。有人一直覺得那樣的態度很難讓人有好感，但事實上，陽學長純粹是沒聽到而已。

被明確告知有可能喪失聽力後，陽學長努力地接受服藥治療，但聽力變差後就再也沒有復原過，甚至還隨著一次又一次的暈眩症狀發作而更加惡化。

「所以，我心想未來勢必要面對失聰，於是做了轉念，決定趁現在大量去聽各種不同的聲音。我試著列出所有想聽的聲音，結果崖海鴉的叫聲排在第一個。於是，我就來了。只要待上長達三年的時間，就能夠一直聽，聽到不會忘記的程度。我向校方詢問後，得知宿舍有提供Wi-Fi服務，而且只要自己肯努力，不管在哪裡都可以好好讀書。」

「學長的爸媽沒有反對嗎？」桃花問道。「如果是像我一樣有說什麼也不想待在札幌的原因，爸媽當然也會同意，但學長明明被疾病纏身，卻還要去離島讀高中。」

有人也認同桃花的說法。如果是一般父母親，即便是孩子本人的意願，也難以舉雙手贊成。

「我有三個爸爸，每個都還活著。」陽學長突如其來地說道。「第三個爸爸是在我要應考的那一年和我媽媽結了婚，所以對於我要離開家裡這件事，應該是抱著樂見其成的態度吧。我一直都是獨生子，但說不定在不久的將來，會有年紀相差一大截的弟弟或妹妹。」

也就是說，陽學長的母親離過兩次婚，又結了第三次婚。

「學長的媽媽和涼學姊會不會有相似之處？」

聽到有人的發問後，陽學長愣了一下。「為什麼這麼問？」

如果是有人，就會想要避開與自己母親相似的女生交往。「我只是在想是不是因為和自己的媽媽很像，所以拒絕了涼學姊？」

「她們的長相一點也不像就是了……」

陽學長一邊回答，一邊弓起原本一直挺得筆直的背部，跟著像臼齒在發疼似地摸著右臉頰低下頭來。陽學長甩了那麼可愛又開朗的涼學姊。有人原本覺得難以置信，也有過近似忌妒的情緒，但看見陽學長露出如此黯淡的表情，不禁覺得或許陽學長對這件事抱著過度愧疚的心態。

「涼學姊一點也沒有掛在心上。」桃花說出安撫的話語。「她不僅沒有掛在心上，甚至還說因為連續遭到誠的哥哥和學長的拒絕，讓她開始認真思考起未來。」

桃花也沒有忘記事先取得涼學姊的同意。桃花告訴有人涼學姊說過如果有人為了照羽尻島在煩惱，把所有事情說給有人知道也無妨。

——被兩人甩了之後，我才思考到自己有可能結不了婚，既然這樣，就必須去工作自立自強。結果，我發現女生要在照羽尻島找到工作機會少之又少。頂多只有診所或托兒所吧？如果是打工性質，或許還有一些工作機會……不然就是要自己開店創業，或是以我的例子來說，應該可以繼承旅館吧？因為我家裡經營旅館，所以這方面算是幸運，但如果我不是當自營業者的料……恐怕就前途多難了。這也是沒辦法的事，畢竟這裡是以漁業為主的離島。可是，我從沒聽過島上有女生做過漁夫的工作。我很喜歡照羽尻島，也希望可以一輩子都住在這裡，但如果想要在這裡從事正職工作獨自過活，難度相當高。

「有人同學和陽學長可能不知道，其實島上的阿姨們經常會說只要嫁給誰誰誰就沒問題了。當然了，阿姨們比較像在開玩笑，並沒有什麼惡意。不過，每次聽到她們這麼說，就會覺得自己在這裡的存在意義就是嫁人。你們知道嗎?漁夫的太太很多都是從外地來的。誠同學他家也是。就是那種和來島上觀光的女生認識,後來交往結婚的模式。」

有人之前透過赤羽的報導內容,得知從外地來到島上的高中生也受到期待,期待能夠為因為人口稀少問題而苦惱的小島帶來下一代。這份期待心或許在女生的身上會更加強烈。女生若想要自立自強,就不得不為了尋求工作而離開小島。一直以來,相信也都是這樣的狀況。相對地,為了繼承漁夫工作而選擇留在島上的男生,其結婚對象就會反之變少。

「在這座小島過活很辛苦的。雖然我逃來了這裡,但我發現在這裡生活有著在札幌不會有的辛勞。」

桃花口吻篤定地說道,跟著直搗核心說:

「有人同學,我回到最初問你的問題。七月接受採訪時,你做出相當多偏袒照羽尻島的發言,但現在是不是已經不那麼想了?是不是發生過什麼事,讓你覺得……照羽尻島是個爛透了的地方?」

有人知道做出否定也沒有意義。

「我是啊,我覺得照羽尻島是『地獄深淵』。」有人一邊回答,一邊依序和兩人交換視線。「這裡的人根本不了解外面的世界,就認定島上的常識是正確的。他們動不動就愛拉近距離跟別人裝熟,卻極度封閉。這裡的世界缺乏自由又狹小。早知道就不應該來這裡,待在東京的房間裡還比較好。」有人心想如果當初沒有採取行動，就可以維持現狀。「……你們也會覺得這裡爛透了嗎？」桃花平時總是表現得一派輕鬆，但不知道是不是因為天氣太冷，她的眼睛微微泛紅。「姑且不論現在，剛來到這裡的時候，我就覺得島上的人和我們這些外地人的觀點不同，也有很多不合之處。」

陽學長也點了點頭。「會覺得這裡是一個處在沒有與外界交流的封閉環境下，獨自進化而成的地方。」

「有人同學，那些讓你覺得很誇張也感到厭煩的種種，不是只有你會覺得厭煩而已。非島民組的人都有著一樣的感受。老實說，你還沒來上學那時，我也很討厭在外面走動。大家都會主動來找我說話，我也覺得一直被人盯著看，有種快要窒息的感覺。可是啊……」

來到海鳥觀察站之前，有人一直覺得桃花散發出高高在上、瞧不起他的目光，但不知不覺中，有人覺得桃花是以平視的目光在看他。

「拜託我助你一臂之力的人是涼學姊。她是在島上出生長大的人。」

有人有種恍然大悟的感覺。

雖然最後沒有和平落幕，但最初也是誠仲出援手表示願意傾聽有人訴苦。

「的確，島上的人動不動就愛拉近距離跟別人裝熟。不過，你試著反過來思考一下。正因為距離親近，涼學姊才會察覺到你有心事。涼學姊會來拜託我，就表示她也清楚知道非島民組和在島上長大的人有著觀念不合之處。涼學姊也察覺到我一開始不想到外面走動，也不希望別人動不動就來找我說話。結果，涼學姊主動告訴我誠同學的哥哥和陽學長都甩了她，更慘的是她把這些事告訴她媽媽後，不知不覺中所有島民也都知道了。涼學姊讓自己站在跟我相同的立場，還跟我說島上有些地方真的很讓人頭痛……所以，我剛剛會先說出自己的遭遇，是跟涼學姊學的。」

聽著聽著，有人發現桃花的聲音出乎預料地溫柔好聽。

「我昨天之所以會說我可沒有針對星澤醫生的事情那麼說，表現出好像在叫你不要把我跟你混為一談的態度，是因為你眼裡只看得到不好的一面。在港口埋伏的舉動確實很誇張，但那是因為顧慮到翔馬才有的舉動。大家不是為了自己，而是為了其他人才會那麼做。當然了，不是說只要是為了某人就什麼都能做，但如果反過來好好思考那樣的舉動，就會覺得跟涼學姊是一樣的。來到這裡之前，我從來沒遇過像涼學姊那樣的人。」

桃花的話語和聲音宛如春雨一般。

「這裡沒有像你想像中的那麼爛。你要一口咬定這裡很爛，然後關在自己的世界裡，那是你的自由，但如果你願意說出來，或許會有什麼改變也說不定。」

桃花的話語化為雨滴，一滴接著一滴堅毅有力地打在有人的心頭上。

桃花這回確實在有人周圍築起的孤獨高牆上，鑿出一個洞。

道下也好，桃花也好，有人納悶著為什麼自己總會被漂亮女生攻擊得連吭聲都有困難？不僅如此，桃花還跟有人有著相似的遭遇。兩人都遭到不合理的霸凌，最後因夢想破碎而逃到小島來。遭到霸凌的那時也好，即便受傷仍持續等待卻沒等到教練前來邀約的那時也好，桃花的心痛程度可想而知。明明如此，桃花卻能夠如此堅強。

有人甘拜下風，他心想：「或許如道下所說，我真的太懦弱了。」明明如此，有人卻沒有遭到捨棄。還是有一些人願意向有人伸出援手。在島上的一些人。

僅管有種落敗的感覺，有人內心卻對桃花和陽學長萌生同伴意識。

「……你們應該都知道我從東京回來後，收到了信件。雖然天色已經暗了，但你們願意聽我說明信件的內容嗎？事後也可以告訴涼學姊沒關係。」

於是，有人一五一十地向桃花和陽學長兩人坦承說出草稿內容，也如實說出和誠起爭執的整個經過。

桃花和陽學長專注地傾聽有人說話，也沒有指責誰對或誰錯。陽學長一臉想通事情的表情說：「原來是寫了那樣的內容啊。」桃花則是面帶微笑說：「謝謝你告訴我們。」

＊

三人在早已夜幕低垂的馬路上，騎著腳踏車回到宿舍。一打開宿舍的玄關門，溫暖的空氣立刻撲面而來。被冷風吹得僵硬的臉部漸漸放軟。此刻正好到了晚餐時間，有些令人懷念的香氣從餐廳傳了過來。

「今天吃你們大家做的海膽奶油義大利麵喔！」後藤太太的開朗聲音響起。「另外還有南瓜奶油燉湯、滷雞翅和沙拉。快去換衣服洗手吃飯！」

桃花和陽學長都換上室內拖往宿舍裡走去，有人卻是站在玄關再聞了一次飄來的義大利麵香氣。

有人心想：「之前有這麼香嗎？」

自從叔叔死後，已被有人遺忘很長一段時日的正常空腹感，此刻從有人的體內湧現，嘴裡跟著分泌出唾液。有人的肚子咕嚕叫了起來。

有人一邊拉下羽絨外套的拉鍊，一邊走回房間，洗手漱口後立刻前往餐廳。有人跟著桃花和陽學長一起幫忙端菜，後藤夫婦也一起圍著餐桌吃飯。義大利麵旁邊沒有附上叉子，但有筷子就夠了。

肚子咕嚕咕嚕叫個不停之下，有人把第一口海膽奶油義大利麵緩緩送進嘴裡。

「有人，怎麼樣？阿姨煮得好吃嗎？」

後藤太太笑著問道，右邊虎牙後方的銀色假牙隨之露了出來。那模樣顯得相當俗氣，但有人今天卻覺得假牙泛起的銀光莫名地好看。有人每咀嚼一次，就點一次頭。

「很好吃。」桃花和陽學長也異口同聲地說道。

排在餐桌上的所有料理，有人都珍惜地一口一口細細咀嚼後才吞進肚子裡，並抱著許久不曾打從心裡覺得好吃的心情吃完晚餐。有人把所有餐點吃個精光，還多要了一些義大利麵。後藤太太露出開心的笑容，銀色假牙再次泛起銀光。

有人把餐具端到廚房並準備回自己房間時，陽學長喊住了他。

「你說的那草稿，可以讓我看一下嗎？裡面應該也有提到我吧？」

陽學長一副對自己被看待成病人的事實不以為意的模樣，說起來也是理所當然，畢竟陽學長甚至被宣告未來將會失聰。有人試著回想草稿裡針對暗指陽學長的該病患寫了哪些內容。印象中，在提及環境療法的內容當中，應該沒有陽學長看了之後可能會受到打擊的內容，好比說病狀不樂觀之類的內容。

「沒問題，可以借你看。」

「謝謝。」

兩人一起走上二樓，讓陽學長在走廊上等了一會兒後，有人連同信封遞出草稿。

交出草稿後，有人不禁有股衝動想把耳朵貼在牆壁上，聽聽看隔壁房間是否傳來翻閱紙張的聲音。有人躺在床墊上，陷入了沉思。有人想著跟昨天比起來變得親近無比、與他同年紀的陽學長。針對桃花來到島上的原因，那些都是能夠讓人接受的內容。然而，關於陽學長的部分，有人總覺得應該還有一些其他原因。

針對想必是起因於承受莫大壓力的發病原因，陽學長並沒有清楚交代。如果陽學長也和有人、桃花一樣都是受到霸凌，或身處近似被霸凌者的弱勢立場，事情就會相對簡單明瞭。

雖說陽學長沒有清楚交代，但有人自己也只坦承對叔叔、照羽尻島和島民的心結，對於前來小島的原因，也就是「那天」的事情，他依舊隻字未提。有人遲疑著是否有必要坦承那麼多，而且時間也太晚了。

這時，敲門聲傳來。陽學長出現在門後。

「你已經看完了？」

時間還不到三十分鐘。

「我只有看提到我跟你，還有醫生的內容。謝謝。」

陽學長注視著歸還到有人手上的草稿一角幾秒鐘後，轉過身子準備離去。

「那個……」

有人出聲喊道，這回陽學長確實有了回應：「什麼事？」

「那個……你最近身體狀況還好嗎？」

「非常不好……」陽學長輕壓一下黑框眼鏡的鼻橋部位。「怎麼突然這麼問？喔，原來如此。那裡面有提到我的病名。你查過是什麼病了啊？」

「好像是偶爾會看到明星得的一種病，對吧？不好意思，我有查了一下。」

「沒事的，大家也都知道我生什麼病。你竟然沒聽說過才真是奇妙。」陽學長一副感到佩服的模樣笑著說道。「原來是這樣啊，所以我才會覺得最近比較容易聽到你的聲音。你現在會比以前更大聲跟我說話吧？」

有人知道陽學長尤其不容易聽到低音，所以會提醒自己稍微拉高音調說話。有人點頭做出回應後，陽學長又說了一次「謝謝」，並停下準備走回自己房間的腳步，思考了一會兒。

「……錄音檔是在齊藤同學那裡，對吧？我也想聽聽看。如果你不介意的話，可以借我聽嗎？」

陽學長表示如果有提及關於他的內容，就想聽聽看。

「因為是寄給你的，所以或許已經剪掉我的部分，但想說還是確認一下。」

既然誠已經聽過錄音檔，內容早就不是什麼祕密。況且有人也確認過錄音檔裡沒有提及關於道下的事情。再加上，陽學長希望可以「聽聽看」，有人若是拒絕也覺得過意不去。

有人回答說：「我是無所謂。請你直接跟誠借來聽。」

陽學長留下第三次的「謝謝」後，回到自己房間去了。

有人翻開回到手上的草稿，看了提及陽學長的內容，而非自己。

十六歲少年。札幌人。十三歲五個月時雙耳引發梅尼爾氏症。於低音域有明顯聽力衰減現象。自就讀照羽尻高中改變環境後，暈眩的發作頻率略減。

第一次看草稿時，有人的思緒全被自己的事情占滿，但現在一比較下來，才發現記述陽學長的內容字數比他多得多。當中也包含了問答內容的概要。有人這才知道原來陽學長也配合做了意見調查。

被問及環境和生活習慣的變化時，陽學長回答現在比在札幌時走更多路，也開始會騎腳踏車。除非遇到氣候極度不佳的日子，否則陽學長一定會前往海鳥觀察站。

叔叔也做出如下的發言：

不限於這位病患，就適度運動是維持健康的一大要素這點來說，改變環境所帶來的生活習慣變化可說是件好事。另外，雖然這位病患的個性傾向於神經質且容易感受到壓力，但在目前的環境下，因為能夠日常性從事該病患喜歡觀察野鳥的嗜好，所以想必會是轉換心情的好方式，對於穩定病狀應該也有所幫助。在睡眠品質方面，也看得出來獲得了改善。

有人和桃花都放棄了渴望得到的未來，但陽學長儘管面對無法樂觀面對患有失聰的可能性，依舊持續立志成為研究員。有人試著讓自己站在陽學長的角度思考。如果只是一邊的耳朵或許還好，但如果兩耳都將喪失聽力，有人肯定會覺得前途一片黑暗。假設想要憑著鳥叫聲尋找看不見蹤影的鳥兒好了，那會是什麼樣的畫面呢？相信就連小學生也能夠輕易想像出不可能找得到鳥兒。

有人思考著為何陽學長的態度和他自己會有著落差？不知道陽學長如何看待自己的未來？

——要不要試著想像一下未來的自己？

如果陽學長聽到這句話，會怎麼想呢？

可能是打算去洗澡吧，陽學長走出隔壁房間的聲響傳來。

*

歷經海鳥觀察站一事後，有人把包含草稿在內的內心想法親口告訴了涼學姊和誠。有人希望桃花和陽學長也在場，所以選在午餐時間這麼做。有人向涼學姊表達謝意，謝謝她給了有人機會傾訴心事，有人也沒忘記為了之前與誠鬧得不愉快而向誠說一聲：「抱歉。」

「沒事的啦！」涼學姊露出潔白牙齒笑著說道，跟著把一顆大橘子分了一半給有人。

誠面帶難為情的笑容，從書桌底下輕輕踢了一下有人的腳。在那之後，誠一副什麼事也沒發生過的態度，炫耀起自己的父親在本季捕撈到的鱈魚有多麼豐收。誠還是那個不會掩飾對父親的憧憬、一如往常的他。有人想起了六月時第一次和誠起爭執的往事。誠就是一個這樣的傢伙，他不會跟人嘔氣。

既然誠是這樣的一個人，就表示他之所以會勸有人聽錄音檔，也是以一個朋友的身分真心認為那麼做比較好。

「關於柏木先生的錄音檔……」陽學長正好向誠提起了錄音檔的話題。「可以借我聽嗎？我已經事先取得川嶋同學的同意了。」

「既然有人同意，那當然沒問題。」

誠從背包裡拿出信封，親手遞給陽學長。誠臉上保持著笑容，但雙眼散發出嚴肅的神色，說出之前也說過的話：

「聽了這裡面的內容之後……」誠用藍色午餐布包起吃完的便當盒，並緊緊打結。

「我真的覺得川嶋醫生很帥！」

叔叔很帥。有人的內心掀起陣陣漣漪。

「……是喔。」

有人若無其事地看了桃花一眼。如果是桃花、如果是已經搶先有人往前邁出一步的桃花，這時應該會點頭表示自己也會好好聽一聽錄音內容。有人抱著近似羨慕的心情，但終究還是回答不出「我會聽聽看」五個字。

陽學長聽錄音檔的速度也很快。當天晚上十點多，陽學長來到有人的房間歸還錄音檔。

「謝謝。這東西還給你就好了吧？」

有人心想如果要求陽學長還給誠未免太過幼稚，於是伸出手準備收下氣泡信封時，發現陽學長手上另外拿著行動ＤＶＤ播放器。

「你如果沒有播放器，這個可以借你。」

有人告訴陽學長他有電腦，最後只收下信封。

「那就還給你了喔！晚安。」

「學長。」有人喊住陽學長，陽學長這次也和歸還草稿那次一樣，坦率地停下腳步。

有人豁出去地開口詢問：「你為什麼會想當鳥類研究員，而不是其他的？」

「因為我喜歡鳥類啊。」

「你聽到再這樣下去將會失聰時，不會覺得自己當不了鳥類研究員了嗎？為了做研究，應該會有一定要聽鳥叫聲的狀況發生吧？明明如此，為什麼你還是堅持要當？」

有人隔著鏡片看見陽學長眼睛四周的肌肉變得僵硬。陽學長就這麼保持著嚴肅的表情，握住拳頭抵著嘴巴陷入了思考。

「不好意思，問了這麼奇怪的問題。」比起點著暖爐的室內，走廊上的溫度偏低，只要打開房門，冷風就會灌進房間裡。「請忘了我剛剛的問題。」

然而，陽學長站在原地遲遲不動。

不久後……

「……方便在房間裡面聊嗎？這裡太冷了。」

說罷，陽學長指向室內。有人轉頭迅速確認六張榻榻米大的房間狀況後，讓陽學長進到了房間。有人心想：「雖然房間有些亂，但就算了吧。」

有人請陽學長坐椅子，但陽學長避開一直攤開在地板上的床墊，找了個空出來的位置跪坐在地板上。

「你喜歡野呂同學啊？我聽齊藤同學說的。」

陽學長突然投出高速球，有人的整張臉瞬間發燙起來。「不是啊，這跟剛剛的話題有關嗎？」

「有關。」陽學長的表情頓時轉為黯淡。「跟你的發問有關。」

有人有股想回一句「感覺一點關係也沒有啊」的衝動，但沒能說出口。陽學長的苦惱表情足以讓有人閉上嘴巴。

「你聽過假鳥嗎？」

「學長是指設置在崖邊的海鳥模型嗎？聽說只要有那個海鳥模型，海鳥就會以為有同伴而靠近，最後形成繁殖地。」

「沒錯。在那當中，短尾信天翁的繁殖企劃很有名。在執行那個企劃時，出現一隻執著於特定假鳥的個體。那隻個體被取名為Deco（註15），Deco對22號假鳥持續跳求愛舞跳了長達九年，殊不知對方根本不懂求愛。」

「那隻鳥被取了這樣的名字啊。」

「短尾信天翁一旦選定對象，就會陪伴對方到死為止。聽到Deco的故事之後，我就開始對鳥類，尤其是海鳥感興趣。至於原因嘛……」

陽學長告訴有人那是因為他自己也是假鳥。

「我不懂那些情感，那種喜歡對方或是想跟對方交往的情感。從以前到現在，我不曾有過那樣的情感。」

有人訝異得說不出話來時，陽學長垂下視線說：「你那表情好像在說這傢伙有沒有問題啊？」

註15：Deco的命名是源自假鳥的英文「Decoy」。

「我說的都是實話。可是，歌手老是在唱情歌，愛情電影也都會大賣，漫畫和小說也會有談情說愛的情節，還有明星熱戀之類的消息也都會被報導出來，我想大家應該都很感興趣吧。包括她也是。」

「她？涼學姊嗎？」

「不是，是我國中時的同班同學。那時她正好處在類似遭到霸凌的狀況。她跑來向我告白。就在國中一年級的情人節那時候。」

有人以為陽學長是想炫耀，差點沒翻起白眼，沒想到卻看見陽學長的頭越垂越低。

「我跟她說我不懂這些，當場拒絕了她，結果她哭得唏哩嘩啦。更糟的是，當時的場面好像被其他人看見了。女生們一個個都取笑她是慘遭冷淡拒絕的發情期母貓。我當時沒有很在意。她來向我傾吐我無法理解的情感，也只會讓我覺得很困擾而已。」陽學長先說了一句「我的用詞可能有些難聽」之後，表達起自身的感受：「看在我眼裡，那些腦袋裡會想到愛情的人根本就像外星人。我們彼此的世界壓根兒就不同。所以，對於她，我什麼也沒做。即使事態已經演變到怎麼看也看得出來不是只有取笑那麼簡單的地步，我還是什麼也沒做……那個女生五月時在教室從窗戶跳樓。因為幸好是在二樓，所以只是腳踝骨折而已，但她後來就沒來上學了。那時不知道是誰對我說：『如果你答應跟她交往，搞不好就不會這樣了。』我反駁對方說：『那是不可能的事。』結果不在場的那女生又被大家取笑了。在那之後沒多久，我開始會半夜一直醒來，某天早上起床後，眼前的世界突然天旋地轉起來。」

「啊……原來是這樣啊。」

雖然參雜著各種要素，但原來造成陽學長內心壓力的主要原因就在於這件事。有人總算解開了心中的疑問。如果說得直接一點，主張自己不懂戀愛的陽學長才是會讓人覺得莫名其妙的一方，但所謂五十步笑百步，有人相信陽學長心裡也十分明白對他人而言，他自身才是外星人一方的存在。

「涼學姊知道嗎？你有告訴她你的那種……」

「有啊。我告訴她我恐怕一輩子都不會跟任何人交往。」

「我就知道。涼學姊有很驚訝嗎？」

「我不知道。不過，我會告訴自己我帶給她的傷害比我想像中的更加嚴重。況且，我似乎讓她思考了很多事情。」

陽學長露出微笑說：「即便如此，她還是保持一樣的態度，我也因此得到解救。」

接受赤羽的採訪時，只有一個問題讓陽學長苦於回答。那個問題就是，即使因為升學而去了外地，總有一天還是會想再回來島上生活嗎？有人得知藏在這個問題背後的小島現狀時，不禁覺得非島民組簡直就像面臨絕種危機的海鳥。倘若陽學長也有著和有人一樣的感受，也就不難理解陽學長為何會苦於回答。要不要回來島上是陽學長的私事，而就算有沒有回來，陽學長都無法回應小島的期待。

「不知從何時開始，身邊的人開始會說某某女生很可愛或某某男生很帥，也會開始交往，還會死纏爛打地要我說出喜歡哪個女生，我媽也一個接著一個換男人。我混在外星人之中不知所措時，聽到了Deco的故事。雖然我對於人類的種種情感毫無感覺，但如果是鳥類，就能夠產生興趣。Deco專情地向假鳥傾訴愛意，唯獨牠的存在讓我覺得有趣，也覺得喜歡。」

陽學長一邊說話，一邊扶正黑框眼鏡，並伸直背脊。

「開場白好像太長了喔。我現在回答你剛剛的問題。聽力問題浮上檯面時，我確實想過或許沒機會走鳥類研究這條路了。於是，我試著再次跟自己商量。」

不知不覺中，陽學長已經恢復如往常般的平穩語調。

「我不是思考自己能做什麼樣的工作，而是思考要怎麼活下去才會滿足。不管耳朵會怎樣，我還是原來的我。這麼一想後，我便覺得還是不想捨棄鳥類。就算世上沒有鳥類學家這個職業，我還是希望能夠待在靠近牠們的地方，去做觀察或調查。更貪心一點的話，我希望能夠透過研究鳥類，得到更大規模的新發現。像是地球環境的變化之類的。只要能夠像這樣跟周遭維繫著關係就夠了……我覺得耳朵出狀況是一個契機，它引導我找出真正想做的事情。所以，並不是毫無意義的。就像設在中小學學校前面的號誌燈一樣。」

——因為具有意義，才會存在。

對於看不出有什麼存在意義、島上唯一的號誌燈，陽學長過去曾經這麼形容過。

「鳥類真的很棒。一直看著牠們，就會覺得自己跟周遭有所不同根本是微不足道的事情。當自己的煩惱變得微不足道之後，對周遭的態度肯定也會變得更加友善。我希望自己能夠變成像那樣豁達的人……所以，我現在才會在這裡。」

「從東京回來時我就發現一件事，現在沒什麼海鳥。明明如此，學長卻還是會去觀察站……你真的很喜歡鳥類喔。」

少瞧不起鳥類！有人耳邊再次響起春天時陽學長在海鳥觀察站投出的嚴厲話語，內心同時升起一股懷念感。

「雖然很多海鳥飛去了南邊，但像是丹氏鸕鶿，都還留在島上。而且，這時期還有機會看到虎頭海鵰。還有粉紅腹嶺雀、丑鴨之類的鳥類，也都有機會看到。我一直看也看不膩。而且，牠們會在天上飛翔。在最靠近宇宙的地方。這點也很吸引人。」

「海鳥不是飛不高嗎？」

「說的也是。」陽學長露出微笑表示贊同，跟著倏地站起身子，絲毫沒有腳麻的現象。

「那我走了，晚安。打擾你這麼久，不好意思喔。」

「學長，你其實滿健談的。我以前都沒發現到。」

這時，彷彿方才的笑容是虛假似的，陽學長收起臉上的笑意低喃說：

「我一直在思考一個問題。我在想雖然她是外星人，但如果我主動做了什麼……像是制止同學取笑她之類的，不知道狀況是不是就會不同？」

有人看見細長俊俏的側臉，蒙上一層帶有悔意的陰影。

「……那時學長如果開口制止，我想應該也會被遭到各種攻擊吧。」

「之前看見你在煩惱時，我也是選擇當一個旁觀者。所以，剛才被你喊住時，我就在想如果我現在不理你，萬一以後你的狀況變得更糟，未來我肯定也會帶著後悔的心情思考今晚的事情。所以，我才會跟你說那麼多話。」

「原來是這樣啊。」

有人這才明白為什麼陽學長會願意針對敏感話題做出告白。對儘管比其他人更早發現有人有異狀，但還是像以前一樣什麼也沒做的自己，想必陽學長也獨自在內心糾結許久。有人回想起陽學長前陣子臉色不好，以及提早離開學校時的身影。

有人眼前的這個人有過一段沒能夠採取行動的過去。後悔到最後，這個人今晚選擇了採取行動之路。

有人的腦海裡，瞬間閃過在羽田機場告別時的哥哥身影和話語。

「謝謝你幫我製造了機會。」陽學長讓視線移向有人一直拿在手上的信封。「……有部分或許是受到那東西的影響吧。」

「這個？」

「嗯。還有，我會好好吃藥。我並沒有抱著失去聽力也無所謂的想法。」

陽學長回到自己的房間去了。

剩下自己一人後，有人從氣泡信封裡取出ＣＤ盒。除了ＣＤ盒之外，還出現一封只寫上收件人「川嶋有人先生收」的白色信封。白色信封沒有被人拆封過。

有人打開盒子取出ＣＤ，在電腦前面坐了下來。

＊

開始放寒假後，陽學長第一個回去了老家。原因是為了參加補習班在年底舉辦的短期集訓課程。桃花在陽學長回去的隔一天也離開了。

「你什麼時候要回去？」目送桃花坐上渡船離開的回程路上，誠開口問道。「宿舍不是會關閉嗎？」

「明天，我二十九號回去。」

三十日到元月初三的期間，後藤夫婦也會放新年假。

儘管小島因為星澤醫師一事，在網路上掀起一陣不小的討論熱潮，還是開始陸續有少數觀光客來到島上度假，當中也有一家人前來的觀光客。

「選擇在照羽尻島過年的人雖然超少的，但還是會有人來。像是天文迷就會利用休假來拍攝冬季的天空。」

有人跟著誠一起在齊藤家幫忙做陸上工作。有人之所以會留在島上到極接近年底的時間，是因為遲疑著該不該回東京，但這次的原因跟放暑假時不同。

有人發現自己原本一直認定會讓人不愉快的島上種種，其實有著他沒看到的一面。有人樂於認同桃花的發言，承認小島其實不像他所想的那麼差勁。不過，萬一回東京後重新體認到比起在小島生活，還是在家裡蹲的巢穴裡生活會輕鬆許多的話，有人擔心自己有可能就那麼耍賴下去。

有人深深感受到自己的懦弱。

自從在海鳥觀察站和非島民組的兩人交談後，有人經常會覺得自己很懦弱。細細回顧起來，不論是在東京的家裡蹲生活也好，來到小島後的自我欺騙也好，一切都是起因於有人的懦弱。

此刻有人的懦弱也被具體指出來，也就是柏木寄來的錄音檔。有人那時確實已經把 C

D放進電腦的DVD播放器，但最後還是沒有播放CD。有人多次試圖點下播放鍵。聽到誠和陽學長的發言後，有人也起了好奇心。如果有會害得有人受傷的內容，想必錄音檔也不會歸還到有人的手中。儘管如此，錄音檔裡還是有可能藏著誠和陽學長沒發現到、只會朝向有人刺來的矛頭。這麼一想後，有人突然在最後關頭害怕起來。隨著CD一同寄來的那封信，他也還沒拆開來看。

有人一邊嘆氣，一邊解著捕章魚網時，誠的父親走進工作小屋來。

「明天開始海上會有一段時間下暴風雨。」

有人往外看了看，此刻雖然會有強風吹起堆積的雪花，但天空一片晴朗。有人拿出智慧手機做確認，但螢幕上顯示出晴時多雲的圖案。

然而，誠的父親說中了。渡船從隔天開始停航，有人頓時失去回老家的手段。「你可以待在宿舍沒關係的。」後藤夫婦親切地這麼告訴有人，但有人也受到誠的邀請。

「你乾脆來我家好了！我老爸和老媽也都說只要你願意幫忙做陸上工作，就可以讓你住我家。」

誠似乎有所企圖。二十九日的下午，在準備前往齊藤家的半路上，誠向有人咬耳朵說：

「萬一這樣一直停航下去，你不是就會在我家過年嗎？如果你真的在我家過年，你去跟我老爸說：『哪怕一次也好，你真的很想在海上看日出。』如果是你開口，我老爸搞不好會妥協。」

誠向來一直嚷著要搭父親的漁船，這回他又打算利用有人來達成目的。

「既然海上在下暴風雨，應該也不能開漁船出海吧？」

「我擔心的就是這個！畢竟我們怎麼也打不贏氣候。」

「氣候感覺就像這世界的大頭目。」

「哈哈！」聽到有人的比喻後，誠發出輕快的笑聲。

這天吃晚餐時，誠一家人一會兒要有人吃這個，一會兒又要有人吃那個，有人吃得都快撐破肚子。有人和誠一家人一起吃了在宿舍不常上桌的鱈魚火鍋、醃鯡魚，還有生魚片，而且是寒比目魚的生魚片。誠的父親喝著酒，母親一邊哼歌，一邊在火鍋裡加料。

「孩子的媽，別再唱那首歌了吧，唱得那麼難聽。」

「有什麼關係嘛！人家愛唱什麼你管那麼多。」

誠的母親開朗地一邊哼著歌詞提到「黑夜總會過去，迎向黎明到來」的耳熟歌曲，一邊洗著碗盤，但那帶有脂肪的厚實背影，看得出來披著淡淡一層落寞的色彩。

有人記得誠有一個名叫「至」的哥哥。甩了涼學姊，又說要成為糕點師傅而離家的至沒有回來島上。他是不是也和有人一樣回不了家，在北海道本島那一頭等待狂風暴雨平息？

對於至，就連誠也隻字未提。

「有人，你打個電話回家吧！」

誠的父親說道。因為吃晚餐時喝了酒，誠父親一張黝黑的臉泛紅。

「對啊，阿姨也要跟你爸媽打聲招呼才行。」

雖然在渡船確定停航的當下，有人已經發過ＬＩＮＥ的訊息，但有人還是坦率地接受建議，在齊藤家一家人的面前打電話回老家。和人接了電話，並告訴有人東京也報導了天候惡劣的消息。

『聽說會持續到過年後啊，運氣不太好喔。我把電話拿給媽聽。』

有人再次告訴母親打算等渡船一復航就回去之後，把智慧手機遞給誠的父親。

接過智慧手機後，誠的父親原本因為喝了酒而變得有些朦朧的雙眼，頓時恢復平時的精悍眼神，並以音量偏大的清晰聲音說起話來。雖然誠的父親依舊是以漁夫慣用的用字遣詞說話，但有人在一旁聽著，也從打招呼話語中感受到誠父親的可靠。有人想像了母親的反應，忍不住在心中發笑。他心想母親肯定不曾和誠父親這樣的人說過話。

誠的母親用著不會讓對方感到拘謹的口氣說話，並承諾會負責照顧有人直到渡船復航。智慧手機回到有人的手上後，有人發現在話筒另一端的母親顯得極度過意不去。「好親切的一家人喔！」「一定要寄點什麼東西答謝人家才行！」「快告訴媽媽對方的地址！」有人的母親這麼說了好幾遍後，叮嚀起有人。

『你絕對不可以撒嬌收人家的紅包喔！有沒有聽到？媽媽已經拜託過對方不要把你寵壞。』

齊藤家迎接了夜深時刻。有人享受了第一個泡澡的優待。在有人所知的範圍內，誠的哥哥並沒有打過電話回家。誠的父親早早便就寢了。

位在二樓的誠的房間地板上，鋪了給有人睡的床鋪。

「我不會在意放屁什麼的，你也想放就放吧！」

誠躺在以他的體格來說顯得狹窄的床上發出聲明後，還真的放了個屁。

「很臭耶！」

「我的屁不臭，很香的。帶著一股花香～」

「我看你根本是個笨蛋。」

有人笑著說道，沒想到誠反而改以嚴肅的聲音說：

「幸好你有來我家住。」

「為什麼？團圓時間到人家的家裡，根本是一種打擾吧！」

「我哥他沒有回來。別看我老爸那樣，他其實很在意的，但因為有你在，他才不會那麼悶。我老爸好像很希望我跟我哥都繼承他的漁夫工作。我也是抱著以後要跟我哥一起出船的打算。嗯～如果只有我，可能不太可靠吧～」

「你為什麼會想當漁夫？」

「應該是一直在身邊看著我老爸工作吧。」誠每次一挪動手或腳，棉被摩擦聲就會在一片黑暗中響起。「如果我是在島外出生長大，不知道會不會說想要當機師或棒球選手之類的喔？可是，我還是喜歡這裡。而且，既然以後年紀大了都會變成老頭子，那我想要變成像我老爸一樣的老頭子。」

「是喔。」有人發自內心說道。「你會很適合的。」

「不過，我不喜歡喝酒就是了。小時候我偷喝酒，結果差點沒命。那時候就是川嶋醫生救我的。在他來到島上的那一天。」

有人先是傻眼，跟著大笑出來。沒想到叔叔來到照羽尻島的第一名病患，竟是急性酒精中毒的小學生。

「原來你差點沒命是因為偷喝酒。」

「不騙你，那次真的很危險。要不是醫生救了我，我早就不在這裡了。」

或許喝醉酒的誠儘管意識朦朧，還是記得有人叔叔救了他性命的帥氣模樣而感到崇拜。有人想起他第一次去照羽尻高中上學的那一天，誠說過要是自己很聰明，當醫生為小島盡心力也是不錯。

若是如此，就表示誠也一樣。誠跟有人一樣對叔叔抱著憧憬之心。

有人的內心深處湧現一股細細暖流，腦海裡也同時浮現叔叔的身影。看了草稿後，有人心中有了疙瘩，但此刻心中的疙瘩像受到風吹似地逐漸淡化，記憶裡的叔叔出現在眼前，面帶開朗的笑容溫柔地注視著有人。

「明天一起去拜託老爸帶我們去看日出吧！」誠朝向有人伸出拳頭說道。有人也伸出拳頭輕輕頂了一下誠的拳頭。思緒飛到收在背包裡的氣泡信封片刻後，有人閉上了眼睛。

三十日和除夕兩天，渡船依舊是停航狀態。強勁的海風不停朝向齊藤家吹打過來，也看不到原本從客廳窗戶可一覽無遺的大海。暴風雪加上從地面上被強風捲起的積雪，使得整座小島呈現一片冰天雪地的狀態。

這下子有人連元旦也不得不在齊藤家叨擾，別說是陸上工作，有人也幫忙誠的母親一起準備年菜。大掃除完畢後，儘管笨手笨腳，有人也和誠一起在廚房裡幫忙。

誠的母親哼著平常愛哼的曲子時，忽然詢問有人說：「你知道阿姨在唱哪首歌嗎？」

「好像有聽過。」

「這首歌是松田聖子唱的〈琉璃色的地球〉。阿姨年輕的時候超喜歡這首歌的。現在也還是很喜歡就是了。」

看。

誠的父親一邊聽收音機，一邊打電話請漁會傳真天氣圖過來，然後一直瞪著天氣圖

「老爸，明天早上如何？」誠已經主動出擊了好幾次。「可不可以出海去看日出？難得有人也在，我覺得是個不錯的機會。」

每次誠的父親都會以一句「少在那邊說蠢話！」駁回誠的請求，但這次的反應不同。

「有人。」誠的父親詢問了有人的意願。「你的想法呢？你想看嗎？」

——你想怎麼做？

叔叔的話語在有人的腦海裡浮現，並且和誠父親的話語重疊在一起。

「我……我是擔心萬一自己暈船，會給你們添麻煩。」

誠的父親揚起一邊的嘴角說：「你有回答跟沒回答一樣。」

這時，電話鈴聲響起。有人下意識地看向時鐘後，發現就快接近正午時刻。誠的父親接起電話。

「是你啊。」

這句話讓誠和他的母親都停下動作，豎起了耳朵。誠的父親聲音低沉地發出幾聲附和聲，最後說一句「好吧」便掛斷了電話。

「老哥打來的？」

「嗯。」誠的父親表示肯定地回應誠的發問後，用鼻子哼笑一聲。

「那小子說他雖然順利到了後茂內，但渡船沒有開，所以回不來。他根本就沒打算要回來。講電話時我還聽到JR的廣播聲。」

看見有人歪著頭，誠向他說明了狀況：「JR的線路沒有通到後茂內。意思就是，我哥還待在札幌，沒有回到這邊來。」

「無所謂。至也在為自己的船掌舵。」誠的父親讓視線重新落在天氣圖上。「真是個蠢孩子，沒必要說謊卻硬要說謊。」

「既然這樣，有人，你要不要就睡至的房間？」誠的母親用著興奮的語調說道。「誠的打呼聲很吵吧？而且這孩子從小就睡相很差。」

一想到誠的父母親的心情，有人說什麼也難以接受借住房間的好意。

除夕的晚餐時間比平常來得早。不僅如此，餐桌上還已經排滿了年菜。有人感到訝異不已，齊藤家一家人則是一臉「這有什麼好驚訝」的表情。

「不然在東京都吃什麼？」

「咦？就是一般的蕎麥麵之類的。」

齊藤家一家人告訴有人在照羽尻島和北海道的其他部分地區，從除夕就會開始吃年菜和豐盛佳餚。

「也有生魚片拼盤喔！這盤是生魚片手卷和毛蟹。」

大家飽餐一頓後，泡了澡、看了紅白歌唱大賽，到了肚子有些餓起來的晚上九點鐘左右時，吃了跨年蕎麥麵。

把蕎麥麵吃個精光後，誠的父親打了一個大呵欠。

「我要去睡了，晚安啦。」

在難得的除夕夜，誠的父親還是沒有改變漁夫的習慣。想必誠的父親體內已經養成一定的睡眠規律。收拾好碗盤、看了期待的松田聖子表演完之後，誠的母親也沒有等到紅白兩隊比出勝負，便回寢室去了。

有人和誠一起頻頻轉台看不同電視節目消磨時間，在時針跳過十二點鐘的那一刻，互相笑著說起「你記不記得去年的紅白大賽怎樣又怎樣」之類的必說話題。在那之後，兩人回到房間就寢。

「……床了！喂！起床了！你們兩個！」

漁夫的嘶啞聲音響遍整棟房子，有人皺起了眉頭。有人微微張開眼睛，房間裡一片黑暗，但可看見走廊的燈光從敞開的房門流瀉進來。一道個子雖不算高大，但擁有強壯身軀的男子身影，雙腳大開地擋在門口。男子把拿在手上的東西，朝向地板猛力一丟說：

「要去看日出了。還不快點起床換衣服！記得把這東西穿在最外面！」

「咦？真假？」

誠從床上跳起來，有人也瞬間清醒過來。有人拿起枕頭邊的智慧手機確認時間，此刻是凌晨四點十八分。

「會很冷的，不想被冷死就穿暖和一點！換好衣服就跟我走！準備出海去！」

8

關掉暖氣的房間冷到不行。可是，誠卻是毫不遲疑地脫去睡衣。

「終於可以出海去了！」

誠肌肉結實的手臂上，起著雞皮疙瘩。不知道是太冷還是太興奮，誠的聲音微微顫抖。

「你也趕快換衣服啊！」

還來不及點亮房間的電燈，誠的父親就已經離去。兩套上下成一套的禦寒衣，被丟在地板上。一套是藍色，另一套是橘色。

誠告訴有人那是漁夫在冬天出海時會穿的禦寒衣，並確認了尺寸。

「橘色的比較小件，是給你穿的。」

有人照著誠說的話穿上長袖發熱內衣、長袖襯衫再套上最厚實的毛衣後，穿上牛仔褲。他的脖子圍著常用的黑色圍巾。有人沒有保暖耳罩和帽子，所以誠借了自己的給他。

有人在最後穿上了橘色禦寒衣。禦寒衣採用了防水防風的材質。這是有人長這麼大，第一次穿得像包粽子一樣。不過，有人發現身體沒有想像中的那麼難以行動。

誠的母親出現在客廳裡，身穿比平常高檔一些的針織衫外套以及長褲。「你們倆吃點東西，別讓肚子空空的比較好。」誠的母親這麼說，並端出小顆飯糰和熱茶給有人和誠。吃完飯糰後，也拿了暈船藥讓兩人吞下。在那之後，誠的母親把裝了水的寶特瓶和暖暖包，分別塞到有人和誠的手上。

「船上也有廁所，不用擔心。一路小心，等你們平安健康回來。」

有人和誠穿上已經準備好在玄關的橡膠長靴後，走出屋外。天色看來距離天亮還相當遙遠。雖然暴風雪就像不曾發生過似地已經完全平息，但戶外的空氣也相對地冰冷，暴露在外的臉頰感覺到陣陣刺痛。

一片黑暗之中，只見一艘停靠在港口的船隻發出耀眼的明亮光芒。誠朝向那艘船奔跑而去。有人踩著雪地，腳邊隨之傳來顯得陌生的啾啾聲響。

誠從左舷後方跳上船，沒有表現出半點遲疑。反彈力道使得船身搖晃起來。看見有人不由得停下腳步，誠伸出手說：「真是拿你沒轍！」碼頭與船身之間存在著幾十公分寬的黑溝，有人被誠拉著跨過了黑溝。

「出發囉！外面很冷，你們倆進去裡面。把救生衣穿上去。」

誠父親的聲音從駕駛艙傳來，有人兩人照著指示做了動作。駕駛艙後方有一間可供數名乘客面對面而坐、像是把一小節捷運車廂加以縮小的小房間。

「這艘可是九人座的船喔！」

誠一副自己是船主人的驕傲模樣說道。有人看向右手邊的船頭方向，誠的父親在駕駛艙裡露著頭部。

有人學著誠的動作穿上救生衣後，彷彿就等著他穿上救生衣似的，引擎聲變得不一樣了。有人的心臟也猛力跳動一下。

漁船朝向大海駛了出去。有人轉頭看向身後的窗戶。因為外頭一片黑，玻璃窗變成了鏡面，有人撞見自己顯得不安的一張臉。

有人讓注意力集中到船底。或許是海面一片風平浪靜，船身幾乎沒有晃動地前進著。

然而，平穩的時光只維持短暫片刻。漁船一駛出港口、離開防波堤的庇護後，隨即與起伏的海面展開正面交戰。海浪撲上船身側邊，在玻璃窗濺起細細浪花。有人嚥下一口口水，並稍微放鬆圍巾和禦寒衣的胸口部位。

「你會怕啊？」

聽見誠捉弄人的口吻，有人逞強地反駁說：「我只是覺得有點熱。穿太多件了，最外面還穿了救生衣。」

「冬天穿得像包粽子沒有什麼好傷腦筋的，覺得熱再脫掉就好。比起冷到衣服不夠穿，多穿才不會沒命啊～」

「什麼沒命，太誇張了吧。」

誠的眼神變得嚴肅。「別瞧不起大海！」

有人不由得緊緊抿住雙唇。

這時，船身忽然傾向一邊。誠整個人往後倒，有人則是往前傾。這回相反過來，有人戴著帽子的後腦勺撞上玻璃窗的窗框。

有人看向駕駛艙。誠父親的背影看不出有任何不對勁之處。

「你自己找個東西抓緊啊！」

誠加快了說話速度。船身搖晃得越來越厲害。如果是搭飛機遇到這場面，空服員肯定會發出機上廣播，說出「這不會影響飛行」的固定台詞，但在漁船上，不會有任何人來安撫乘客的心。

「相信我老爸吧！」誠的發言簡直像是識破了有人的心聲。「這狀況很正常的。」

「你有坐過啊？」

「沒有。不過，聽我老爸他們的對話就會知道的。」

有人相信誠的發言。誠的父親比天氣分析師更能準確預測天氣。年底時，誠的父親可說是天氣圖整天不離手。若航海會伴隨危險，誠的父親不可能決定開船出海，更何況還載著有人這個別人家的小孩。

沒錯，不會有事的。漁船不會翻船或沉船。大海再怎麼刁鑽難纏，也不會有事。有人從誠父親的背影，感受到十足的從容感。

然而，另一個問題逼近在眼前。

「……我想去外面。」

明明吃了暈船藥，也才出海沒多久，有人的嘴裡卻已經分泌出大量唾液。船身每晃動一次，引發頭痛的小小火種就會越燒越猛烈，反胃感也會隨之增強。

出去吹一下冷風，應該會舒服一些。有人抱著這般想法伸手抓住門把，打算走出甲板。

「從那邊的甲板往船尾方向走就會看到廁所。」

誠一邊說明，一邊也跟在有人的後頭走來。

「會滑喔！」誠的父親搭腔道。「小心一點！絕對要抓著船的某處移動！不可以鬆手啊！誠，有人交給你啦！」

「我知道！」

誠大吼做出回應。

走出甲板後，海水的氣味宛如碎冰一般，乘著強勁的海風襲來。漁船每越過一道波浪往前進，甲板就會被海水洗刷一遍。外頭依舊一片黑暗，但眼睛適應黑暗後，也就漸漸捕捉得到大海的模樣。有人緊緊抓住甲板上的扶手，看向船頭的方向。

漁船前進之中，有人看見一大片海浪宛如一座頂端冒著白色泡沫的黑色小山從前方逐漸逼近。那不是有人所認知的海浪形狀。比起停靠在港口的其他漁船，誠父親的漁船絕不算小，但在一片汪洋大海上，卻顯得極不可靠。

儘管如此，漁船仍然繼續前進。

漁船爬上黑色小山時，有人感到一股彷彿五臟六腑從腳跟噴出去的噁心感。下山時，噴出去的五臟六腑帶著另一波嘔吐感又回到體內。

漁船一座接著一座無止盡地迎接這般小山。

隨著往上揚的角度和海浪的力道強弱不同，船身不只會上下搖晃，也會左右搖晃。身體負責感應重力的感官陷入恐慌狀態，頻頻發出哀號。

有人摀著嘴巴好不容易走到廁所後，立刻打開門對著小型的坐式馬桶嘔吐。誠的母親特地準備的飯糰，甚至是暈船藥，恐怕已經全部被吐了出來。

嘔吐出來後有人感覺舒服了些，但腦海裡立刻浮現另一種擔憂。

怎麼辦？漁船晃得這麼厲害，但暈船藥已經被吐掉了！

然而，有人根本沒空陷入錯愕的情緒。

「讓開！」

誠簡短說道。有人抓住門把讓開身子後，誠也對著馬桶嘔吐起來。

「超不舒服的！」

誠走回船艙拿了寶特瓶過來。看見誠含了一口水漱口後，把水往海上吐，有人心想自己也要學著這麼做，而打算走回船艙時，誠默默地遞出寶特瓶。有人接過寶特瓶，也做了一樣的動作。

「你們撒餌給魚吃啦？」駕駛艙的窗戶露出一張漁夫的臉，漁夫大笑起來。「如果受不了，我不反對現在掉頭回去，要嗎？」

「誰撒餌給魚吃了！」誠大聲反駁道。「這種程度根本是小事一樁！」

「吐在水桶裡吧！椅子底下可以收東西的。你把坐墊移開看看！」

「早點說嘛！」

「叔叔，你不用看前面嗎？」

「這艘船有自動駕駛功能的。」

有人和誠一起回到了船艙。船艙裡比外頭溫暖許多，但有人又忍不住覺得吹著強風或許比較不會那麼噁心想吐。如誠的父親所說，坐墊被設計成可以往上彈起的蓋子，內部像一個特別訂做的空間，收著兩只打掃用的藍色水桶。有人和誠各自把水桶放在膝蓋上捧著時，誠突然伸出手來，粗魯地摩擦著有人的臉頰。

「你幹嘛?!」

「你的臉超誇張的。」

「因為我在暈船。」

「不是，就只有那個部位特別紅。你會不會覺得刺刺的？快要凍傷時，就會變成那樣。自己又看不到自己的臉，而且不舒服的時候誰還有空去管刺痛不刺痛，所以身邊的人要幫忙察覺，然後告訴對方。我老爸說過的。再來你自己處理吧！」

有人照著誠說的話，自己處理起來。有人想都沒想過凍傷這回事。他猜想之所以必須用手摩擦，應該是要從外部去刺激因冰冷導致血液不流通的部位，好讓血液恢復流通。

「是因為自動駕駛，才會晃得這麼厲害嗎？」
「跟那沒關係。不管再怎麼風平浪靜，海面也絕對會有波動。」
「不過……」有人滿嘴都是充滿酸味的唾液。「這比想像中的晃得更嚴重。」
「我老爸不會跟氣候作對。他既然決定出海，就表示沒問題。」
船身又傾斜一邊。有人捧著水桶撐過噁心感的煎熬。
「……你當上漁夫後，也不會跟氣候作對嗎？」
「那還用說！找氣候的碴根本是一種自殺行為。不過……」
漁船接連越過好幾座波浪小山後，往下降。有人頭痛得要命。
「我心裡有做了一個決定。當遇到一種狀況時，儘管知道是自殺行為，我還是會賭上性命出海。」
「什麼狀況？」
「就是遇到如果沒有人開船出海，我老爸、老媽、桃花或是你絕對會死掉的狀況。」
海浪撞上玻璃窗，濺起了浪花。
「……為什麼？」
「與其抱著後悔的心情過日子，哪怕要賭上性命，我還是會出海。」
誠斬釘截鐵地說道，跟著把臉塞進水桶裡吐了起來。

有人和誠不知道吐了多少次。誠每次吐完就會用水漱口，然後小口小口地喝幾口水。誠頂著一張蒼白的臉，笑著說明這麼做可以讓胃裡有些東西才比較好吐，也不會引發脫水現象，所以有人也跟著這麼做。

有人感覺得到駕駛艙那頭時而會投來視線。看在一個老手漁夫的眼裡，肯定會覺得有人的模樣太窩囊。不過，有人不大覺得丟臉。比起丟臉，有人反而有種被人守護著的感覺，心情也隨之鎮靜下來。不知不覺中，有人和誠都讓頭部朝向船頭的方向，躺在狹窄細長的椅子上。因為圍巾變得很臭，所以已經解下來捲成一團。

閉上眼睛打盹個幾分鐘後，被大浪晃得張開眼睛就立刻把水桶拉近自己；這樣的動作不知道反覆做了多少遍後，引擎聲變得不一樣了。那聲音聽起來似乎是降低了轉動速度。

有人和誠同時猛地坐起身子，身體因為暈眩、頭痛和噁心而陷入一陣僵硬後，兩人看向玻璃窗外。

窗外依舊是一片黑暗。不過，出現了淡淡的色彩。那色彩是極近黑色的群青色。有人看見無數顆星星撒在群青色的色盤上，也發現星星帶著顏色。有的看起來藍藍的，有的泛著紅光，有的夾帶著橙色。

「你們兩個出來吧！」

漁船停下來後，誠的父親出聲呼喚。

有人把發臭的圍巾隨便纏上脖子後，走出甲板。跟方才去廁所時比起來，海風減弱了些。有人和誠一起走近駕駛艙的窗戶。雖然已不見大浪撲來，但還是感受得到會讓人覺得身體飄飄然的晃動。誠的父親從窗戶伸出手臂，指向某個方向。

「太陽會從那個方位升起。我們的島剛好也在那個方向。」

有人朝向誠父親所指的方位定睛細看。在天空和海洋的界線也顯得模糊之中，有人一開始沒能夠捕捉到小島的蹤影。不過，循著星辰的分界線看著看著，有人漸漸認出一塊極小的隆起部位浮在海面上。

黑色的隆起部位宛如把夜色吸引過去一般，逐漸變得深邃。

四周開始明亮起來。

色彩從太陽的升起點，逐漸往外擴散。仍在水平線另一端的太陽，率先朝向世界釋放光芒，夜晚一步一步被追趕到有人的後方。眼前的一切事物以目不暇給的速度變換了顏色。

沒多久，小島被畫上金黃色的框線。

在那同時，有人聽見了鳥叫聲。

有人心想原來鳥兒這麼早就出門覓食。牠們才不管是不是過新年，就只為了生存下去。

雖然認不得鳥兒的種類，但有人看見一隻身體輪廓呈現金色線條的鳥兒，彷彿為自己來自小島而感到驕傲般，橫向劃破黎明的天際。

世界閃耀起光芒。

「……元旦的日出。」

有人不由得低喃道，在他身後的漁夫用鼻子哼了一聲。

「只要一切拿捏得好，不管哪天的日出都是像今天這樣。」

船身隨著大海輕輕搖晃。

「我啊，其實不太喜歡你老媽每次都在唱的那首歌。」

誠反問說：「黑夜總會過去的那首歌啊？」

「沒錯，就是那首。」

漁夫露出苦笑先說一句「不可以跟你老媽說啊」，才接著說：

「照羽尻高中有可能廢校那時候，我也去上了一點課。就是利用下暴風雨不能出海之類的時間。去上課後，我才知道那個叫什麼來著，就是地球會自轉，對吧？上理化課的時候學的。」

誠催促著父親說下去。「所以呢？這種知識連我也知道啊！」

「我想說的是，黎明會來是因為地球在轉動。如果只知道默默地等著黑夜總會過去，根本就是在依賴別人。萬一地球不再自轉，黑晚的地方就會一直是黑晚，黎明根本不會來。」

「要是地球變成那樣，人類就活不下去了吧。」

「誠，我不是在說那種事。」誠的父親發出咋舌聲。「要是真心想看到美到極致的黎明，就要主動採取行動才行。不是只要等著看就看得到，而是要向前邁進才有機會看到。」

——動起來吧！採取行動吧！

「……我哥在羽田機場時，也說過類似叔叔說的話。」

誠的父親把眼睛瞇得像細細彎月。「跟你哥說一聲吧，叫他下次有空到我們家來玩。」

有人想起方才誠也做出類似的發言。

——我還是會出海。

旭日已經現出完整的樣貌。天空就像清澈響亮的鐘聲一般無比透藍。

「好啦，都看到了。可以回家了。回家吃早餐去！」

確認有人和誠都確實抓住甲板的扶手後，誠的父親再次讓引擎快速轉動。

漁船劃破汪洋大海，朝向旭日的方向駛去。

有人面向船頭盡情讓海風吹拂在身上時，脖子上的圍巾忽然解開了。

「啊！」

有人伸出手，但距離太遠了。黑色圍巾往後方飛去，最後落入漁船駛過而掀起的浪花泡沫之中，消失不見了。

有人轉身面向船頭。風從正面吹來。那是漁船飛快航行所產生的風。有人抓住扶手就這麼往前走去，誠也跟了上來。

有人和誠站上船頭的最前端。

兩人就這麼持續讓強勁的海風打著全身，即便弄溼了身體也不在乎。

「好強的風啊！」明明很冷，誠不知怎地也拿下了圍巾。「感覺好像臉被打到一樣耶～好痛！你不會痛啊？」

只要往前進，就能夠迎風。

「會痛啊……理所當然啊！」

有人反覆用心感受著這份理所當然。

＊

回到已化為一片光明的港口後，先把弄髒的種種物品清洗乾淨，再收拾好東西一回到齊藤家，便聽到誠的母親說：「已經準備好熱水可以泡澡了喔！」

「有人先去泡澡吧！」

有人承蒙好意，第一個泡了澡。因為誠他們也等著要泡澡，所以有人盡量加快了速度。不過，僅管只泡了短短幾分鐘的熱水澡，不論身體也好，連體內的凝結物也都靜靜軟化了。

等齊藤父子也都泡了澡之後，大家一起吃了早餐。雖然有人還陷在身體隨著海浪在搖晃的感覺之中，但噁心感和頭痛幾乎都沒了。有人一邊看電視播放新年驛站接力賽（註16）的第二區選手賽跑。

飽餐一頓後，有人突然感覺到睡意襲來。有人本打算去誠的房間睡覺，但又擔心如果鑽進棉被裡，恐怕會一路睡到傍晚去。為了顧及禮節，有人觀察起四周的狀況後，發現誠的父親只穿著襯衫坐在暖爐前，並在喝了屠蘇酒（註17）之後正式開喝起來。有人有種獲得免死金牌的感覺，當場動作緩慢地躺了下來。

有人一閉上眼睛，睡魔立刻來襲。

不知是誰來到了有人的身邊。一股渾圓的氛圍讓有人察覺出是誠的母親，暖烘烘的毯子披上了有人的肩膀。

「……老爸，今天謝謝你喔。」

「看你吐得一塌糊塗的。」

有人在意識朦朧之中，聽著誠父子倆的對話。

「有什麼感想？不敢再搭船了嗎？」

「不是啊……你為什麼會答應讓我搭船？之前明明一直說不行。」

含著酒杯啜飲日本酒的聲音傳來。

「去年……不對。應該是前年。你正好去參加班級旅遊不在家。那時候，我讓那小子搭了船。那小子雖然那副德性，但也是多少有興趣。」

「你讓老哥搭了船？」

有人從動靜中感覺到誠的父親做出肯定的回應。

「說到這個至也是一樣……明明也不是多大的浪，從出海到回來港口，他整路吐個沒

註16：驛站接力賽的日文為「驛伝競走」，是一種源自日本、由多人組隊參加的長距離接力賽跑活動。驛站接力賽會分多個區間進行接力賽跑，當中第二區通常是最難跑的坡道等地形，因此各隊多會安排王牌選手負責第二區，也會看見觀眾聚集在第二區沿路為選手加油的場面。

註17：屠蘇是一種草名，日本在新年時有喝屠蘇酒的習俗，以去除一整年來的邪氣，並祈求長壽。

停……從那次之後，那小子就討厭搭船了。要不是那時候讓他搭了船，搞不好就不會去上什麼糕點師傅的學校了。」

加熱過的日本酒氣味瀰漫整間房間。

「其實呢，我本來是想等你上高中後，也打算讓你搭船。可是啊，我讓至搭了船之後，他就甩頭不理人。所以……我才會一拖再拖地不讓你搭船。實在很沒出息。」

「……如果是這樣，那我更想知道為什麼會答應讓我搭船？」

「因為我已經做好心理準備，就算你甩頭不理人也沒關係。你的人生是屬於你自己的。我能做的頂多是讓你知道什麼叫大海。誠，好好花時間去思考吧！如果你跟至一樣決定要離開小島，我也不會反對的。」

誠輕輕發出笑聲。

「早上老爸讓我搭船後，我也做好心理準備了。我有可能會吐上個一年才會習慣，到時候不能怪我喔！」

誠說道。

「那我的船不就會臭死人，啊？」

漁夫哈哈大笑一陣後，擤了擤鼻涕。

元月初二也是風平浪靜的好天氣。有人搭上上午的渡船，回到東京的老家。

有人在自己房間裡透過播放器，聽了很長一段時間一直不敢聽的叔叔聲音。

得知草稿和錄音檔的存在之後，哥哥和人表示他也想看、也想聽。有人毫不猶豫地交給了哥哥。等不及哥哥歸還草稿和錄音檔，有人便在元月初七早上，踏上回照羽尻島的歸途。

「那些東西放我這兒沒關係嗎？」

有人告訴哥哥無所謂。哥哥同樣也對叔叔的生存之道感到憧憬。再說，叔叔說的每一字句完全滲透到有人的細胞裡，所以有人根本不需要再拿來重新聽過。

有人不僅能夠想出叔叔說的一字一句，眼前還會浮現叔叔與柏木交談時的身影。有人不知聽錄音檔聽了多少遍，次數多到足以讓他陷入一種化身為診所裡的觀葉植物的葉子，彷彿當時自己也在場的錯覺。

*

錄音檔一開始先傳來柏木的聲音，聲音背後同時響起泡茶聲。

『您似乎沒有開任何處方給您的姪子。』

『因為沒有那個必要。在東京時，他有段時間也服用了精神內科開的處方藥，但我不認為那會是解決之道。謝謝。』

叩咚一聲傳來，應該是柏木把茶杯放在桌子上。

『您應該是希望透過改變環境來幫助身心變得健康，才會把他叫來島上的吧？』

『所謂的健康，究竟是指什麼？如果身心健康是被定義為在沒有任何煩惱之下過生活，那根本沒有任何人會是百分之百的健康。我沒遇過這種人。大家都會有或大或小的煩惱。包括我，還有你。』

應該是喝了一口茶，叔叔說一句：『嗯，真好喝。謝謝你。』

『我只是希望他能夠走出自己的房間。』此刻的叔叔應該是面帶溫柔的笑容，望著茶杯裡的熱茶。『我想先讓他有喘氣的機會。等他變得比較自在一些後，我希望他可以很自然地去接觸一群個性豐富的人們。我希望他有機會多去感受人與人之間所產生的情感。我也希望他可以去到沒有人煙的地方。獨自一人待在海鳥棲息地的時候，就會體會到不管自己存不存在，世界一直都在轉動，未來想必也會繼續轉動下去。』

『不管自己存不存在這部分不會讓他變得悲觀嗎？』

『每個人都是無力的存在。我是說在大自然之中的話。我希望他能夠知道世界有多麼龐大……沒錯，世界真的很龐大。我希望他能夠在這座小島上，發現即使再怎麼對世界感到絕望，那也不會是全部的世界。』

椅腳摩擦地板的聲音傳來。有可能是柏木把自己的椅子拉近了叔叔。

『雖然我是以一個病例的角度來請教關於您姪子的事情，但您應該不這麼認為吧？』

叔叔給了簡單明瞭的答案：

『你站在一個醫師的觀點認為是一個病例，那也是一種見解。不過，我的觀點不同。他不是生病，純粹是個性使然。』

『我記得他還小的時候，您們曾經一起生活過。因為這樣，您才會很了解他。』

『他是個好孩子。只不過，我希望他能夠有一點點改變。不要發生什麼事情時，只知道低頭一直看著腳邊。他所面臨到的事件衝擊性十足，足以改變一個人的人生。會讓你覺得就算他只因為區區一天就對未來感到悲觀，也是難免的事。話雖如此，但我打從心底覺得如果一輩子都獨自關在房間裡，實在太可惜了。我希望他能夠在這裡自由自在地思考要如何度過人生。我希望他好好思考自己真正想追求的是什麼樣的人生。我不是希望他「痊癒」，我是希望他「成長」。不是身為醫師，而是身為叔叔。』

錄音在這裡暫時中斷，接著傳來不同一天的對話。這天叔叔和柏木也氣氛融洽地一邊喝茶，一邊交談。

『雖然島民都十分仰慕您，也很尊敬您，但相信這七年來，您應該也有過辛苦的一面。為什麼您在任期屆滿後，還是繼續留在島上呢？是因為經過一年的任期後，您對地區醫療和預防醫學變得感興趣嗎？』

『這個嘛……』叔叔似乎喝了一口茶。『針對先進醫療，選擇待在大學會比較有利，但有些東西只有這裡才學習得到。實際參與後，我才發現相當有趣。說到你在研究的環境療法，一般模式都是從都市換到充滿大自然的地區，但這裡其實有些疾病比在都市更常見。包括地區居民的飲食傾向，在這裡可以重新學習到跟整體生活和健康有關的基礎。還有，如果是在大學附設醫院，就只會針對某特定專業領域，但在這裡即使沒那麼專精，也必須具備廣泛的知識。如何推動人們維持健康也包含在其中。我在這裡純粹是做必須做的工作，而且這樣的醫師樣貌也跟我的個性比較合。』

柏木稍微壓低聲音，提出下一個問題：

『在任期屆滿之前，您沒有感受到無形的壓力嗎？當初應該也有島民說出萬一島上沒有醫生會很傷腦筋之類的話吧？我記得您以前也說過不期待島民能夠有所理解。』

對於這個發問，叔叔開朗地做出否定：

『眼見任期就快屆滿卻安排不到醫生來接任的那段期間，島民確實顯得很不安。但老實說，當時沒有一個島民當面對我說希望我留在島上。以前剛赴任不久，我假日去了北海道本島回來時，確實有島民直言不諱地跟我說一知道醫生不在島上就覺得很可怕，不過……唯獨那時候，沒有任何島民來跟我訴苦說：「醫生你要是離開了，我們會很傷腦筋。」我相信那時候大家其實是很想訴苦的。可是，大家選擇尊重我的人生。』

這時叔叔肯定在臉上掛起開朗的柔和笑容。叔叔就是一個擁有開朗笑容的人。有人在年底聽到誠的往事時，腦海裡也浮現了同一張笑臉。

『我之所以會留在島上，不是因為憐憫島民，也不是因為有高尚的使命感。絕對不可能是因為憐憫島民，他們非常堅強的。我是自己經過一番思考後，依自己的想法決定留在島上。對於地區醫療特有的辛勞，我也是在理解一切之下，自己樂於這麼做的。我會說不期待島民能夠有所理解，是基於這樣的理由。我是自己做出決定，現在才會在這裡，所以島民們什麼責任也沒有。如同我是自己高興留在島上，他們也可以依自己的方式來利用我和診所。』

『您為什麼會決定留在島上呢？』

『以前我曾經帶著兩個姪子……就是有人和他哥哥……我們一起去旅行過。在他們放寒假的時候。那時，在回程的飛機上遇到緊急呼叫醫生的事態。』

柏木宛如上了鉤的魚兒，立刻做出反應。『您回應了呼叫嗎？』

『有啊。』

『我會遲疑。飛機上沒有足夠的儀器，而且我聽說就算使用聽診器，也會被引擎聲蓋過去。日本不受好心撒馬利亞人法的保護。有時回應了呼叫，卻會因為無計可施而反遭怨恨……您當時沒想過會有訴訟或損害賠償的風險嗎？』

誠之前說過有聽不懂的用詞，想必就是指這段話吧。有人的記憶清楚浮現。那時是元月，叔叔在走廊上對著有人說話時提到過這個用詞。

『這一切我當然都想過。所以，當時我也會感到害怕。不過，我告訴自己萬一演變成最糟的狀況，到時候就算會被責怪也無所謂。』

叔叔斷斷續續地描述起來。

『要做出某個決定的時候、站在分岔路口的時候，我會試著想像未來的自己。像是十年後的我之類的。先想像十年後的自己，再試著回顧現在。我會去思考如果現在採取或沒有採取這個行動、如果現在選擇或沒有選擇這條路，未來的我會怎麼想，然後再去做出自己應該最不會後悔的選擇。遇到緊急呼叫醫生那次，我也是這麼做。當時我心想如果沒有回應呼叫，想必一輩子都會記得自己做出了那樣的判斷……說得極端一點，就是會後悔一輩子。我心想即便沒有救人成功，十年後的我也不會感到後悔。所以，我回應了緊急醫生呼叫，也做出留在照羽尻島的決定，就這樣一路走到現在。』

『試著以未來的自己來回顧現在……是嗎？』

『也可以形容是循著理想的生存之道而行動吧。對於遇到儘管機率不高，但還是有可能成功救人的狀況，卻為了保身而視而不見的作風，我實在很難苟同。就這點來說，或許我和我姪子還滿意氣相投的……』

*

——你要不要試著想像一下未來的自己？

在為了道下而強出頭的那天，有人覺得自己失去了未來，也心灰意冷地認為自己會一直關在房間裡，度過什麼也不會改變、只會徒增歲數的一生。所以，最初聽到叔叔這句話時，有人不禁悲從中來。有人以為叔叔也預見有人的悲慘未來，才做出這般忠告。

然而，有人誤解了叔叔這句話的核心。聽了錄音檔後，有人才知道叔叔的真意。

叔叔不是在詢問有人說：「你就這樣過日子下去，以後能怎樣？」

叔叔是在詢問有人說：「假設你就這樣過日子下去，以後當你回顧起現在時，不會為了這樣的生存之道感到後悔嗎？」

其實叔叔早就給過提示。

——重點是有沒有忠於自己的生存之道。

對於叔叔回應緊急呼叫醫生一事，有人的父親面帶苦澀表情時，叔叔斬釘截鐵地說出這句反駁話語。即將走入生命盡頭之際，叔叔詢問哥哥說：「如果是我以外的某個人做了同樣一件事，你也會覺得很帥嗎？」

叔叔是一個對生存之道有所堅持的人。

陽學長和誠聽過錄音檔後，也都用了「後悔」這個字眼來表達自己的意念。

——未來我肯定也會帶著後悔的心情思考今晚的事情。

——與其抱著後悔的心情過日子，哪怕要賭上性命，我還是會出海。

陽學長和誠兩人都確實接納也理解了叔叔的生存之道和想法。

隨著錄音檔寄來的那封信，寫著這樣的內容：

『草稿是我以研究為目的而整理出來的內容，所以你看了可能會心生疑惑。得知草稿被轉交到你手上後，趕緊寄上錄音檔給你。錄音檔的內容應該比較容易捕捉到川嶋醫生的真心想法。另外，現在回想起來，才覺得川嶋醫生當時的身體狀況就不太好了。我相信川嶋醫生不可能沒有想像過瀕臨死亡的自己。儘管想像過，川嶋醫生還是貫徹自己的生存之道，選擇盡可能地留在島上到最後一刻。』

柏木在離開小島的前一天，對有人說過希望有人主動幫忙分擔家事。現在，有人終於明白了柏木的真意。正因為柏木比任何人都更早察覺到叔叔身體不適，才會提出那樣的請求。

柏木還隨信附上了名片。有人簡短寫了答謝內容，寄到印在名片上的大學專用電子郵件信箱。其實有人想向柏木表達很多事情，包括為什麼到現在才回信、之前因為只看了草稿而深受打擊等等。可是，這些事情要用言語表達出來實在太困難了。所以，有人抱著至少必須把感謝之心傳達出去的想法，只做出簡潔的回覆。

*

從北海道本島前往照羽尻島的渡船上，有人遇到過年期間都在函館親戚家度過的吉田理容院夫婦倆。吉田夫婦眼尖地發現有人在船上，上前來表達通俗的新年賀詞。有人也回了新年賀詞。船上另外就只有一名看似觀光客的男子，男子一身CANADA GOOSE（註18）的黑色羽絨外套搭配牛仔褲的裝扮。

註18：CANADA GOOSE為加拿大的高級冬服製造商。

「這位帥哥也是打算到島上拍攝星空的嗎？」

男子在船艙的地毯上安穩坐下來後，吉田太太態度輕鬆地主動搭腔問道。看見男子一邊咳嗽，一邊從大包包裡拿出單眼相機把弄，有人想起年底時誠說過的字眼——天文迷。

「是的。」男子開朗地答道。「我聽說照羽尻島是國內數一數二的景點，所以很期待。」

「你要住哪裡？」

「野呂旅館。」

男子又咳了起來，並伸手按住喉嚨。

「感冒了啊？」

「我扁桃腺有點腫。不過，搭船前我已經先去醫院拿藥了，沒問題的。」

渡船搖晃了一下。如果是在以前，有人這時可能早就緊抓著塑膠袋不放。不過，跟漁船那宛如爬上小山再往下滑的搖晃程度比起來，渡船根本就像在鏡面上前進一樣。

「哎呀，你回來了啊！」

有人在宿舍的玄關出聲後，擔任舍監的後藤夫婦一同出面迎接有人。

「不好意思，我提早回來了。」

距離寒假結束還有一星期以上的時間。北海道的寒假放得比東京久。桃花和陽學長都還沒回來宿舍。

「這有什麼關係！元月初三過後，阿姨和叔叔也都會依規定待在宿舍裡啊！阿姨很高興看到你回來呢！要不要喝熱可可啊？」

在餐廳喝了熱可可，再整理好行李後，有人獨自在島上散步。雖然有幾個島上的孩子在中小學學校的操場上互丟雪球嬉戲，但學校本身一片靜悄悄。照羽尻高中也是。教師和職員都是在接到教育委員會的聘書之下，從外地前來島上工作。放長假時，大家都會離開小島回自家去。供校長們居住的教職員住宅也和放暑假那時一樣悄然無聲。宅配服務要怎麼辦？有人腦中忽然閃過這個疑問。他心想畢竟再怎麼誇張，回老家的期間也總會鎖上門窗吧。

診所的門上貼著公告紙張，寫著目前沒有常駐醫師，以及從北海道本島派醫師來的日期和時段，也就是每星期二的十點到十四點半。今天不是星期二，桐生護理師也還在北海道本島的醫院住院。診所也跟其他地方一樣，感覺不到有任何人在屋內。

有人想起涼學姊說過島上的工作機會少之又少。診所現在呈現這狀態，想必負責醫療事務的森內也有著有別於病患的苦惱。如果森內是以正職員工的身分受雇，收入就可以獲得保障，但如果是臨時員工的話，就傷腦筋了。

光是一位醫師的存在，不僅能夠使得診所這個職場得以成立，並且幫助病患，還能夠支撐一個健康者的生活。更廣義來說，在旅遊地點身體突然出狀況時，如果該地區沒有醫師，將會構成極大的不安要素。想必也會出現因此而躊躇該不該去旅遊的人。與有人搭同一艘渡船的天文迷雖然說過先去了醫院，但也是有可能改變主意覺得應該謹慎行事，而折返回去。這麼一來，野呂旅館就會因為一位客人取消住宿而蒙受損失。對於僅次於漁業、算是照羽尻島產業第二大支柱的觀光業，包含叔叔在內的歷代醫師，都一路間接給予了支撐力量。

有人迎著從海面吹拂而來的風，站在原地閉上了眼睛。

與後藤夫婦一起吃了只有三個人的晚餐後，有人洗了澡，慵懶地躺在床鋪上。半乾的瀏海感覺有些煩人，有人往後撥起瀏海，心裡盤算著或許明天可以跑一趟吉田理容院。和人發過ＬＩＮＥ的訊息給有人，內容只有簡短一句：「我聽過叔叔的錄音了，謝啦！」有人沒有使用貼圖，而是以文字回了一句：「嗯。」

不知道涼學姊、誠、桃花和陽學長他們在做什麼？有人發愣地望著天花板一邊這麼心想，一邊任憑時光緩慢地流過。

四周一片靜謐，安靜得讓人陷入一種彷彿拉上窗簾的房間已經脫離世界，正在宇宙中漂浮的錯覺。不過，其實只要專注聆聽，就會聽見海浪聲。只是有人早已聽慣了海浪聲，所以即使聽得見海浪聲，也會覺得身處寂靜之中。

涼學姊的一聲大叫，劃破了這份漆黑的寂靜。

＊

「快來人啊！」

有人大吃一驚地從床鋪上跳起來後，確認了時間。時間已經過了晚上十點鐘。有人穿著睡衣便急忙衝下一樓後，看見後藤夫婦也穿上羽絨外衣準備走出屋外。

有人也跟著兩人走去。野呂旅館與宿舍近在咫尺，有人看見玄關門大大敞開著。從旅館流瀉出來的光線特別明亮，讓人看了反而內心掀起一陣波瀾。

涼學姊的母親率先走出旅館，並啟動專門接送客人的車子引擎。有人從玄關探頭一看，看見涼學姊和她的父親分別抓著一名男子的頭部和腿部，試圖把男子往屋外移。

一看見CANADA GOOSE的羽絨外套，有人立刻知道男子是在渡船上遇到的天文迷觀光客，也看見單眼相機和三腳架滾落在水泥地上。

咻～咻～彷彿對著細孔吹氣的聲音傳來。有人聽過這樣的聲音。男子每看似痛苦地呼吸一次，就會發出那耳熟的聲音。

「怎麼了？」

後藤夫婦一邊幫忙扶住男子的腰部，一邊問道。後藤夫婦問得很急。涼學姊回答時的說話速度也很快，語調也顯得萬分緊急。

「客人從外面回來後就說不舒服，下一秒就在這裡暈倒了。」

「打了119沒？」

「打了。會派直升機過來。可是，總不能什麼都不做，一直等到直升機飛過來。」

「做島內廣播！」後藤先生對著太太發出指示。「漁夫和漁會那些人都上過急救課程。」

後藤太太脫下鞋子亂丟在地上後，往旅館裡頭走去。後藤太太擅自走進位在玄關旁邊的房間，不知準備打電話給什麼人。

面對眼前宛如龍捲風來襲的慌亂光景，有人杵在原地不動。大家沒有理會有人，忙著把觀光客搬上車。

搬動過程中，有人看見觀光客的臉。

發紅的肌膚、發疹現象、發腫的眼瞼。

那天的記憶隨著咻咻叫的聲音，鮮明地浮現在有人的眼前。

——跟道下那時候的狀況一樣！

車子立刻駛了出去。緊接著，果真傳來了島內廣播聲。

『島上出現緊急病患，參加過急救課程的人，請盡速前往中小學學校的操場。』

後藤太太打完電話回來後，催促有人說：「你這樣會感冒的，快回宿舍去。」

「為什麼要送去操場？」

「因為急救直升機會在那裡降落。好了，趕快回去吧！」

後藤太太從背後推了有人一下，但有人沒有移動雙腳。這時，一輛車子從港口附近一帶快速駛來，跟著在有人等人的面前停了下來。助手席的車窗降下來後，出現誠的面孔。誠的父親出現在駕駛座上。

「有人，你在這裡幹嘛!?」

「我……」

「你也一起來吧！」

誠父親的聲音帶著不允許對方表示任何意見的霸氣。有人鑽進了後車座。在這之間，車子一輛接著一輛駛來，從停下的車子旁邊越過而去。

誠和誠的父親都是上半身穿著跟搭船時同樣的禦寒衣，但下半身穿著睡褲，並且光著腳套上鞋子。

雖然路燈稀少，但取而代之地，有好幾道車子的後燈，透過擋風玻璃映入眼簾。平時在這種時間，根本不會有車子在馬路上奔馳。結凍的路面泛起黑光。

「老爸，你看！」

誠發現某人在馬路上奔跑，結果發現是森內。誠的父親毫不猶豫地讓森內也上了車。

森內手上拿著診所的鑰匙。

「ＡＥＤ放在診所裡，我要把東西帶去。」

「有人，你看到緊急病患了嗎？」

誠的父親問道。「看到了。」有人答道，但聲音有些被喉嚨卡住。

「病患什麼狀況？還有呼吸嗎？看起來像是還有心跳嗎？」

「還有呼吸。」就跟道下一樣。「心跳我不太確定，但應該還有心跳。」

把森內送到診所後，車子繼續往中小學學校的操場前進。診所裡立刻亮起燈光。有人心想：「森內會拿著ＡＥＤ跑到操場去嗎？」

咻咻叫的聲音在有人的耳邊纏繞，揮之不去。有人猜想觀光客說不定和道下是相同的症狀。可是，有人不敢確定。道下的事件發生時，有人的父親告訴他只要打電話叫救護車就好。已經打過１１９了，再來只要等待急救直升機趕來就好。一個外行人只能做這些。

中小學學校的操場角落，停了超過十輛以上的車子，並且朝向操場中央照射頭燈。野呂旅館的車子停在操場中央，涼學姊的父親單手拿著智慧手機大聲說話。聽起來似乎是在跟北海道本島的急救醫生對話。

「晚餐吃了我們旅館提供的餐點。我不清楚他在外面有沒有吃過東西。什麼？」明明是一月份的晚上，涼學姊父親的額頭卻是布滿汗珠而泛光。「應該不太可能會那樣。」

「爸，醫生說什麼？」

「醫生說有可能是過敏發作。」

在場的島民掀起一陣騷動。

「哪可能會過敏！」

「經營旅館或民宿的人都會先問過客人的。」

「野呂旅館也都會問，不是嗎？」

「爸！」涼學姊大聲喊道。「客人好像很痛苦的樣子，怎麼辦？」

幾名島民往操場中央跑去。他們是漁夫和農會的人。誠的父親也在其中。

「如果是要做人工呼吸，我會喔！」

「我們也學過ＣＰＲ。」

森內也拿著ＡＥＤ出現了。涼學姊的父親朝向話筒另一端更加拉大嗓門反問：

「什麼？腎上？腎上腺素筆？」

有人的心臟僵硬地縮起，緊接著一鼓作氣地膨脹起來。那是有人在那天學到、想忘也忘不了的字眼。形狀像膠水的東西、被掀高的裙子、保健老師的白袍。

「……保健老師。」有人低喃道。「學校的保健老師……」

那時是保健老師幫道下做了處置。然而，誠立刻搖搖頭說：

「從外地來的老師們都不在島上。」

誠說的對，教職員住宅不見人煙。寒假還要一星期才會結束。

「只要使用腎上腺素筆就好嗎？」涼學姊的父親朝向森內大吼：「診所有叫腎上腺素筆的東西嗎？腎上腺素筆！」

過去的聲響在有人的耳邊響起，取代了森內的回答。那是打開櫃子的聲響。柏木在六月來到島上時，曾經把兩根腎上腺素筆收進診療室裡用來保管藥劑的櫃子裡。

如果和那天是相同狀況的話……如果觀光客和道下是相同症狀的話……可是，不確定相不相同，搞不好會弄錯狀況。反正保持沉默也不會被人責怪。

沒關係，什麼也不用做。

不要採取任何行動就不會有事。

——有人。

——你要不要試著想像一下未來的自己？

這時，有人聽見了叔叔的聲音。

——要向前邁進才有機會看到。

——動起來吧！採取行動吧！

誠的父親和和人的聲音也傳來了。接著是……

——我還是會出海。

誠的聲音傳來。

忽然間，一陣猛烈的逆風吹拂而來，有人被吹得就快無法呼吸。有人從正面承受強風吹打。

向前邁進時勢必會感受到逆風。

元旦那天在海上飛遠消失的圍巾，從有人的眼底閃過。

有人踏出了步伐。

*

男觀光客名為小西。被搬上直升機之際，陪同的醫師詢問名字後時他親口回答了。

「腎上腺素筆是你打的？」有人輕輕點了點頭，醫師先確認小西的生命徵象後，用力點頭回應有人說：「謝謝，你做得很好。」

有人與醫師的互動一下子就結束了。直升機立刻載著小西，朝向北海道本島飛去。

急救直升機的光線混入星光之中後，有人發出「咚」的一聲一屁股坐在雪地上。

「有人，怎麼了？」

大人們上前詢問有人，但有人什麼也回答不出來。有人從超越他所能承受的緊張感之中解脫，整個人虛脫無力，想站也站不起來。

有人害怕極了。到了現在，他才全身顫抖起來。

「不過，有人，幹得好啊！」

「你還真有一套，會知道要怎麼使用那支喀嚓刺上去的東西。」

在大人紛紛說出慰勞話語之中，涼學姊含著淚水在有人的面前跪坐下來。

「幸好你有回來，真是太好了……」

「小涼，也辛苦妳了。好啦，回家去啦！」誠的父親把手輕輕放在有人的頭上。「今晚的英雄也要回家啦！」

「我……」

「你穿這樣坐在雪地上會感冒的。看你都發抖成這樣。」

聚集到操場來的人們三三兩兩地各自準備離開。即便發生這麼大一場騷動，那些人幾小時後照樣得開船出海。涼學姊也跟著父母親離開了。離開時，涼學姊依依不捨地回頭看了有人好幾次。

「老爸，你先回去吧！我想在這裡休息一下，再送有人回宿舍。」

「這樣啊。」誠的父親沒有追究下去。「那你就這麼做吧！」

誠的父親脫下身上的禦寒衣丟給有人後，便開車離開了。

操場變得一片寧靜，彷彿方才的喧鬧聲不曾存在過。誠像個哥哥一樣讓有人披上禦寒衣。在帶著淡淡魚腥味的暖和感包圍下，有人抬頭仰望起天空。月亮像被削薄似的只發出稀薄光芒，相對地布滿夜空的星星顯得特別光亮。

「不知道小西先生有沒有拍到一些照片喔？」誠在有人身邊坐了下來。「對我們來說，這樣的夜空其實很普通的。」

「……在這裡可以……很、很清楚看見星星。」有人直打哆嗦，也使不出什麼力氣發出聲音。「夏天……放煙火時……我也這麼想過。」

「是喔～」誠仰頭說道。「我換個話題喔，剛才的你像變了一個人一樣。」

誠靈活地用腳尖把白雪踢向有人。有人瞪了誠一眼後，誠淘氣地咧嘴一笑。

「有人，你真厲害。」

「……我、我才沒有。完全沒有。」話語化為白煙在夜裡飄盪。「一點也不厲害……我會知道那東西……是有原因的。」

整個人完全鬆懈下來後，有人連內心的那道防線也鬆垮下來。有人用兩手摀住臉。

「我本來……很想當醫生的。」

在星光下、雪地上，有人把年幼時對叔叔懷抱憧憬的那一天的故事，以及讓他一直懊惱至今的那一天的故事，一五一十地說出來。

在聽完所有故事之前，誠沒有插嘴說話，也沒有表現出覺得冷的態度。說完故事後，有人也不再發抖了。

「原來如此。」誠站了起來。「那位道下同學恢復健康真是太好了。」

「……嗯。」

「你跟她說今天發生的事吧！」

「咦？為什麼？」

「沒什麼特別理由啊，我只是覺得她聽到之後，應該會很開心。」

道下在星巴克頭也不回地離去的背影，如幻影般浮現在一片雪地的操場上。有人捏了顆雪球打算丟過去，但中途改變了念頭。

「我一直在想如果那天不存在……」有人捏碎手中的雪球。「我就不會變成這樣。」

「可是，如果那天不存在，小西先生不就慘了。」誠徒手拍了拍沾在屁股上的白雪。

「那現在呢？」

「現在？」

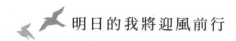

「現在你怎麼看待那天的事？你還是覺得那天不存在比較好嗎？」

有人再捏了一顆雪球，這回朝向誠丟去。誠也做出反擊。

「我問你，今天晚上你為什麼會去！那時候你為什麼會去小涼和小西先生那裡！你怎麼會知道哪裡有腎上腺素筆還有注射方法！」

有人根本只看過一次注射方法而已。只是，那次就深深烙印在有人的腦海裡。當然了，醫師在電話中持續給予準確指示幫了很大的忙，但不管怎麼說，有人主動出面，並完成了動作。

「難道是因為你喜歡小涼嗎！」

「你、你是笨蛋吧！」

誠一邊笑，一邊在操場上跑了出去。

「……你明明知道的。」

誠聽過叔叔說的話，他肯定知道的。

那時，有人思考了片刻未來的自己。有人想像十年後、二十年後的自己，再回顧現在。他思考著未來會不會後悔自己只知道默默杵在原地。

接著就聽見了誠的父親、哥哥，還有特別是誠的聲音。

那些聲音簡直就像震天巨響。

「有人！雖然我們會說有急救直升機可以取代救護車，但包含我和老爸在內的所有住在島上的人，大家都有一定程度的心理準備。」誠站在直升機飛遠後在雪地留下的痕跡上。

「我們會想萬一出什麼狀況，那也是沒辦法的事。真的不行的時候也只能接受。有些狀況在都市的話或許有救，但在這裡就是沒得救。」

「……嗯。」

「儘管有心理準備，我們畢竟也是人，還是會忍不住去想至少有醫生在的話，如果運氣好一點還是個超厲害的醫生的話，搞不好就有得救。」

「……嗯。」

「我們會覺得如果是川嶋醫生，那就沒關係。只要是川嶋醫生看的病，就算出了什麼狀況但最後沒救，我們也甘願死心。川嶋醫生讓我們能夠相信他會幫忙找出最佳方法，也絕對會盡力去做。」

有人想起叔叔週末時也不鬆懈地閱讀資料的身影。「嗯……我懂。」

「你的『那天』是改變不了的吧？我們改變不了過去的。我不是說過很多遍了嗎？氣候和過去不是我們能掌控的。」

「嗯。」

「不過，要怎麼看待過去是可以改變的，就看自己現在怎麼想，對吧？」

有人沒料到會從誠的口中聽到這樣的發言，不由得倒抽了一口氣。

「感覺還是很像在說教喔，抱歉！」

「誠，你那時候該不會……」

之前誠遞出裝著錄音檔的信封時，試圖說些什麼，但有人以一句「不想聽人家說教」打斷了誠說話。

到了現在，有人才察覺到原來誠在還不知道他過去有過什麼樣的失態時，就信任有人，也試圖站在有人的立場給予支持力量。有人用冰冷的手背擦拭臉頰後，稍微別開了臉。這時，有人眼前出現了第一次看到時認為毫無意義的號誌燈。

誠的嗓門越放越大。

「川嶋醫生果然很厲害！那個好心撒馬利亞人法，對嗎？就是那個為了搶救危險狀態的人而盡了最大的努力後，即使沒能得到好結果也不會受到譴責的法規。日本明明沒有那樣的法規，川嶋醫生在飛機上還是出面救了病患，對吧？」

有人拚命點頭。

「我想像得出來川嶋醫生那時候是什麼模樣。就是你朝向小西先生走去的模樣。你看起來很像川嶋醫生。」

誠像是要向全世界炫耀似地大喊：

「你那時候真的是……超帥的！」

過去一度熄滅的光芒，在這一刻獲得重生。

＊

寒假結束不久，小西便寄來慎重的感謝函以及糕點禮盒。小西表示導致過敏的是前來小島之前，醫院開處方給他的抗生素。小西也提到為他急救的醫院說明過即使是原本不會過敏的物質，也會有突然出現症狀的時候。也就是說，野呂旅館沒有任何的過失。

小西寫出在照羽尻島的意外事件，以及發生事件時島民全員出動救援而獲救的內容，投稿到全國性報紙的讀者投稿專欄，並獲得採用。當中也以「來自東京的離島留學生」的說法提及有人。小西的文章純粹是為了表達感謝之意，最後以一句「我在此向照羽尻島的所有人表示感謝」做了結尾。

這是非常渺小的事件，不像星澤醫師離開小島時的毀謗內容，還能夠在網路上掀起話題。即便如此，照羽尻島的人們還是很開心。

涼學姊不知道向有人道謝了多少次。

桃花和陽學長也都向有人表示佩服。

島民會主動向有人搭腔。你那時候做得很好呢！今天也要精神抖擻地去上課喔！

哥哥和父母親也主動聯絡過有人，最令有人驚訝的是來自道下的聯絡。道下傳來了這樣的簡訊：

『我拜託和人先生告訴我你的電話。我看到報紙了，很行嘛！很行嘛！』

道下這區區三個字的話語，讓有人感到無比開心。

在那之後，有人重新回顧與道下在星巴克的互動。

——反正我看你也不可能當得了醫生。

有人想像起未來的自己。未來的我回顧今天時，會怎麼想呢？好比說，三十歲、五十歲的我會怎麼想呢？

對於內心再次燃起的這把小火焰，有人當然可以選擇視而不見。應該說，要有人視而不見還比較容易。

容易是容易，但不會為了這個選擇而後悔嗎？

假設沒有選擇視而不見，最後這把火焰卻沒能夠熱烈燃燒的機會就熄滅時——如果試著追求夢想卻沒能夠實現時，會後悔地心想早知道就什麼都不要做比較好嗎？

有人啟動了許久不曾碰過、一直置之不理的逃脫遊戲程式。有人摸索了好一會兒，但依舊沒有靈感，想不出如何通往真結局。

如果借助他人之力，有人會覺得等於在認輸。因此，有人從未利用過寫出攻略資訊的留言板。

有人第一次連結到攻略留言板的網址。

留言板上有很多留言，有人滑動畫面後，很快就找到與他處於相同狀況的玩家。

針對該玩家的留言也有回覆內容。回覆內容沒有直接說明破解方法，而是以委婉的說法寫出只有走到最終結局的玩家才能夠理解的提示。有人看懂了提示的含意。

突破點就是，在特定處刻意做出照理說會迎向其他結局的行動。

遊戲裡並沒有針對這個行動的提示。真不知道是什麼樣的人能夠在毫無提示之下想出要這麼做？有人猜想應該是個頭腦相當柔軟的人，也感受到世上確實有才智過人的人。

感到佩服的同時，有人也想著世上並非每個人都如此聰明。這個最終結局是就算一直浮現不出靈感，只要有毅力地在各處持續嘗試採取所有行動，儘管有可能花上很長一段時間，也能夠成功走到最後一步的結局。

在借助陌生先人的智慧下，有人總算走出白雪紛飛之中的小屋。有人感慨萬分地望著「True end」的字眼好一會兒，但最後沒有刪除已成功破解的逃脫遊戲，便切換到其他畫面。

在那之後，有人坐在電腦前面瀏覽了陽學長所參加的補習班網站。之前有人也利用智慧手機瀏覽過，所以知道該補習班設有針對報考醫學系學生的課程。不過，那時有人沒有查看是否可透過線上教學參加該課程。這次有人查看了，也發現該課程設有線上教學。在那之後，有人也看了自己以前在東京就讀的學校官方網站。有人記得道下說過學校將新設醫學系專攻課程。

*

「我今天可不可以不去幫忙做陸上工作？」

有人一早這麼切入話題後，誠的表情忽然變得嚴肅。

「你有事啊？」

「我要打個電話，要跟人家說一下事情。」雖然沒必要也說出對象是誰，但有人沒有隱瞞。「我要打給柏木先生。」

聽到柏木的名字後，誠似乎察覺到了什麼。

「……是喔。好吧。」

從寫了E-mail答謝柏木寄來錄音檔那次之後，有人和柏木互相聯絡過幾次。從那當中，有人得知雖然不至於偏僻到像照羽尻島這般程度，但柏木也是來自鄉下地區的人，也得知柏木在應考之際費了很大的心力。

哥哥和人是應屆考上醫學院的學生，有人心想比起和人，應該聽一聽柏木的經驗談會更有幫助。

柏木想必相當繁忙。時間雖然是由柏木指定，但仍還是接受了有人的請求。柏木指定的時間就是今天。

柏木主動打電話來，還告訴有人不需要特意回撥。原因是之前受到川嶋醫生諸多的照顧。

對於有人，柏木表現了十分誠摯的態度。透過直接和柏木交談，有人得到想知道的資訊，也得到了建議。

重考好幾次才考上醫學院並非罕見之事，也有學生是出了社會後才重拾學生身分就讀醫學院。柏木本身也是重考了兩次。

重考生的那段時期，柏木離開老家住進位在札幌的補習班學生宿舍讀書。

『我當初也想過要接受線上教學，但那種方式有的人適合、有的人不適合。』

有人直逼核心地詢問：「請問什麼樣的人不適合？」

『對自己很寬鬆的人、個性懦弱的人不適合。還有，很會找藉口的人也是。任何人都會有提不起勁讀書的時候，這時如果很會找藉口的話，就會真的不讀書而導致進度落後。還有，這種人在沒能夠考出好結果時，一定會找藉口說怪就怪在選擇了線上教學。畢竟要把責任推給環境再容易不過了。』

柏木說得十分篤定。

『還有，這部分純粹是我個人的看法，我覺得除非是個自律心很強的人，否則還是要刻意在自己會覺得有點不自在的地方讀書才比較好。如果是在一個沒考上醫學院也不會被人責怪、氣氛和樂融融的溫和環境，就會忍不住耍賴撒嬌。一定會的。』

*

有人最先向誠坦承了自己的決心。就在放學後兩人一起踏上歸途的時候。二月裡吹來的風還帶著寒意，但感受得到陽光在發威。

「等到了春天，我打算去念東京的學校。我要重考設有醫學院專攻課程的學校。」

誠猛地停下腳步。「你果然還是要當醫生啊？」

「當得了的話。不過，與其說想當醫生……」有人猜想叔叔年輕時想必也抱著跟他同樣的心情，決定自己的未來之路。「我是想以自己的方式，成為其他人的力量。如果看到遇到困難的人，我會想助他一臂之力。我希望自己保有這樣的生存之道。」
「嗯～是喔。」
誠瞇起眼睛看向大海，沒有再多說什麼。

有人在隔天的吃便當時間，向涼學姊、桃花和陽學長說出決心。涼學姊表現出落寞的情緒，陽學長詢問有人：「你要在東京跟我上同一所補習班啊？」桃花露出微笑簡短說一句：「你不太一樣了。」
誠則是沉默不語。
「我們用LINE互相聯絡吧。」桃花這麼做出提議。五人當場互加為好友，並建立一個群組命名為「照羽尻高5」。
涼學姊詢問有人說：「你什麼時候要離開島上？」
「考試日期的前四天。二月底。」
「這樣距離結業式還有一段時間……」涼學姊一副要甩開落寞情緒的模樣，在臉上堆起可愛的笑容說：「沒辦法，畢竟你也要為了新生活做準備。到時候我們會一起到港口替你送行喔！」
「大家應該要上課吧……」

「翹課就好了啊！不是啊，老師說他們也會去港口。」

有人有預感老師們真的會讓學校鬧空城，也到港口替他送行。想到若是當真演變成那樣的局面，有人不禁感到喉嚨深處難受地膨脹起來，淚腺也受著刺激。有人同時也想著如果自己周遭圍繞著這樣的一群人，肯定會要賴撒嬌。

有人的自我矜持不允許他讓這群人和這座小島成為藉口。

正因為來到這裡，有人才得以鼓起勇氣重新面向前方，準備踏出步伐。

有人從教室看向窗外，腦中忽然浮現一句形容話語，二月是光之春。這裡明明曾經是地獄深淵，有人眼前所看見的一切景色卻是如此地耀眼。

——下次再來到這裡時……

雖不確定下次什麼時候會再來到小島，但有人想像著未來再來到小島的自己。

——至少絕對不會感到後悔。

到了現在，有人能夠體會即使任期已屆滿，叔叔還是選擇留在島上的心情。

只是，誠讓有人感到掛心。有人明明比對任何人都更早向誠坦承自己的決心，誠應該也察覺到這點，但他卻什麼話也不肯對有人說。有人當然不是硬要聽到誠的鼓勵話語不可，但到了這局面卻受到誠的冷漠對待讓有人難受不已。

誠該不會是在生氣有人要棄小島而去吧？不對，誠不可能會那樣。對於誠，有人坦承過一切，包括過去的事件也都說了。有人相信與誠兩人之間不會有誤解。既然如此，為什麼誠會那麼冷漠？

初夏那時，誠連有人上廁所時也一起跟來的往事就像不曾發生過。大家一起吃便當時，誠會表現得特別開朗，但不太肯跟有人對上視線。「我先走了喔！」放學時誠也會這麼說一句，就瀟灑地先離開。說出「我先走了喔！」這句話時，誠的音量大得像高中棒球選手在宣誓一樣，也像在強調「我已經沒話跟你說」而阻斷有人說話的機會。看著誠離去的背影時，有人會覺得心窩疼痛，喉嚨深處有種被卡住的感覺。

有人摸著胸口自問：「這究竟是什麼感受？」最後，有人想出一個具有說服力的答案。也就是，寂寞。即將與誠告別讓有人感到寂寞。告別之日近在眼前卻說不到話也讓有人感到寂寞。有人不曾有過這種感受。在東京度過家裡蹲的日子時，即使見不到同學，有人也絲毫不以為意。

有人當然必須認真讀書應考，也要花時間打包行李，但一想到誠的態度，有人就難以集中精神。這樣的日子一天一天過去，隔天就要回東京的日子終於還是來了。

目送誠迅速收書包回家的背影後，有人回到宿舍做最後的行李打包。打包行李的空檔時，垃圾桶裡越堆越多擤過鼻涕的面紙。晚餐時間就快到了。『我有話跟你說。』有人發了LINE的訊息給誠。訊息立刻呈現已讀狀態，但有人等了五分、十分，也沒等到回覆。

「有人，你要去哪裡？快要可以吃飯了耶！」

雖然對後藤太太感到過意不去，但有人還是衝出宿舍，直奔齊藤家。漁夫家的夜晚比一般家庭來得早，如果要去打擾，就不能猶豫不決。

之前收留有人過夜的房間窗戶，緊緊拉上了窗簾。

有人按了門鈴後，誠的父親從屋內回應說「你按什麼門鈴！自己進來就好啊！」有人聽話地自己走進屋內。

「我想見誠一面。」

「喔，你要找那小子啊。」誠的父親朝向二樓放大嗓門說：「有人來找你了喔！」

『我身體不舒服在睡覺！』

實在聽不出像身體不舒服的宏亮聲音從二樓傳下來。誠的父親露出苦笑說：

「有人，你就別跟那小子計較吧！至要離開家裡的時候，他也是那副德性。那小子之所以不肯讓人看見自己的臉，要怎麼說呢，因為他也是個男子漢。」

「叔叔這句話是什麼意思呢？」

「沒有人會想讓人看見紅通通的眼球吧。」漁夫粗獷的手溫柔地放在有人的頭上。

「不過，你都不怕被看見紅通通的眼球跑來找他了。我看是誠比較孬種吧。」

有人走出齊藤家，朝向拉上窗簾的窗戶大喊：

「誠！你到底知不知道我來找你要說什麼啊！」

玻璃窗反射著港口的光線。

窗簾沒有被拉開來。

＊

港口擠滿了島民，呈現黑壓壓一片。跟叔叔離開小島時差不多、甚至更多人來到港口替有人送行。校長和高中的老師們也真的都來到了港口。

「多注意健康啊！」

「要來玩喔！」

「我會寄海膽給你。」

這句話是誠的父親說的。

有人實在難以一一向每個人道別，於是使出丹田的力量大聲說：「謝謝大家！謝謝大家的照顧！」最後深深行了一個禮。

有人發現了涼學姊、桃花和陽學長的身影，智慧手機隨之收到ＬＩＮＥ的訊息。

『以後如果遇到什麼事，可以在群組裡發牢騷喔！』

『考試加油！』

陽學長傳了崖海鴉在海上飛翔的照片過來，看來陽學長是想以照片取代貼圖。

出航時刻逼近，有人朝向三人揮揮手後，搭上了渡船。有人尋找過誠的蹤影，但就只有誠不肯現身。誠究竟在哪裡？

那天……不是未來消失不見的那天，而是其他的那天。不論是有人得到可再次通往未來之火的那天晚上，還是有人感覺到背後有一股莫大力量推來、看到元旦日出的那天早上，都是和誠一起度過。

有人很想見到誠一面。

有人沒有進到船艙裡，而是在甲板上移動腳步，持續尋找誠的蹤影。誠不在人群之中。如果誠在人群之中，有人有自信一定能夠找到他。

有人拿出智慧手機，打算發出ＬＩＮＥ的訊息詢問誠說「你在哪裡？」

出航的汽笛聲響起。

為了揮手回應前來送行的人們，有人再次把智慧手機收進口袋裡。誠不在人群裡。

有人不想透過ＬＩＮＥ，而是想要好好親口對誠說出想法。

比起對任何人，我最想跟你說一聲：「謝謝。」

如果未來我能夠像叔叔一樣當上醫生……

我一定會再……

渡船駛離了岩壁。島民們的身影慢慢地越變越小，聲音也越來越遠。

『歡迎來到夢想浮島　照羽尻』

褪色的文字寫在斷崖的補強水泥牆上。

黑色海鳥在海面上低飛而過。

有人一直認為這裡是地獄深淵。

可是，要不是來到了這裡，也不會有此刻的有人。

有人微微壓低下巴迎著寒風，朝向渡船的前方走去。

隨著海風吹來的細小浪花浸溼了有人的臉頰。打在岩壁上的波浪如煙火般綻放開來。

煙火——有人杵在原地不動。暑假大家一起放煙火的那天晚上，誠說過的。

——對於真正想說的話，不該用言語表達。要用態度和行動來表達！

有人這才明白原來誠是因為這樣才沒有現身。

「誠你這個大笨蛋！」有人擠出聲音大喊。「這就是你的真心話啊！」

海風吹起有人長長了的瀏海，整個額頭露了出來。有人感到既不甘心又難受，於是從港口別開臉，看向船頭的方向。船頭一帶放著繩索和器材，除了船員之外，其他人不得踏進該區域。有人前進到不能再前進的位置後，抓住甲板的扶手，探出身子目不轉睛地看著大海。

有人瞪大了眼睛。有一個人站在逐漸逼近的防波堤突出部位上。那個人是誠！

「誠！」

有人出聲大喊。浪聲、引擎聲、風聲，哪怕會被所有聲音掩蓋過去，有人還是再次放大嗓門大喊。

有人看得到誠的臉。即使距離很遠，也看得出來誠的眼皮浮腫。有人還看得出來誠的眼球變得紅通通。不過，誠的臉上掛著笑容，就像以最大的力量在激勵著有人一樣。

「誠！有一天我一定會——」

誠用力地只點了一次頭。

誠取下圍在脖子上的圍巾。跟著，他緊緊抓住圍巾，朝向有人的方向用力頂出圍巾。

圍巾劇烈地飄動起來。

有人看見了風的形狀。

一般社團法人天賣島ORAGA島活性化會議的齊藤暢先生、公益財團法人HAMANASU財團的小倉龍生先生、北海道天賣高等學校的上田智史校長（採訪當時）、北海道天賣高等學校的諸位學生、諸位教職員，以及天賣島的諸位島民，感謝各位在本作撰寫上給予莫大的協助。由衷感謝各位在採訪時的大方分享。

作者

國家圖書館出版品預行編目資料

明日的我將迎風前行 / 乾ルカ作 ; 林冠汾譯 . --
初版 . -- 臺北市 : 臺灣角川 , 2020.09
面 ; 公分
譯自 : 明日の僕に風が吹く
ISBN 978-986-366-387-4(平裝)

861.57 109010723

明日的我將迎風前行

原著名＊明日の僕に風が吹く

作　　者＊乾路加
譯　　者＊林冠汾

2020 年 9 月 24 日　初版第 1 刷發行

發 行 人＊岩崎剛人
總 編 輯＊呂慧君
主　　編＊李維莉
美術設計＊李曼庭
印　　務＊李明修（主任）、張加恩（主任）、張凱棋

台灣角川

發 行 所＊台灣角川股份有限公司
地　　址＊105 台北市光復北路 11 巷 44 號 5 樓
電　　話＊（02）2747-2433
傳　　真＊（02）2747-2558
網　　址＊http://www.kadokawa.com.tw
劃撥帳戶＊台灣角川股份有限公司
劃撥帳號＊ 19487412
法律顧問＊有澤法律事務所
製　　版＊尚騰印刷事業有限公司
I S B N＊978-986-366-387-4